문학작품
시리즈
제6권
태양의 맛

# 태양의 맛

초판 1쇄 인쇄 2020년 7월 20일
초판 1쇄 발행 2020년 7월 23일
옮 긴 이 김승일(金勝一) · 전영매
발 행 인 김승일(金勝一)
발 행 인 김승일(金勝一)
디 자 인 조경미
출 판 사 경지출판사

출판등록 제 2015-000026호

잘못된 책은 바꿔드립니다.
가격은 표지 뒷면에 있습니다.

ISBN 979-11-90159-42-5 (04820)
979-11-90159-41-8 (세트)

---

판매 및 공급처 경지출판사

주소: 서울시 도봉구 도봉로117길 5-14 Tel: 02-2268-9410 Fax: 0502-989-9415
블로그: https://blog.naver.com/jojojo4



※ 이 도서의 국립중앙도서관 출판시 도서목록(CIP)은 서지정보유통지원시스템 홈페이지(http://seoji.nl.go.kr)와 국가자료공동목록시스템에서 이용하실 수 있습니다.

# 태양의 맛

장즈루(張之路) 지음 | 김승일 · 전영매 옮김

경지출판사

# 머리말

## 힘겹고도 즐거운 여행

내가 문학 창작에 종사하게 된 것은 우연인 것 같지만 필연이기도 하다.

우연이라고 하는 것은 사범대학 물리학과 졸업생인 나에게 문학창작은 본업이 아니기 때문이다. 그리고 문학 창작이 나에게는 아주 낯선 일이기 때문이다. 1976년 1월 저우언라이(周恩來) 총리께서 별세하셨다. 그때 나는 그를 추모하는 긴 추모시를 한 편 지었다. 발표하기 위해서도 아니고 이름을 날리고 싶어서도 아니었다. 전적으로 '문화대혁명'에 대한 억누를 길 없는 분노와 저우 총리에 대한 그리움을 표현하지 않고는 견딜 수가 없었기 때문이다. 4인방이 타도되고 '문화대혁명'이 끝난 뒤 나의 시가 발표되었다. 나의 동료들과 나 자신은 내가 글을 쓸 수 있다고 생각하게 되었다. 정말 아주 '우연한' 일이었다.

내가 문학 창작에 종사하게 된 것이 필연이라고 하는 것은 내 가슴속 깊은 곳에서 우러나오는 문학에 대한 뜨거운 사랑이 있기 때문이다. 그리고 또 작가가 되는 것은 그 시대 수많은 젊은이들의 가장 아름다운 꿈이기도 하였다. '문화대혁명'의 속박에서 풀려난 사람들은 정신적 자유를 갈망하고 있었으며 젊은이들이 자기 사상을 대담하게 표현하는 것은 그 시대의 부름이었다.

그때부터 나는 영화 시나리오, 연극 극본 등 수많은 작품을 쓰기 시작하였다. 일부 작품은 비록 발표되지 않았지만 나는 그 작품들을 문학창작에 종사하기 위한 가벼운 몸 풀기로 생각하고 있다.

30년간 나는 소년아동을 위한 책 30여 권을 썼다. 나는 동화도 쓰고 소설도 썼으며 과학 판타지 작품도 썼다. 나의 창작은 아동문학의 많은 분야에 미치고 있다. 나는 영화제작사 시나리오 작가이자 기획자이다. 10부의 아동영화 시나리오와 여러 부의 아동 드라마 시나리오를 썼으며 모두 영화와 드라마로 제작되었다. 중국 아동문학 작가로서 아동 영화 드라마 시나리오를 가장 많이 쓴 작가이다.

나의 아동문학작품 15권이 중국 대만에서 출판 소개되어 대만 아동들의 인기를 받게 되었을 때 나는 내심 큰 위안을 진정으로 느꼈다. 나는 우수한 아동문학작품의 영향이 얼마나 크고도 넓은지 가슴으로 느낄 수 있었다. 20년 전 나의 단편소설 「목조 영양(羚羊木彫)」이 전국 중학교 1학년 어문교과서에 수록되었다. 20년이 지난 지금 생각해보면 제일 처음으로 나의 소설을 읽으면서 자라난, 그 당시 10대였던 아이들이 이제는 30대의 어른이 되었다. 그리고 그들의 동생들, 심지어 앞으로 그들의 아이들이 여전히 나의 작품을 읽고 있을 것이다. 이는 나에게 있어서 너무 자랑스러운 일이다. 설사 그들이 가수나 영화배우를 기억하는 것처럼 나의 용모와 내 이름은 기억하지 못하겠지만 내가 쓴 이야기와 이야기 속 주인공은 기억할 것이다. 1988년 나의 시나리오 「번개 베이베이(霹靂貝貝)」가 영화로 제작되었다. 영화 속 전기를 띤 아이에 대한 이야기가 사람들에게 널리 알려지면서 어떤 장소에서나 사람들은 나에 대한 얘기만 나오면 제일 먼저 영화「번개 베이베이」를 떠올리곤 하였다. 동명 소설도 수십만 권이 발행되었다. 그 작품은 어린이들에게 즐거움과 감동을 가져다준 작품이었다. 한 번은 다른 몇 명의 작가와 함께 베이징의 한 중학교에 가서 학생들과 만남을 가졌던 적이 있다. 함께 간 작가들 중에서 내가 나이가 제일 어리고 또 지명도가 제일 낮았다. 그런데 교장이 이 분이 바로 영화「번개 베이베이」의 시나리오 작가라고 나를 소개하자 삽시에 학생들이 자리에서 일어서는 것이었다. 강당 뒷줄에 앉았던 학생들은 심지어 의자에 올라서서 박수치며 환호하였다. 그 순간 나는 아이들의 열정과 진심을 보았으며 또 아동문학작가의 가치와 사명을 느낄 수 있었다.

1991년 나의 장편소설「제3군단(第三軍團)」이 발표되어 평론계의 큰 주목을 받았다. 그 작품은 나의 작품들 중에서 가장 중요한 작품 중의 한 부이다. 5년 뒤 나는 그 작품을 드라마로 개편하였다. 그 작품은 중국 도서상 1등상을 포함해 중국 아동문학의 거의 모든 대상을 수상하였다. 그리고 국제아동도서평의회(IBBY)의 1992년도 영예 리스트에 등재될 수 있었던 것도 그 책이 중요한 이유 중의 하나였다.

중국 사회생활의 발전에 따라 교육을 중시하는 전제하에서 나는 중국 아동의 생존상태에 대해 항상 관심을 기울이고 있다. 나의 장편소설「마우스표 연필 있어요?(有老鼠牌鉛筆嗎)」에서는 기존의 고정 관념에서 벗어난 학부모와 그들의 새로운 자녀교육에 대해 서술하였으며, 아이들을 위해 좌절에 대처할 수 있는 기회를 설정해 보았다. 나의 아동관과 교육관을 그 소설을 통해 충분히 반영할 수 있었다. 그 작품에서 나는 극적인 색채가 짙은 이야기를 다루었다. 그 이야기를 통해 수천수만의 아이들과 그들의 부모들에게 그들이 가진 힘은 언제나 꾸준히 연마하는 과정을 통해 얻을 수 있으며, 오로지 직접 체험해본 뒤에야 실제로 얻을 수 있다는 것, 그리고 부모의 그늘 아래 숨은 아이는 영원히 자라날 수 없고 영원히 약자일 수밖에 없다는 도리를 알려주려고 하였다. 나의 그러한 소설이 강한 현실적 의미가 있다고 생각한다. 왜냐하면 이 또한 중국 교육계가 꾸준히 탐색해오고 있는 사회 문제이니까 말이다.

90년대에 들어선 뒤 경제의 발전과 풍부한 물질 앞에서 우리는 물질적으로 풍부한 삶을 어떻게 대해야 할까? 이는 모든 사람, 특히 아동문학 작가라면 반드시 냉정하게 대해야 할 문제이다. 어찌해야 아이들이 정신적으로도 건강해지고 풍부해지게 할 수 있을까? 아동문학은 덮어놓고 향락에 대한 아동의 욕구만 부추길 것이 아니라 그들이 건강한 인격을 형성할 수 있도록, 그리고 남을 돕고 이해하며 동정심이 있고 '의무 노동자', '자원 봉사자'가 되고자 하는 염원을 갖도록 이끌어야 한다. 나는 「마우스표 연필 있어요?」「마법 시계(魔表)」「불우한 학교(坎坷學校)」「나와 나의 그림자(我和我的影子)」「축구협객(足球大俠)」「완완(彎彎)」 등 수많은 아동 성장 관련 작품들을 잇달아 창작하였다.

2000년에 나는 장편 캠퍼스 과학판타지소설 「불법 지혜(非法知慧)」를 창작하였다. 그 소설에서는 과학의 발전과 인문정신의 보존 간의 관계에 대해 깊이 사고하였으며, 현 시대 소년아동에 대한 나의 진심 어린 희망을 보여주었다.

내가 창작한 아동문학작품은 거의가 아동들에게 익숙한 가정과 교정을 배경으로 삼았으며, 모든 사건 속의 인물도 아동 독자들에게 익숙한 소년아동 자신이다. 사범대학 물리학과를 졸업한 나는 소년아동의 이상과 환상을 크게 중요시하고 있으며, 그러한 배경으로 인해 나 또한 소년아동들을 위해 대량의 과학판타지소설과 판타지소설을 쓸 수 있게 되었다. 그래서 「빈 상자(空箱子)」「번개 베이베이」「쓰르라미는 누굴 위해 우는가(蟬爲誰鳴)」「불법 지혜」「극한 환각(極限幻覺)」「버마재비 1호(螳螂一號)」, 시리즈 소설 「꼬마 돼지 협객(小猪大俠)」 등 과학판타지소설과 판타지소설을 창작하였다.

2011년에 나는 또 장편소설 『천문의 춤(千雯之舞)』을 출판하였다. 그 소설은 중국 한자를 이야기의 기본 요소로 한 판타지소설이다. 출판된 후 독자들의 뜨거운 사랑을 받았으며 2011년 중국 10대 기대작으로 뽑히는 영예를 안았다. 아동문학은 아동의 사상과 감정을 연마하는 것을 주요 목표로 한다. 한편 아동문학은 또 사회 여러 역량과 함께 아름다움에 대한 아동의 인식과 인생의 가치 성향 및 책임감의 형성을 이끌어 주어야 하는 등 여러 가지 목표를 짊어지고 있다. 연마한다는 표현이 얼핏 보기에는 서서히 점차적으로 진행되는 의미를 띠지만, 실제로는 만물을 촉촉이 적셔주는 가랑비와 같은 것이다. 겉모습은 비단처럼 부드러워 보이지만 매우 굳고 단단한 것과도 싸워서 이길 수 있는 힘이 있다. 특히 성장 중에 있는 아이에 대한 그 역할은 막대하고도 심원하다!

아동문학작가로서 어린이에게 줘야 하는 사랑은 깊고도 넓으며 심원하여야 한다. 어느 한 순간 어느 한 가지 일에서 어린이에게 만족을 주는 것에 그쳐서는 안 된다. 어린이들의 소원을 만족시켜줌에 있어서 눈앞의 성공과 이익을 챙기기에만 급급한 것은 진정한 사랑이 아니다. 그것은 사랑에 대한 오해일 뿐이다. 나는 아이들을 좋아한다. 나는 아이들을 사랑한다. 그러나 나는 아이들에게 지나치게 잘 보이려는 작품은 원하지 않는다. 내가 근무하는 곳은 영화제작소이다. 나는 시나리오 작가로서 자신의 시나리오 작품을 창작하는 것 이외에 주로 영화 책임편집과 기획업무를 담당하고 있다. 나는 오랫동안 문학부 부장 직책을 맡고 있다. 행운인 것은 나의 본업과 나의 문학창작이 밀접히 연결되어 있어 나의 시야를 더 넓혀주고 더 풍부하게 해주면서 서로 지원하고 서로 보완해주고 있다는 점이다. 2005년에 내가 2년에 걸쳐 쓴 『중국소년아동영화사론(中國少年兒童電影史論)』이 중국영화출판사에서 출판되어 중국 영화사상 소년아동영화 부분의 공백을 메울 수 있었다.

솔직하게 말하면 아동문학작가로서 나는 너무나 행복하다. 아동문학을 창작하는 즐거움, 몇 세대의 아동이 나에게 주는 격려가 나에게 아동문학을 창작할 수 있는 동력이 되어주었다. 1992년에 나는 영예롭게도 IBBY 영예 리스트에 등재되었다. 2005년에 나는 또 IBBY 중국분회 CBBY로부터 중국 후보에 오르는 영예를 안게 되었고, 중국의 안데르센상을 수상하였으며, 또 중국 아동 독서 홍보대사에 임명되었다. 2006년에도 국제 안데르센 후보상을 수상하였다. 30년간의 아동문학창작을 통해 나는 아동문학종사자로서의 신맛·단맛·쓴맛·매운맛을 너무나도 잘 알게 되었다. 그러나 우리는 넘치는 사랑으로, 진지하게 아동을 위해, 내일과 미래를 위해 계속 끈질기게 노력할 것이다.

모든 소년 아동이 즐거운 아이로 자라나길 바란다! 왜냐하면 나도 즐거운 사람이 될 수 있으니까 말이다!

CONTENTS

# 샤위

# 샤워

## 1

고등학교 1학년 화학 선생님이 목 디스크에 걸렸다.

처음에는 그저 머리만 자유롭게 돌리지 못할 정도였는데 후에는 분필을 쥔 손을 들어 올리지 못할 정도에 이르렀다가 또 후에는 허리를 펴고 설 수조차 없는 지경에 이르렀다. 마지막 하루는 아들의 등에 업혀 학교로 나와 의자에 앉은 채 돌아가며 그가 가르치는 6개 반 학생들과 작별인사를 나누었다.

그의 아들이 성냥개비를 하나 그의 손에 쥐어주었다. 그가 떨리는 손을 들어 성냥개비를 칠판에 대고 긋자 나지막한 파열소리와 함께 성냥개비에 불이 붙었다….

그가 말했다.

"너희들이 자주 묻곤 했었지, 왜 칠판에 성냥개비를 그으면 불이 붙느냐고? 이제 알려주마. 힘을 너무 세게 주면 안 돼. 힘이 너무 약해도 안 되고. 숙련되면 요령이 생기는 법이란다…"

이제 그의 손은 지각을 잃은 것 같았다. 성냥이 그의 손에서 타들어가다가 꺼져버렸다.

그는 떠나갔다. 학생들에게 의미심장한 이름을 남기고… 그의 이름은 왕수이(王水)이다. 이 이름은 매우 평범한 이름이다. 그러나 화학약품 중에서 '왕수이'는 질산과 염산의 혼합액으로서 '왕수이'로는 금도 녹일 수 있다… 화학선생님이 예고도 없이 몸져눕는 바람에 교장선생님은 당황하여 어찌할 바를 몰랐다. 교장선생님은 한창 젊은 나이의 중심 교사가 병마 때문에 그렇게 맥없이 쓰러지리라고는 꿈에도 생각지 못하였다. 게다가 그렇게도 빨리 말이다. 지금은 대신 빈자리를 메울 화학교사도 없었다. 게다가 왕수이 선생님이 화학 수업을 다른 선생님들은 따를 수 없는 수준으로 끌어올려놓은 상황이었다.

학생들은 짧은 아쉬움을 겪은 뒤 관심사가 바로 바뀌었다. 그들은 왕수이 선생님이 입원을 하건 아니면 집에서 휴양을 하건… 아무튼 거기에는 더 이상 관심이 없었다. 그들의 관심은 화학 선생님의 후임에 집중되어 있었다. 다시 말해서 앞으로 2년 동안 누가 그들과 함께 긴 여정을 같이하며 대학입시의 난관을 헤쳐 나가게 될지 하는 것만이 그들의 관심이었다. 고 1학년 2반 학생들은 더 흥분해 있었다. 그들은 화학선생님만 잃은 것이 아니라 동시에 자기네 담임선생님까지 잃었기 때문이었다. 다시 말해서 미래 화학선생님은 그들의 화학과 성적에만 직접적인 영향을 끼치는 것이 아니라 그들의 담임을 맡게 되므로 그들의 생활과 전도에도 직접 관여하게 될 것이기 때문이었다. 그래서 그들은 "재능이 없는 평범한 사람은 절대 사양이었다. 해황(蟹黃, 게의 알로 젓을 담근 간장 – 역자 주)의 맛을 본 사람들에게 계란볶음에 식초를 섞어 눈속임할 생각일랑은 말라"고 사방으로 떠벌리고 다니고 있는 중이다.

## 2

사흘 뒤 웬 낯설고 왜소한 여인이 교장선생님의 안내 하에 고 1학년 2반 교실에 들어섰다. 남학생들은 약속이나 한 듯이 "어우!" 하고 외마디 탄성을 내지르는 것으로 그 여인에 대한 불경심을 노골적으로 드러냈다. 여학생들은 일제히 박수를 쳤다. 그들 중에도 여교사를 탐탁지 않게 여기는 여학생들이 있었지만 마음 한 구석에 있는 감정을 숨기려고 따라서 박수를 치고 있는 것이다. 제일 뒷줄에 앉은 한 여학생만은 박수도 치지 않고 "어우" 하고 탄식도 하지 않았다. 그 여학생은 그저 두 눈을 반짝이며 새로 온 여교사를 바라보고만 있을 뿐이다. 그 눈에서는 우호적이고 희망에 찬 빛이 흘렀다. 그 여학생은 일주일 전에 다른 학교에서 새로 전학을 온 학생이었다. 그는 왜 남학생들이 "어우" 하고 탄성을 내지르는지 알지 못하였으며, 여학생들은 왜 또 박수를 치는지도 알지 못하고 있었다. 그 모든 것은 여교사의 눈을 벗어나지 못하였다. 20년간 교직 생활을 해온 그는 어떤 일이 닥쳐도 당황하지 않고 태연자약하게 대처할 수 있었다. 이 모든 것은 지극히 정상이라고 그의 경험이 말해주고 있었다. 그는 미소를 머금고 교실 안을 휙~ 쓸어보았다. 그리고 그 눈길은 그 여학생의 얼굴에 잠깐 멈추는가 싶더니 바로 옮겨갔다. 여교사는 몸매가 작고 가냘프게 생겼지만 노련하고 깔끔해보였다. 몸매는 매끈하였으며 고개는 항상 조금 위로 쳐든 자세를 유지하고 있었다. 옷에는 먼지 한 점 없었고 머리카락 한 오리도 헝클어지지 않았다. 그래서 아주 정밀한 기기 부속품을 연상시키는 형상이었다.

"나는 샤위(夏雨)라고 해!"

어느새 여교사는 강단에 올라서서 몸을 돌려 칠판에 분필로 본인의 이름을 적어놓았다. 글씨체가 정연하였으나 멋지지는 않았다. 그 한 가지만 봐도 왕수이 선생님보다 못한 것 같았다. 학생들이 조금은 실망하는 눈치였다. 그때 누군가

"샤위(夏雨의 중국어 발음이 '비가 내린다'는 뜻의 샤위[下雨]'와 발음이 같음)"라고? 비가 내린다고? 우박은 안 내리나 몰라?"라고 하며 실실거렸다. 샤위 선생님이 학생들을 향해 돌아서더니 웃으면서

"우박이 내리려면 그럴만한 조건이 구비되어야 하거든. 공중에서 물방울이 응집되었을 때 온도가 영도 이하여야만 물방울이 얼음이 될 수 있어. 내 온도는 그 정도에 이를 수 없으니 냉동이 될 수 없거든. 그래서… 난 비만 내릴 수 있어."

예전 경험에 비추어봤을 때 이런 말을 해 그저 선의의 웃음소리만 자아내면 끝이었다.

그런데 그의 말이 끝나기 바쁘게 교실이 떠나갈 듯 웃음소리가 터질 줄이야 누가 알았으랴. 그 웃음소리에는 분명 조롱기가 담겨 있었다.

샤위는 어리둥절해졌다. 그는 아무 말도 없이 조용한 눈빛으로 학생들의 얼굴을 차례로 살펴보았다. 한 남학생이 얼굴이 붉으락푸르락해서 있는 게 눈에 띄었다. 그 눈빛에는 분노가 가득 찼으며 심지어 적의까지 품고 있었다. 그 학생이 방금 전에 "우박은 안 내리나 몰라"라고 물었던 그 학생이라는 걸 샤위는 알아차렸다. 그러나 중요한 사실은 그 아이의 별명이 '냉동 새우'라는 사실에 대해서는 샤위가 알 리 만무했다.

'냉동 새우'는 그런 아이였다. 그는 이제 겨우 열여섯 살이지만 어떻게 배웠는지 날카로운 눈빛을 하고 있었다. 그는 언제나 적의에 찬 눈빛으로 모든 사람과 모든 사물을 관찰하곤 한다. 다른 학생이 선생님을 도와 수업에 쓸 소품을 들어다주는 걸 보면 그는 꼭 "공부 못한다고 이런 데 머리 쓸 것까진 없잖아!"라고 비아냥거리곤 하였으며, 누가 창턱에 올라서서 유리창을 닦고 있는 것을 보면 그는 꼭 "선생님에게 칭찬을 받으려다가 집 아래로 떨어지기라도 하면 너무 허망하잖아!"라고 비꼬곤 하였다. 또 누가 새로운 물건을 학교에 가지고 오면 그는 꼭 "별 것도 아니네! 그리고 어디서 난 건지 알게 뭐야!"라며 삐딱하게 말하곤 하였다. 공부를 잘하는 학생을 보면 질투하여 과외선생님을 두고 있는 것이라고 오해하였고, 공부를 못하는 학생을 보면 제멋대로 조롱하곤 하였다.

다른 사람에게서 받은 은혜는 전혀 기억하지 못하면서 그에게 잘못한 일이 있으면 설령 그게 아주 작은 일일지라도 잊지 않고 있다가 반드시 보복을 해야 직성이 풀리곤 하였다.

날카로운 것을 그는 총명한 것으로 생각하고 있었다. 그 자신은 친구가 없었으며 그 누구도 친구가 없다고 생각하고 있었다. 그렇기 때문에 그가 '냉동 새우'라는 별명을 얻게 된 것은 그가 야위어서도 혹은 그가 항상 새우처럼 허리를 구부정하고 다녀서도 절대 아니다.

이제 그는 당연히 샤위 선생님이 자기를 공공연히 조롱하였다고 생각하게 되었다.

"토끼, 너 두고 보자!"

그는 만화영화에 나오는 대사를 인용하여 속으로 몰래 욕하였다. 그 모든 것을 샤위 선생님이 알 리 없었다. 그는 방금 전에 자신이 한 말이 어쩌면 그 학생의 비위를 건드렸을 수도 있다고 추측하고 있었다. 교실 안이 조용해지기를 기다려 그는 수업 안을 펼쳤다.

"왕수이 선생님이 '촉매제'에 대해서 이미 강의하셨지. 아직 다 끝난 건 아니고. 이제부터 내가 계속 이어서 수업을 진행하겠다…."

이렇게 말하면서 그는 아주 숙련된 손놀림으로 회백색의 가늘고 긴 플라스틱 스푼으로 유리병 안에서 반짝이는 분말을 한 스푼 떠서 조심스럽게 작은 유리컵에 담았다.

"이건 알루미늄 분말이다. 이제 성냥으로 여기에 불을 붙일 것이다." 라고 말하면서 그는 성냥개비를 하나 꺼내 그어서 불을 붙였다.

모든 절차를 조작 방법에 따랐으며 동작이 능숙하고도 규범적이었다. 그런데 교실 안에서 누군가 수군거리는 소리가 들렸다. 샤위 선생님은 아무 내색도 하지 않았지만 속으로는 조금 당황하였다. 그는 자신이 어느 부분에서 규범에 어긋났는지 알 수가 없었다.

그의 전임이 성냥을 그을 때 그와는 다른 방법으로 그었다는 사실을 그가 알 리 만무하였으니까 말이다. 왕수이 선생님은 성냥을 그을 때 성냥갑 위의 인을 사용하지 않았다. 그는 몸을 꼿꼿이 세우고 머리도 돌리지 않은 채 등 뒤의 칠판에 대고 아주 멋지게 슬쩍 그어 성냥개비에 불을 붙이곤 하였다. 이는 왕수이 선생님만의 특기였다. 그 특기를 가벼이 여겨서는 안 되었다. 왕수이 선생님이 학생들과의 첫 대면에서 특기를 살짝 보여줬을 때 학생들은 모두 깜짝 놀라 멍해졌었다. 수업이 끝난 뒤 학교 앞 편의점의 성냥이 순식간에 매진되었었다. 그리고 칠판 아래 바닥에는 성냥개비가 수북하게 쌓였지만 성냥개비에 불을 붙이는 데 성공한 학생은 한 사람도 없었다. 그 한 가지 기술로 여러 학번의 학생들을 꽉 잡을 수 있었다.

그런데 샤위 선생님에게는 그런 기술이 없었다. 그는 그저 불이 붙고 있는 성냥개비를 기계적으로 알루미늄분말에 갖다 댔을 뿐이다. 그리고 책을 외우는 것처럼 말했다.

"애들아, 봐봐. 이 성냥만으로는 알루미늄분말에 불을 붙이기 어렵지?"

이어 그는 또 일부러 목소리를 한 톤 높여

"그러나 만약 내가 요오드를 조금 넣는다면…"라고 말하면서 역시 능숙한 손놀림으로 갈색 유리병 안에서 자줏빛 작은 결정체를 몇 알 떠서 알루미늄분말 위에 올려놓았다. 그런 다음 또 방금 전처럼 어린애도 할 줄 아는 방법으로 성냥개비에 불을 붙여 알루미늄분말에 갖다 댔다.

처음에는 자줏빛 연기가 피어오르기 시작하더니 거짓말처럼 알루미늄분말이 타오르면서 황색 불꽃을 발산하였다. 학생들은 모두 조용히 지켜보고 있었다.

"요오드가 바로 알루미늄을 연소시키는 촉매제다!"라고

샤위 선생님이 말했다.

예전의 샤위였다면 이 대목에서는 마치 개그맨이 웃음보따리를 터뜨리듯이 결단성 있고 단호하게 생기가 넘치게 말하였을 것이다. 그런데 오늘은 웬 일인지 목소리에 힘이 빠져있었으며 마치 요오드와 알루미늄처럼 전혀 생기가 없었다.

"질문 있습니다. 설탕이 연소할 때는 촉매제가 뭡니까?"

갑자기 '냉동 새우'가 전혀 거리낌 없이 물었다.

전 반의 학생들 눈길이 일제히 '냉동 새우'에게로 쏠렸다. 그건 '냉동 새우'의 도발이라는 것을 모두가 알고 있었다. 그는 당의 촉매제가 무엇인지를 잘 알고 있었다. 왕수이 선생님이 이미 설탕을 가지고 실험을 한 적이 있었기 때문이었다.

그때 왕수이 선생님은 설탕을 철망 위에 올려놓은 뒤 멋진 동작으로 성냥개비를 그어 불을 붙여서는 여유만만하게 담배에 불을 붙였던 것이다. 선생님이 수업 중에 담배를 피우는 것에 학생들이 깜짝 놀라고 있을 때 왕수이 선생님이 담뱃재를 설탕 위에 털어놓더니 다시 성냥에 불을 붙여 설탕에 갖다 대는 것이었다. 설탕이 연소하기 시작하였다.

왕수이 선생님에 비해 샤위의 강의는 맹물처럼 무미건조하였다. 왕수이 선생님이 수업 중에 예를 드는 내용은 항상 대담하고도 창의적이었으며, 특이하면서도 흥미를 유발시켰다. 그렇게 예를 드는 많은 내용이 교과서에는 없는 것이어서 일반 사람들은 알지 못하였다.

새로 온 샤위 선생님은 혹시 알고 있을까? 학생들의 눈길이 일제히 샤위에게 쏠렸다.

애석하게도 샤위는 비록 사범학교의 우수한 학생이었고, 20여 년의 교학 경험을 가지고 있으며, 또 원래 근무하였던 학교에서 여러 차례나 우수교사로 선정되기도 하였지만 전지전능한 사람은 없는 법이다. "심심풀이로 읽는 책"에나 있을 수 있는 그런 예는 마침 그가 모르는 내용이었다. 누군가 교사를 네 가지 부류로 분류할 수 있다고 하였다. 한 부류는 학식도 깊고 재주도 많은 유능한 부류로서 예를 들면 왕수이 선생님과 같은 교사, 다른 한 부류는 학식도 짧고 재주도 없는 무능한 부류인데 누가 여기에 해당될지는 알 수가 없다. 아무튼 이런 교사는 많지 않을 것이다. 또 한 부류는 학식은 짧으면서 잔재주만 많은 유능한 부류로서 이런 교사는 학문은 깊지 않지만 방법이 많고 "실용성은 없는데 겉만 번지르르한 수단"을 많이 쓴다. 그러니 지식도 많이 쌓지 못하고 나이도 어린 학생들이 이를 알 리가 없을 수밖에. 마지막 한 부류는 학식은 깊은데 재주가 부족한 무능한 부류로서 배운 지식은 많으나 학생들에게 인기가 별로 없다. 그리고 학문은 깊지 않으나 유능한 부류가 왕왕 학문은 깊으나 무능한 부류보다 우위라는 것을 실천이 증명해주고 있다. 교사가 그럴 뿐만 아니라 다른 업종도 별반 다르지 않다.

샤위가 어느 부류에 속할지는 실천을 통해 검증해봐야 할 일이다.

뜻밖의 질문에 샤위는 멈칫 하더니 상황에 떠밀려 정면 돌파를 피하고 우회전술을 쓰기로 작정하였다. 샤위는

"좋아! 이 학생의 질문에 대답할 사람?"

하고 말끝을 돌려버렸다. 그는 얼굴이 붉어지는 걸 느꼈다. 몸도 얼굴도 화끈거리는 것 같았다. 아무도 손을 들지 않았다.

"좋아! 네가 말해봐."

샤위가 가까이 앉은 여학생의 책상을 가리키며 말했다.

그 여학생이 머리를 가로저었다.

샤위는 또 뒤에 앉은 통통하게 생긴 남학생을 가리켰다.

그 남학생이 우물쭈물하며 일어서더니 '냉동 새우'를 힐끗 쳐다보고 황급히 눈길을 피하면서 "저도 모르겠어요."라고 말했다.

순간 샤위는 그 학생이 감추는 듯 했지만 피하려는 눈치를 발견하였다. 그는 의심이 들었다. 아이들이 정말 모르고 있는 걸까? 아니면 알면서 일부러 말하기를 꺼려하는 걸까? 그는 속으로 (방금 전 '냉동 새우'가 질문하였을 때 모른다고 솔직하게 인정할 걸)하며 후회하였다. 예전에 그는 항상 그렇게 해왔다. 그런데 오늘은 어찌 된 영문일까? 귀신이 곡할 노릇이었다. 누군가에게 코가 꿰어 끌려가는 기분이었다. 그는 자신이 난처함에 처하였음을 의식하고 있었다.

"자, 누구 아는 사람…"

이렇게 말하면서도 속으로는 당황하기 시작하였다. 대답하는 사람은 아무도 없었다. 교실 안은 물 뿌린 듯 조용하였다. 학생들은 잘 알고 있었다. 이쯤 되면 이제는 누가 알고 누가 모르는 문제가 아니라 누가 샤위의 편에 서고 누가 '냉동 새우'의 편에 서느냐는 문제라는 것을 말이다. 이 점에 대해 샤위는 회피하는 학생들의 눈빛에서 어렴풋이 느끼고 있었다.

오직 한 쌍의 반짝이는 눈만이 여전히 샤위를 바라보고 있었다. 거의 절망하려던 찰나, 샤위의 마음속에 마지막 희망이 불타올랐다.

"저쪽 여학생 말해볼래."

여학생이 자리에서 일어나더니

"담뱃재를 설탕이 연소할 때 촉매제로 쓸 수 있어요!"

순간 가슴을 짓누르고 있던 큰 바위를 내려놓은 기분이었다. 샤위는 그 여학생이 너무 예쁘다는 것을 발견하였다. 늘씬한 몸매, 까맣고 윤기 나는 부드러운 단발머리, 아리따운 얼굴, 그 애의 눈에서는 천사처럼 순결하고 착한 빛이 흘렀다….

"참 똑똑한데!"

누군가 이상야릇한 어투로 한 마디 하였다. 샤위는 그 여학생에게 완전히 마음이 끌려버렸다.

"교과서에도 없는 내용을 넌 어떻게 알게 되었지?"

그 여학생은 잠깐 망설이다가 대답하였다.

"왕수이 선생님이 수업 시간에 강의하신 적이 있어요."

삽시에 교실 안이 술렁대기 시작하였다. 순간 샤위는 어찌 된 일인지 완전히 깨닫게 되었다. 그는 강단 앞으로 돌아와 말했다.

"저 학생이 말해주기 전까지 나는 솔직히 설탕이 연소할 때 무엇이 촉매제인지 모르고 있었다. 너무 고마워!"

수업이 시작되어서부터 지금까지 교실 안 분위기가 처음으로 완화되는 느낌이었다. 적지 않은 학생들이 샤위의 솔직함에 찬사를 보내고 있음을 알 수 있었다. '냉동 새우'만 입가에 쉽게 알아챌 수 없는 냉소를 머금고 있었다. 교무실에 돌아온 샤위는 마음이 납덩이처럼 무거웠다. 이번 수업은 완전히 "망해"버렸다. 그의 마음을 더 괴롭히는 것은 자신이 재능이 없어서가 아니라 수업시간에 손발이 꽁꽁 묶인 것처럼 자신의 완벽한 말재주와 풍부한 학식을 아예 살릴 수 없었다는 사실이었다.

그리고 또 학생들이 왜 자신에게 그렇게 비우호적인지 알 수 없었다. 그래서 그 여학생에게 더 호감이 갔다. 이제 샤위는 그 여학생 이름이 송솽(宋爽)이고 그 이상한 남학생의 이름은 손청(孫成)이라는 걸 알게 되었다. 또 그 남학생의 별명이 '냉동 새우'라는 걸 알게 되었을 때 샤위는 그만 웃고 말았다. 수업시간에 불쾌했던 감정이 연기처럼 흩어져버리는 것 같았다. 그러나 샤위는 잘못 생각했던 것이다. 그게 끝이 아니었다.

3

이틀 후 오후 수업종이 막 울렸을 때 샤위가 전화 한 통을 받았다. 그의 반 한 여학생이 우체국 옆 파출소에 잡혀 있다는 것이었다. 이름은 송솽이라고…

샤위는 자전거를 타고 파출소로 달려갔다. 파출소에 도착하였을 때 샤위는 옷이 땀에 흠뻑 젖어 있었다.

송솽은 눈이 빨개서 각목을 박아 만든 의자에 애처롭게 앉아 있었다. 그 애 앞에는 여경과 우체국 제복을 입은 남자가 앉아 있었다.

샤위가 들어오는 것을 본 송솽은 마치 가족이라도 만난 것처럼 눈물을 뚝뚝 떨구었다.

여경이 파란 송금 통지서를 샤위 앞으로 밀어놓았다. 샤위가 눈가까지 흘러내려온 땀을 닦으면서 보니 송금 수령자 란에 송솽의 이름이 적혀 있었고, 송금액은 50원이었는데 송금인은 낯선 이름이었다.

"이게 어떻게 된 겁니까?"

샤위가 고개를 들며 영문을 몰라서 물었다.

"이 송금 통지서는 위조된 것입니다. 위조도 참 우습게 했군요. 송금 통지서는 우체국에서 산 것인데 도장은 우체국에서 발행하는 기념우표에 쓰이는 우표 발행일자 기념 소인입니다. 이런 도장은 우표수집 판매점에서 마음대로 찍을 수 있는 겁니다…. 이 여학생이 이런 걸 가지고 와서 송금을 수령하려고 했어요…"

여경이 조롱조로 말했다.

"이건 제가 위조한 게 아니에요. 다른 사람이 전해준 거예요…"

송솽이 큰 소리로 말했다. 그 모습이 너무 측은해 보였다.

일의 자초지종은 이러하였다. 오늘 오전에 제4교시 수업이 끝나 송솽이 점심을 먹으러 학교 구내식당으로 가고 있는데 웬 낯선 남학생이 나타나 아주 친절하게 그에게 그 송금 통지서를 건네면서 경비실에서 주더라고 전하였다. 그리고 송솽이 미처 고맙다는 인사도 할 새 없이 그 남학생은 멀리 가버렸다는 것이다.

송솽은 그런 송금 통지서를 수령할 때는 본인의 사인이 필요하다는 걸 애초에 알지도 못하였던 것이다. 그는 또 한 번도 다른 사람에게서 송금을 받아본 적이 없었다. 이렇게 척 보면 한 눈에 간파할 수 있는 얕은 수에 대해서도 그는 전혀 알지 못하였다. 그는 그저 누가 돈을 보냈는지 궁금하여 이렇게 우체국으로 온 것이라고 했다.

샤위는 누군가 장난을 치고 있다는 것을 대뜸 알아차렸다. 일부러 송솽을 골탕 먹이려는 수작이라는 것을.(이건 너무하잖아!) 그의 머릿속에는 순간 '냉동 새우'의 이상야릇한 표정이 떠올랐다.

“이 아이는 절대 그런 일을 할 아이가 아닙니다. 누군가 이 아이를 함정에 빠뜨린 것일 겁니다. 이 아이는 좋은 학생입니다!”

샤위가 흥분해서 말했다. 샤위의 말을 들은 여경과 우편국 직원은 그제야 딱딱하게 굳었던 표정을 푸는 것이었다. 그들은 송쌍을 위안하면서 방금 전에 송쌍에게 지나치게 엄하게 굴었던 걸 만회하려 했다.

파출소 대문을 나와서 샤위는 송쌍에게 다정하게 말했다.

“이 일은 반 아이들에게 말하지 말자. 오후 수업은 하지 말고 집으로 돌아가 쉬어라. 내일 학교 나와서도 아무 일이 없었던 것처럼 해야 해. 알았지?”

“네. 알겠어요!”

순간 송쌍은 가슴이 뭉클해졌다.

“너에게 송금 통지서를 전해주던 남학생을 보면 몰래 나에게 일러줘.”

샤위가 말했다. 송쌍은 또 머리를 끄덕인 뒤 집으로 돌아갔다. 멀어져 가는 송쌍의 뒷모습을 바라보면서 샤위는(참 단단한 아이구나.) 하고 생각하였다.

샤위는 초조하고 짜증이 났다. 첫 수업을 잘하지 못한 찜찜함이 아직 가셔지지도 않았는데 또 송금 통지서 사건까지 터진 것이다. 이번 일이 괘씸하였지만 파출소에서 절대 이런 사건을 입건하고 수사에 착수하지는 않을 것이라는 점은 알고 있었다….

피로가 온 몸에 스멀스멀 퍼지고 있는 느낌이 들었다. 갑자기 배가 결리는 것처럼 아프기 시작하였다. 샤위는 그 자리에 쪼그리고 앉았다. 화가 날 때마다 그에게 나타나는 증세였다.

며칠이 지났다. 송금 통지서의 필적은 '냉동 새우'의 필적과는 전혀 달랐다. 송금 통지서를 전해준 남학생은 어디서도 보이지 않았다. 마치 그 사람이 애초에 나타났던 적이 없는 것처럼 말이다. 올바른 기풍을 세우기 위해 샤위는 송샹을 반의 생활위원으로 임명하였다.

## 4

무더운 날들이 이어졌다. 어제 밤에는 먹구름이 몰려오고 번개가 치고 우레가 우는 것이 비가 올 것 같았다. 그러나 결국 비는 한 방울도 내리지 않았다. 비가 내릴 것이라는 희망에 잔뜩 부풀었다가 비가 오지 않자 희망의 파멸을 경험한 사람들은 더욱 초조하고 불안해보였다.

학교 복도 휴지통에는 아이스크림포장지가 넘쳐나고 있었다. 사람은 그나마 아이스크림이라도 먹을 수 있었으나 운동장 바닥은 가뭄으로 쩍쩍 갈라진 입으로 공기 속에 얼마 남아 있지 않은 수분을 빨아들이고 있었다…. 요즘 사람들은 만나면 날씨 얘기로 첫 마디를 시작한다.

학교 선생님들은 샤위만 만나면 약속이나 한 것처럼 "샤위 선생님, 비는 언제 쯤 올까요?" 라고 인사를 건네곤 하였다. 그러면 샤위는 웃으면서 "곧 오겠죠. 곧 올 거예요." 라고 마치 비를 주관하는 용왕이라도 되는 것처럼 대답하곤 하였다.

얼굴에 미소를 띠고 교실에 들어서던 샤위는 오늘 교실 분위기가 이상한 것을 느꼈다. 오늘은 예전의 산만하고도 경박한 기운이 아니라 긴장한 기운이 공기를 가득 채우고 있었다. 학생들은 그를 쳐다보다가 또 교실 저쪽 방향을 주시하기도 하였다. 샤위는 미소를 거두며 학생들의 눈길을 따라 고개를 돌렸다. 칠판 좌측 위쪽 귀퉁이 나무틀 위에 흰색 카드 한 장이 압핀으로 고정되어 있었다. 샤위가 다가가서 자세히 들여다보니 그건 마주 접어 정교하게 만든 카드였다. 뒷면은 무슨 그림인지 분명하지 않았지만 앞면은 꽃무늬 변두리 가운데 공백 부분에 아담한 글씨로 이런 몇 글자가 적혀 있었다.

손청에게:
생일 축하해!

같은 반 송솽이가

송솽의 이름 위에는 "×"기호를 쳐 놓았다.

샤위는 어리둥절해졌다. 그는 송솽이 왜 손청에게 생일카드를 주었는지 알 수 없었다. 손청이 어떤 사람인지 제쳐두더라도 한 여학생이 남학생에게 생일카드를 준 사실 자체만으로도 큰 금기를 범한 것이다. 송솽이 외국인일 리도 없고. 설마 손청이 송솽에게 생일이라고 알려주기라도 한 것일까? 이 카드는 또 누가 주운 것일까? 그리고 어느 녀석이 이걸 여기에 박아놓은 것일까?… 어쩌면 이 카드 자체가 가짜일 수도 있다. 작은 카드 하나 때문에 샤위는 오만가지 생각이 얼기설기 뒤엉켜 어찌해야 할지 방법이 떠오르지 않았다.

샤위의 머릿속에는 수많은 방법이 떠올랐다. 그는 카드를 떼어 책 안에 끼워 넣고 아무 일도 없었던 것처럼 수업을 한 뒤 후에 차차 조사할 수도 있고, 또 카드를 떼어내며 아주 평화로운 목소리로 이건 아주 정상적인 우정으로 누가 여기에 대해 크게 떠들어대거나 한다면, 그 자신의 마음이 추악함을 증명하는 것이라고 말할 수도 있으며, 물론 그 자리에서 분노를 터뜨려 어떤 것이 옳은 일이고 어떤 것이 잘못된 일인지 학생들에게 알려줄 수도 있었다.

송솽은 머리를 푹 숙이고 있고, 손칭은 고개를 빳빳이 쳐든 채 싸늘한 눈빛으로 샤위를 쳐다보고 있었다.

"누구 짓이니?"

샤위의 가냘픈 몸이 떨고 있었다. 그는 자기 분노를 극구 억제하면서 목소리 톤을 너무 높고 날카롭지 않게 하려고 애쓰며 말했다.

교실 안에 팽팽한 기운이 감돌았다. 아무도 말이 없었다. 샤위의 엄한 눈빛이 학생들의 얼굴을 하나씩 훑으며 지나갔다. 모든 학생의 눈길이 조용히 한 방향을 향하고 있었다.

'냉동 새우'가 손을 휙 저으며

"저예요!"라고 대답하였다.

그 표정, 그 동작이 마치 천성이 산만하나 우수한 성적을 따낸 선수가 경기장에서 관중들 앞에서 소개를 받고 인사하는 것 같았다.

'냉동 새우'도 여느 사람들처럼 생일이 있는 게 당연하다. 오늘이 바로 그의 생일이었다. 그런데 친구가 없는 그는 자기 부모와 호적부를 제외하고 그의 생일을 알고 있는 사람은 아무도 없을 줄 알았다. 그래서 송솽이 휴식시간에 그에게 생일카드를 건넸을 때 조금은 놀라웠었다. 그의 사고방식에 따른 첫 반응은 지난 화학수업시간에 그를 배신했던 송솽이 이제 와서 그에게 잘 보이려고 한다는 것이었다. 송금 통지서 사건은 바로 그가 기획한 것이긴 하지만 그 결과에 대해서는 전혀 모르고 있었다. 그가 또 어떤 방법으로 보복을 할지 고민하고 있을 때 송쐉이 생일카드를 건넨 것이다.

그가 몰래 웃으며 심지어 조금 흡족해하고 있을 때 다른 남학생 몇이 그의 '비밀'을 발견하였다. 그 남학생들이 그를 놀리면서 시끄럽게 떠들어대기 시작하였다. 어쩌면 '냉동 새우'가 다른 방식을 취하려고 생각하고 있었을 수도 있었다. 그런데 상황이 그를 막다른 골목으로 몰아간 것이다. 그의 잠재의식 속에서는 무슨 한이 있어도 스스로를 보호하려는 강렬한 생각이 들었을 것이다. 그는 일부러 태연한 체 하면서 카드를 그 몇 명의 남학생에게 보여주었다. 그러나 그들은 이런 비밀을 부끄러워서 어찌 함부로 볼 수 있겠느냐고 했다. 그래서 '냉동 새우'가 송쐉의 이름에 "×"기호를 쳐서 압핀으로 칠판에 박아놓았던 것이다. 그걸로 자신의 "청백함"과 송쐉에 대한 멸시를 보여주려고 한 것이다.

샤워는 온 몸의 피가 거꾸로 흐르는 것 같았다. 비록 송쐉이 왜 '냉동 새우'에게 생일카드를 주었는지는 알 수 없지만 어떤 목적에서였든지 '냉동 새우'가 너무 비열하다고 샤워의 천성은 말해주고 있었다. 그는 더 이상 자신의 감정을 억제할 수가 없었다. 그는

"너 당장 저걸 떼!"라고 크게 소리 질렀다.

'냉동 새우'는 추호의 망설임도 없이 칠판 앞으로 걸어 나갔다. 그는 생일카드를 떼 가지고 돌아서더니 전 반 학생들이 보는 앞에서 카드 가운데를 북 찢고 또 연거푸 찢어 산산조각을 내서는 창문 앞에 다가가 열려

진 창문으로 냅다 던졌다. 그리고는 마치 영웅이라도 된 것처럼 거들먹거리며 자리로 돌아가 앉았다. 샤위는 두 손이 부들부들 떨리고 있었다. 교직 생활 20년에 이런 학생은 처음이었다. 배가 또 아프기 시작하였다. 그는 손으로 강단을 짚고 죽을힘을 다해 버티고 있었다. "절대 쓰러져서는 안 돼!" 그는 스스로에게 명령하였다. 송쐉이 자리에서 일어섰다. 샤위는 놀라운 눈으로 그 아이를 바라보았다. 그 아이의 차분한 표정에 샤위는 몸 상태가 좀 나아지는 것 같았다. 송쐉이 말했다.

"샤 선생님이 저에게 생활위원 직을 맡으라고 한 날부터 저는 생각했어요. 우리 반 애들에게 무엇을 해줄 수 있을까요? 지금 우리에게 제일 부족한 것은 돈이 아니라 따스함과 우정이라고 저는 생각했어요."

송쐉은 눈언저리가 붉어졌다.

"저는 교의실로 가서 우리 반 애들의 신체검진기록카드에 적혀 있는 대로 생일을 모두 적어왔어요…."

교실은 물 뿌린 듯 조용해졌다.

"우리 반 애들 생일 때마다 작은 선물을 주려고 생각했어요. 제가 적어온 생일을 읽어드릴게요…."

전 반 학생들이 일제히 고개를 돌려 송쐉의 손에 쥐여져 있는 작은 도표를 바라보았다. 마치 대학 입학통지서를 읽어주기를 기다리는 것처럼 경건한 모습들이었다.

손청 1973년 7월 6일,

왕샤오창(王小强) 1973년 7월 21일,

천팅(陳亭) 1973년 8월 9일…

송쐉이 한 학생의 이름을 부를 때마다 이름을 불린 학생은 마치 천둥소리를 들은 것 같은 표정이었다. 그들은 마치 오늘에야 그들 모두가 같은 해에 출생하였다는 사실을 발견한 것 같았다.

교실 안에서 누군가 우는 소리가 들렸다. 샤위는 따스한 기류가 온 몸에 퍼지는 것 같았다. 오랜만이었다. 이처럼 순수하고 진실한 우정을! 그는 심지어 자기 소년 시절, 자기 동년시절이 생각났다. 모든 아름다운 정경이 눈앞에 펼쳐졌으며 모든 아름다운 목소리가 귓가에 울려 퍼졌다. 그때 그의 눈에서는 눈물이 두 볼을 타고 흘러내리고 있었다. 그는 정말 송쐉을 부둥켜안고 엉엉 목 놓아 울고 싶었다.

손청이 아무 표정도 없이 의자에 멍하니 앉아있는 게 눈에 들어왔다. 다만 그 얼굴에서 더 이상 적의를 찾아볼 수는 없었다. 송쐉은 그렇게 손청의 옆에 서 있었다. 눈물 한 방울이 책상 위에 뚝 떨어져 작은 물방울들이 사면팔방으로 튀었다.

## 5

시간은 빨리도 흘러 어느덧 학기말이 되었다. 2개월이 긴 시간은 아니지만 교사와 학생들이 샤위에 대한 평가가 나타나기 시작했다. 가르치는 것은 착실하고 정확하지만 너무 평범하다는 것, 학생들을 관리함에 착실하게 책임지지만 방법은 부족하다는 것이었다. 그의 전임이었던 왕수이 선생님에 비해서는 조금 뒤진다고 하지 않을 수 없었다. 물론 왕수이 선생님은 특별한 경우였다…. 이러한 평가가 일반 교사에게는 아무렇지 않을 수 있었겠지만 샤위는 뭐라고 말할 수 없이 괴로웠다. 이 학교에서 왕수이 선생님에 대한 평가는 바로 샤위가 원래 근무하던 학교에서 샤위에 대한 평가와 같은 것이었다. 샤위는 심지어 이 학교로 전근 온 것이 조금은 후회가 되기까지 하였다. 그는 그 자신이 왕수이 선생님에 비해 기껏해야 몇 가지 특기가 없는 것뿐이라는 걸 알고 있다. 그 학교에는 '냉동새우'와 같은 학생이 없었다. 물론 송샹과 같은 학생도 드물다. 하지만 샤위가 큰 기대를 저버리지 않을 것임은 시간이 증명해줄 것이다. 다음 학기에 만나자! 이날 샤위가 복습을 시키기 위한 안을 들고 교실에 들어섰다. 그가 막 수업을 시작하려고 할 때 문이 열리더니 17, 18살 쯤 돼 보이는 청년 4명이 뛰어 들어왔다.

샤위가 한 걸음 다가서면서 말했다.

"무슨 일입니까? 지금은 수업 중입니다!"

제일 앞에 선 녀석이 샤위를 가볍게 밀치더니 샤위의 앞으로 지나갔다. 그는 머리를 박박 밀어 푸릇푸릇한 두피가 드러나 있었으며 눈에는 그 나이 또래에게 있어야 할 그런 빛은 온데간데없고 악마가 끼었는지 사악한 빛이 번뜩이고 있었다. 이들이 소란을 피우려고 학교를 찾아온 건달들이라는 걸 샤위는 알아챘다….

"나가! 못 들었어?"

샤위가 큰 소리로 외쳤다. 그 까까머리가 피식 웃더니

"선생님을 찾아온 거 아닙니다!"

라고 말하면서 샤위를 무시한 채 강단 앞으로 걸어가서 말했다.
"다들 똑바로 앉아. 우리는 오늘 왕비를 간택하러 왔다. 누가 예쁘게 생겼나…"
샤위는 삽시에 온 몸의 한기가 등허리로 몰려들더니 등을 타고 기어올라 정수리로 치닫고 있는 것을 느꼈다. 학생들은 마치 새끼양이 늑대를 만난 것처럼 모두 실색한 표정이었다.
샤위는 원망할 새도 비애를 느낄 여유도 없었다. 그 순간 그의 머릿속에는 오로지 자기 학생을 보호해야 한다는 한 가지 일념, 혹은 한 가지 정신뿐이었다. 그들이 보복하러 왔건 소란을 피우러 왔건…
그러나 그는 너무나도 문약하였다. 그는 건달들이 쓰는 은어를 모르니 말괄량이처럼 건달들과 맞서서 욕설을 퍼부을 수도 없었고, 자기 힘으로 그들을 문밖으로 끌어낼 수도 없었다. 그는 그저 가엾지만 용감한 염소처럼 그 건달들 앞뒤에서 뛰어왔다 뛰어갔다 하면서 자신도 무슨 말을 하는지 알 수 없는 말들을 지껄이고 있었다.
건달들이 교실 뒤쪽으로 걸어가더니 송솽 옆에 멈춰 섰다.
까까머리와 송솽 사이에 '냉동 새우'가 끼어 있었다.
"비켜!"
까까머리가 '냉동 새우'에게 나지막하게 명령하였다. '냉동 새우'는 꼼짝하지 않았다. 순간 샤위의 마음에 일루의 희망이 솟아올랐다. 그는 '냉동 새우'가 저항을 해주기를 간절히 바랐다. 사내대장부여, 용기를 내어라. 너의 순결하고 착한 동창을 지켜 주어라.
"비키라는 말 못 들었어!"

까까머리가 '냉동 새우'를 거칠게 콱 밀쳤다. 순간 '냉동 새우'가 망설였다. 샤위는 그가 괴로워하고 있음을 발견하였다. 그러나 그는 결국 비켜서고 말았다.

"이 아가씨 예쁘네!"

까까머리가 사악한 웃음을 지으며 송쐉의 얼굴을 만지려고 하였다. 샤위는 자신의 존재를 잊어버린 느낌이었다. 무아의 경지에 이른 것 같았다. 갑자기 자신이 사나운 암 호랑이로 변한 것 같았다. 자기 새끼가 괴롭힘을 당하지 않게 지켜줘야 했다. 샤위는 뒤로 두 발작 물러섰다가 허리를 굽히고 머리를 까까머리의 가슴팍을 겨누고 온 힘을 다해 받아버렸다. 그 바람에 까까머리가 허공에 붕 떠서 뒤로 날아가더니 벽에 박힌 옷걸이에 머리를 호되게 부딪쳤다. 머리에서 피가 흘렀다. 샤위는 갑자기 배에 극심한 통증을 느꼈다. 그때 앞에서 다른 한 놈이 샤위를 향해 덮쳐들었다. 그런데 그 놈은 상대가 갑자기 몸을 움츠리며 앉을 줄은 미처 생각지 못하였다. 결국 그 놈은 샤위의 몸 위로 날아가 샤위의 뒤쪽에 털썩 고꾸라졌다.

누군가 소리를 지르기 시작하였다.

"건달 놈들을 잡아라!"

문약해 보이는 여교사에게 이런 재주가 있을 줄은 꿈에도 생각지 못한 네 건달은 경황실색하여 "걸음아 날 살려라" 하고 도망쳤다.

## 6

샤위는 병원에 실려 갔다. 의사가 진찰해보더니 담결석이 급작스레 발작한 것이라고 하였다.

“담결석만 아니었으면 그 네 건달 놈은 끝장났을 거야!”

“샤 선생님이 무예가 그렇게 셀 줄 몰랐어!”

“진정한 실력자는 자신을 드러내지 않는 법이지. 드러내면 그게 뭐 실력자야? 그렇게 위급한 상황이 아니었다면 절대 드러내지 않았을 거야….”

고교 1학년 2반 학생들은 전교에서 가장 인기 있는 이야기 대상이 되었다. 그들에게만 샤 선생님의 풍채를 볼 수 있는 행운이 있었기 때문이다.

학교의 여론이 완전히 바뀌었다.

샤위 선생님은 가장 큰 특기를 갖춘 선생님이 되었다. 아무도 왕수이 선생님의 성냥 긋기에 대해 더 이상 언급하지 않았다. 샤위 선생님의 무예와 비교할 때 성냥 긋기는 별것도 아니었다.

학생들은 샤위 선생님의 가르침에 대해서도 다시 평가하기 시작하였다.

“수업은 수업다워야지. 재담이나 이야기처럼 해서야 되겠어?”

사람들은 샤위가 수업시간에 했던 말 한 마디 동작 하나까지 회고하기 시작하였다. 그들은 심지어 샤위가 ‘담뱃재의 비밀’을 모르는 것은 큰 지혜를 가진 사람이 자신의 재능을 뽐내지 않으려고 어리석은 체 한 것이라면서 학생들의 적극성을 격려하기 위한 수단이라고 말했다. 샤위는 전설의 인물이 되었다. 샤위는 병실에 조용히 누워 있었다. 그의 병문안을 오는 학생이 복도를 가득 메울 정도였다.

한 간호사가 다른 한 간호사에게 말했다.

"교사라는 직업이 좋지 않다고들 하던데 내가 보기엔 괜찮은 것 같으네. 요즘 같은 세월에 누가 입원했다고 해서 이렇게 많은 사람들이 병문안을 오겠어?…."

전 반 학생들이 다 한 번씩 병문안을 다녀갔다. 그러나 '냉동 새우'만 얼굴을 드러내지 않았다.

이처럼 많은 칭찬과 그처럼 거창한 전설에 대해 샤위는 계속 변명하였다. 그러나 그가 남들에게 준 인상은 겸손하고 대범하며 깊이를 헤아릴 수 없이 겸허하다는 것이었다.

이제 샤위는 유일하게 정신이 멀쩡한 사람이다. 그에게는 특기 같은 게 없다. 절대다수 사람들에게 특기는 없다. 그렇지 않으면 '냉동 새우' 현상은 어떻게 설명해야 하겠는가? 여름 내내 오지 않던 비가 드디어 내렸다.

샤위의 병문안을 온 선생님들은 "얼마 전에는 샤위가 너무 바빠서 비 내리는 일에 관여할 새가 없었는데 이제 한가해지니까 이것 봐, 비가 내리잖아."라고 우스갯소리를 하였다.

Part
2

# 완완(彎彎)의 소장품

# 완완(彎彎)의 소장품

## 1

양 선생님이 두터운 사진앨범을 품에 안고 교실에 걸어 들어오시더니 싱글벙글 웃으면서 학생들에게 말했다.

"내일이면 겨울방학이다. 너희들에게 의미 있고도 너무 재미난 활동숙제를 내주겠다."

마흔 여덟 쌍의 눈이 일제히 책상 위에 놓인 앨범에 쏠렸다.

양 선생님이 말씀하셨다.

"매 학생이 방학 동안에 의미가 있는 걸 수집하기 바란다. 개학 때 전시회를 열어 다들 뭘 수집하였는지 볼 것이다. 물론 예전부터 뭐든 수장해오고 있는 학생이라면 예를 들어 우표라든가, 성냥갑(성냥갑 도안)이라든가, 책갈피라든가, 생일카드라든가? 방학 동안에 더 풍부하게 보충하여 가지고 와서 전시할 수 있다…."

교실 안이 갑자기 시끌벅적해졌다…. 리샤오밍(李小明)이 우쭐하는 걸 좀 봐! 그 애는 반에서 이름난 우표수집 대왕이다. 그는 12간지 띠별 우표를 한 세트 다 가지고 있다. 와! 12장이나! 특히 그 원숭이띠 우표 — 빨간 바탕에 검은색에 금빛을 띤 털북숭이 원숭이 — 그 우표가 다른 사람에게는 아예 없는 것이다. 기껏해야 닭이며, 말 따위만 있을 뿐이다. 중국 우표 외에도 그는 백여 개 나라의 우표를 다 가지고 있다. 어떤 나라는 다들 이름도 모른다. 우표에 쓰여 져 있는 외국 글자도 모른다. 그러니 리샤오밍이 제 마음대로 허풍을 치게 내버려두는 수밖에 없다. 리샤오밍의 우표수집앨범은 다른 사람이 만져볼 수도 없을 뿐 아니라 보기만 하는 것도 거리를 제한해두곤 하였다. 다른 사람이 숨을 쉬면서 내뱉은 이산화탄소가 그의 우표의 상태를 망가뜨릴 수 있다는 게 이유다…. 그러니 다들 눈만 동그랗게 뜨고 바라보기만 할 뿐 속수무책이다. 에이! 그 애 아빠가 대사관에 근무하니까 그럴 만도 하지!

손칭칭(孫慶慶)의 저 뽐내는 꼴은 또 어떻고. 입이 벙그레해서, 득의양양해서 웃고 있다. 그 애가 벙그레해 있는 것은 별의별 성냥갑을 다 가지고 있기 때문이다! 기실 까놓고 말해서 그 애는 전혀 대단할 것이 없었다. 그 애 엄마가 성냥공장의 성냥갑 도안 디자이너라서 그 애가 가지고 잇을 뿐이다. 쉬완완(徐彎彎)은 아주 긴장하고 있었다. 그는 웃음이 나오지 않았다. 그 애에게는 대사관에서 근무하는 아빠도 없었고, 성냥공장에서 일하는 엄마도 없었다. 그 애 부모는 모두 고등학교 선생님이었다. 아빠가 외국어를 가르치긴 하지만 그렇다고 아빠에게 편지를 하는 외국인이 있는 것도 아니다!

다행이도 양 선생님은 또 이런 말씀도 하셨다. "우리의 소장품은 그 가격이 중요한 것이 아니라 의미가 중요하다. 너희들도 무엇을 소장할 것인지 상상력을 충분히 펴보기를 바란다. 세계에는 여러 가지 수장 품목이 있다. 지폐와 동전을 수장하는 사람도 있고, 시계를 수장하는 사람도 있으며, 배급 증표를 수집하는 사람도 있다. 식량 배급표·기름 배급표·직물 배급표·공업물품 배급표… 뭐든 닥치는 대로 수집하곤 한다. 아참, 너희 또래는 어쩌면 직물 배급표나 공업물품 배급표… 이런 건 구경도 못하였을 거다. 그리고 또 술병을 수장하는 사람도 있지. 외국인들 중에는 욕조와 변기를 수집하는 사람도 있단다….”

“하하하 변기를 수집한다고?” 학생들이 웃음을 터뜨렸다.

양 선생님이 책상 위에서 사진앨범을 집어 들면서 물으셨다.

“한 번 맞춰볼래? 내가 뭘 수장하였는지?”

“사진이요.”

진펑(金鳳)이 제일 먼저 소리쳤다. 진펑은 여자애인데도 참 대담하였다. 안타깝게도 그 애는 목소리가 좀 이상하였다. 그 애가 내는 소리는 너무 높고 날카로웠다. 아마도 목소리가 너무 가늘어서인지 소리가 마치 납작하고 평평한 노즐에서 뿜어져 나오는 것 같았다. 항상 목을 움켜잡고 말하는 것처럼 듣기가 참 거북하다. 반에서 그 애 별명은 ‘고반음(목소리가 반음이 높다는 의미)’이다.

그 애 대답소리에 이어 반 아이들의 웃음소리가 터져 나왔다.

금봉은 민망하여 입을 다물었다. 그런데 그 애는 기억력이 나쁜지 다음번에 선생님이 질문할 때면 또 앞질러 대답하곤 한다.

양 선생님이 빙그레 웃으면서 앨범을 펼치셨다.

“우와!~” 학생들은 깜짝 놀라며 감탄을 금치 못하였다.

까만색 바탕 위에 노란색, 하얀색, 오렌지색, 까만색에 금빛 무늬가 달린… 알록달록 다양한 나비들이 정연하게 배열되어 있었다.

아름다운 나비마다 아래에 하얀 글자로 작게 뭐라고 적혀 있었다. 나비 이름과 원산지가 적혀 있을 것이라고 쉬완완은 생각하였다.

양 선생님이 천천히 입을 열었다.

"이 나비들은 졸업한 나의 제자들이 보내온 것이란다. 예전에 내가 가르쳤던 학생이 졸업할 때마다 나는 그 아이들에게 말했었지. '너희들이 졸업해서 떠난 뒤 매 사람이 나에게 자기가 직접 채집한 나비를 선물로 보내주었으면 좋겠구나…. 지금은 말고…' 후에 나의 제자들이 자라서 취직을 하였지. 어떤 직업에나 종사하는 사람이 다 있어. 동서남북 어느 곳에나 다 있지…. 그래서 나는 해마다 십여 통의 편지를 받곤 한단다. 편지에는 늘 그 제자가 근무하는 곳에서 채집한 가장 예쁜 나비가 끼어 있고. 나는 그 나비들을 내 사진 앨범에 붙여놓고 나비마다 아래에 보내온 학생의 이름과 그가 근무하는 곳을 적어놓곤 한단다…. 어떤 학생은 졸업한 지 20년도 넘었지…."

교실 안은 물 뿌린 듯 조용하였다. 모두 아무 말도 없이 조용히 듣고 있었다. 쉬완완은(제일 의미가 있는 걸 수집해야지.) 하고 속으로 몰래 다짐하였다.

## 2

겨울방학이 시작되었다.

쉬완완은 책상 앞에 앉아 영어교과서를 읽고 있었다.

엄마는 소파에 앉아서 책을 읽고 있었고, 아빠는 아침 일찍 대학입시

과외수업을 하러 나갔다.

"완완아, 제멋대로 읽지 말고 녹음테이프를 들으면서 따라 읽으렴. 그래야 정확한 발음을 배우지…"

"너무 귀찮아요!"

"귀찮아하면 쓰나? 공부하는 걸 귀찮아하면 안 되지. 자, 내가 녹음기를 틀어줄게…."

엄마가 테이프를 넣고 버튼을 눌렀다.

"자, 준비됐지? 녹음기에서 한 마디 읽으면 너도 한 마디 따라 읽는 거야."

쉬완완은 돌아앉아 교과서를 추켜들면서 투덜거렸다.

"어른들은 얼마나 좋아요. 공부하지 않아도 되고…"

녹음기에서는 사르륵사르륵 하는 소리가 들렸다.

한참이 지나 완완과 엄마가 동시에 말했다.

"엥? 왜 소리가 안 나지?"

"에그! 잘못됐구나! 녹음버튼을 눌렀잖아!"

엄마가 소파에서 튀어 일어났다….

완완이 무슨 생각을 했는지 깔깔 웃기 시작하였다. 그는 엄마보다 앞질러 테이프를 앞으로 되돌린 뒤 틀었다.

녹음기에서 엄마의 목소리가 흘러나왔다.

"자, 준비됐지? 녹음기에서 한 마디 읽으면 너도 한 마디 따라 읽는 거야."

완완이 또 웃음을 터뜨렸다.

엄마의 목소리가 평소와 좀 다른 것 같았다. 녹음기에서 흘러나오는 목소리는 더 부드럽고 더 듣기 좋았다. 마치 라디오방송에서 나오는 아나운서 목소리 같았다.

녹음기에서는 또 완완의 목소리가 흘러나왔다.

"어른들은 얼마나 좋아요. 공부를 하지 않아도 되고…"

그 목소리도 듣기 좋았다. 문득 완완의 뇌리를 치는 생각이 있었다. (야호! 전 반 애들의 목소리를 다 수집해보면 분명 재미있을 거야! 그래! 바로 이거야! 한 사람의 목소리를 한 마디씩 녹음하는 거야. 이제 개학에 반에 가지고 가서 틀어놓으면 걔들이 깜짝 놀랄걸! 그리고 이건 비밀이야. 아무에게도 말하면 안 돼. 미리 말하면 재미가 없을 테니까.)

완완은 너무 좋아서 깡충 뛰어 엄마의 목을 끌어안으며 말했다.

"엄마! 사랑해요!"

"얘가 왜 이래?"

엄마가 어리둥절해 하면서 말했다.

완완의 아빠는 외국어 선생님이시다. 그에게는 손바닥 만 한 크기의 녹음기가 있는데 보물단지처럼 애지중지하면서 아무도 손대지 못하게 하고 혼자만 쓰고 있었다.

점심식사를 하면서 완완이 아빠에게 물었다.

"아빠, 내 생일은 며칠이에요?"

아빠와 엄마는 완완이 왜 이런 질문을 하는지 알 수 없어 서로 멀뚱멀뚱 마주보기만 하였다.

아빠가 눈을 가느스름하게 뜨더니

"왜 그러느냐? 아빠 앞에서 잔꾀 부릴 생각은 말아라!"

하면서 짐짓 엄숙한 표정을 짓고 말했다.

"며칠이냐고요?"

엄마가 참다못해 대답하였다.

"1월 28일이야."

그리고 손가락을 꼽으면서 세어보았다.

"22일, 23일…어머! 이제 엿새만 지나면 네 생일이구나."

완완이 고개를 갸우뚱하고 물었다.

"올해 제 생일에는 무슨 선물을 주실 거예요?"

아빠가 완완의 머리를 살짝 건드리면서 말했다.

"잔꾀 부리려는 줄 알았지. 부끄러운 줄도 모르고. 선물은 다른 사람이 주는 거지 직접 달라고 말하는 경우가 어디 있니?"

엄마가

"정말 뭘 선물로 줄지 모르겠구나. 뭘 줄까? 말해봐!"

라고 말했다.

"아무것도 필요 없어요. 한 푼도 쓰지 않아도 돼요. 한 가지 물건만 빌려주시면 돼요!"

"뭔데? 우리 집에 있는 것이라면 얼마든지…"

"약속한 거예요?"

아빠와 엄마가 또 한 번 눈을 마주치더니 동시에 머리를 끄덕이셨다.

"아빠 녹음기 일주일만 빌려주세요." 라고 말하며 완완은 아빠의 눈을 뚫어지게 바라보았다.

아빠가 조금 망설이다가 대답하였다.

“좋아! 28일 아침 8시부터 딱 일주일만 빌려주마! 망가뜨려서는 안 된다.”

“고대로 돌려드릴게요. 약속해요!”

그때부터 완완은 눈이 빠지게 생일날이 되기만 고대하였다! 마침내 그 날이 되었다. 완완은 먼저 아빠에게서 녹음기 사용법을 익혔다. 그리고 “위장”을 하기 시작하였다. 먼저 외투 안주머니 박음질 자리를 따서 자그마한 구멍을 하나 낸 다음 전선을 옷 안쪽으로 뺐다. 그리고 소형 마이크를 옷깃에 꽂고 거울에 비춰보았다. 소형 마이크가 너무 쉽게 눈에 띄었다. 그래서 이번에는 윗옷 주머니에 꽂은 뒤 그 옆에 검정색 펜을 꽂아 은폐해보았다. 다시 거울을 비춰보니 그만하면 된 것 같았다. 이번에는 ‘손놀림’ 연습을 시작하였다. 소형 녹음기는 버튼이 많은데다가 작기까지 하여 주머니에 넣은 채 손으로 더듬어서 조작하는 것은 쉽지 않았다…. 그래도 버튼 위에 옴폭 파인 작은 홈이 있어서 다행이었다.

만반의 준비를 마친 완완은 길을 떠났다. 위대한 프로젝트가 시작된 것이다. 완완은 스스로 스파이가 된 느낌이었다.

완완은 제일 먼저 ‘고반음’ 진평의 집을 방문하였다. 진평은 완완이 오자 기뻐서 어쩔 줄 몰랐다. 둘은 마주 앉아 한 시간도 넘게 수다를 떨었다. 두 여자애는 재잘재잘 끝이 없이 얘기하였다. 무슨 얘기를 하였는지 기억에 남는 건 하나도 없었다. 갑자기 완완은 자기 ‘임무’가 생각났다. 그는 서둘러 손을 외투 주머니에 집어넣었다.

“진평아, 축하하는 말 한 마디만 해봐!”

완완의 얼굴에는 긴장하는 빛이 역력하였다.

"갑자기 왜 그래? 너 어디 가?" 진평이 이상하다는 듯 물었다.

완완이 머리를 한 번 굴리더니 말했다.

"이제 곧 음력설이잖니. 축하하는 말 한 마디만 해봐!"

진평이 엄숙한 표정을 짓더니 에헴 하고 헛기침을 하였다.

완완의 손가락이 주머니 안에서 녹음버튼을 살짝 눌렀다.

그런데 진평이 갑자기 웃음을 터뜨릴 줄이야.

"무슨 말을 하지?"

완완은 다급해하며

"빨리 말해, 무슨 말이든 상관없어!"

라고 재촉하였다.

"우리 우정이 영원하길 바란다. 너 내년에 3호 학생[01]이 되길 바란다."

진평은 또 막 웃음을 터뜨리려고 하였다. 완완은 서둘러 정지 버튼을 눌렀다.

며칠이 지나갔다. 여학생들에 대한 '인터뷰'는 거의 다 땄다. 남학생들도 친절한 애들에 대한 '인터뷰'는 끝낸 상황이다. 이제 완완은 '우표 수집 대왕' 리샤오밍의 집에 갈 일이 제일 걱정이었다. 리샤오밍은 거만할 뿐만 아니라 학교에서 여학생을 보면 '천적'을 대하듯 하면서 말할 때도 늘 어깃장을 놓곤 하였다.

"아무렴 날 잡아먹기야 하겠어. 기껏해야 귀에 거슬리는 말이나 좀 하겠

---

01) 3호 학생 : 특기생 활동을 통해 다년간 품행이 단정하고 성적이 우수한 학생을 말한다.

지!" 하고 생각하며 완완은 입술을 꽉 물고 용기를 내 리샤오밍 집의 문에 들어섰다. 그런데 뜻밖에도 리샤오밍은 너무 기뻐하며 반겨주는 것이었다. 물론 그래도 남자대장부라고 예의는 차렸다. 그는 완완에게 차도 우려서 권하고 과일주스도 마시라고 권하였다. 그 바람에 오히려 완완이 계면쩍어 하게 되었다. 리샤오밍이 머리를 긁적이면서 말했다.

"축하하는 말을 하라고? 무슨 말을 하지?… 너희들은 너무 쩨쩨하게 놀지 말길 바란다."

완완이

"쩨쩨하긴 누가 쩨쩨하다고 그래?"

라고 되물었다. 리샤오밍이 너그럽게 웃으면서

"(결함이) 있으면 고치고 없으면 더 노력하면 되지…"

그는 자기가 한 말을 완완이 다 녹음하였을 줄은 꿈에도 생각지 못하였다. 일주일이 지나갔다. 전 반 48명 학생의 축하 말이 하나도 빠짐없이 완완의 작은 녹음테이프에 녹음되었다.

또 근 이틀이나 시간을 들여 완완은 녹음테이프에 대한 편집도 끝냈다. 매 한 마디 말 앞에다 그는 그 말을 한 학생의 이름을 녹음해 넣었다. 자기의 정성이 가득 담긴 녹음을 들으면서 완완은 너무나 기뻤다. 그는 이처럼 거대한 프로젝트를 완성할 수 있었던 자신이 너무 자랑스러웠다.

## 3

개학한 지 이틀째 되는 날 오후, 반의 수장전시회가 개막하였다. 모든 학생이 자기가 수장한 물건들을 각자의 책상 위에 올려놓았다. 교실은 마치 잡화점처럼 시끌벅적하였다. 제일 웃긴 건 진펑이었다. 그는 여러 가지 캔을 수집하였다. 작은 책상 위에다 캔들을 가지런히 올려놓으니 자리가 비좁아 땅에 떨어지기 일수였다. 그래서 교실 안에서 이따금씩 "쟁그랑" 하는 소리가 들려 모두들 깜짝깜짝 놀라곤 하였다.

거의 모든 학생의 책상 위에 물건들로 가득 찼다. 쉬완완의 책상 위만 텅 빈 채로였다. 반 아이들이 모두 호기심에 차서 쉬완완의 책상 위에 눈길을 보내면서 물었다.

"쉬완완, 넌 어떻게 된 거니?"

쉬완완은 주머니에 손을 넣고 소중한 테이프를 만지작거리면서 말없이 웃기만 하였다. 그는 모두에게 의외의 기쁨을 안겨줄 생각이었다.

성냥갑 대왕 손칭칭이 쉬완완 옆으로 걸어오더니 웃으면서 말했다.

"난 쉬완완이 뭘 수집하였는지 알아. 얜 공기를 수집하였거든!"

전 반 아이들이 와 하고 웃음을 터뜨렸다.

양 선생님이 교실로 들어오셨다. 그는 책상 위에 쌓인 각양각색의 소장품을 보면서 실눈을 지으며 웃었다. 쉬완완의 책상 위에 아무것도 없는 것을 본 그가 궁금해서 물었다.

"쉬완완, 넌 아무것도 수집하지 않은 거니?"

쉬완완이 자리에서 일어서서 대답하였다.

"선생님, 저는 반 애들이 말소리를 수집하였어요."

하고 말하면서 주머니에서 테이프를 꺼냈다.

"와아!~" 전 반 아이들이 일제히 환호성을 질렀다.

양 선생님은 놀랍고도 기뻐서

"야! 너무 근사한 것을 수장했는데! 어서 틀어서 들려주렴."

"선생님, 저는 녹음기를 가져오지 못했어요. 우리 집에 있는 건 너무 크고 작은 건 또 이어폰으로밖에 들을 수가 없거든요…."

양 선생님은

"교무실에 하나 있으니 어서 가서 가져오너라!"

라고 지시하셨다. 완완은 얼른 가서 녹음기를 가져왔다. 쉬완완은 녹음테이프를 넣고 시작버튼을 눌렀다. 교실 안은 삽시에 물 뿌린 듯 조용해졌다. 그런데 이게 웬 일일까? 녹음기에서 갑자기 쉬완완 아빠의 목소리가 흘러나오는 게 아닌가. "제10과 미다스. 과문의 줄거리는 이렇다. 옛날 옛적에 미다스라는 국왕이 있었는데 그에게는 킨마리라는 딸이 있었다. 그 국왕은 부자였는데 탐욕스럽기 짝이 없었다….이제부터 영어로 과목을 낭독할 것이다."

학생들이 한참 멍해 있더니 폭소를 터뜨렸다. 쉬완완은 뜻밖의 상황에 당황하였다. 이런 일이 일어날 줄은 꿈에도 생각지 못하였다. 어제 저녁에 테이프를 한 번 더 들어보고는 테이프를 녹음기 안에 그대로 넣어뒀던 것이다. 쉬완완은 후회되어 죽을 것 같았다… 아빠! 왜 아빠도 한 번 들어 보지 않고… 쉬완완은 책상 위에 엎드려 나지막하게 흐느껴 울기 시작하였다. 양 선생님이 쉬완완을 위로하려고 할 때 밖에서 문을 두드리는 소리가 들렸다. 문이 열리고 쉬완완의 아빠가 문 앞에 서 있었다. 손에는 테이프가 들려 있었다. 완완이 고개를 들어 아빠를 보더니 그만 설움이 북받쳐서 더 세차게 흐느껴 울었다.

아빠가 다급히 걸어오더니 말씀하셨다.

"완완아, 너 혹시 아빠의 녹음테이프를 가져오지 않았니? 오늘 난 이 테이프를 수업시간에 틀었다가 완전 웃음판이 되었지 뭐냐…."

완완이 얼른 울음을 그치며 다급히 물었다.

"아빠 혹시 지웠어요?"

"아직…"

쉬완완은 자리에서 튀어 일어나 아빠 손에서 녹음테이프를 빼앗다 시피 낚아 채더니 녹음기 안의 녹음테이프를 꺼내 아빠 윗옷 주머니에 쑤셔 넣고는…

"아빠 빨리 가세요!"

라며 아빠 등을 떠밀었다. 어찌 할 바를 몰라 하는 아빠에게 양 선생님이 미소를 지으며 머리를 끄덕여 보였다.

아빠가 교실을 나서자 안에서 뜨거운 박수소리가 울려 퍼졌다. 그리고 또 십여 초 지나자 교실 안에서 웃음소리가 터져 나왔다. 아빠는 무슨 영문인지 몰라 어리둥절해졌다. 그러나 한 가지만은 알 것 같았다. 오늘 학교에 오길 잘했다는 것을…

# 리차드 3세

# 리차드 3세

## 1

나는 관록이 풍부한 교사의 자세를 본받아 뒷짐을 지고 서두르지 않고 천천히 칠판 왼쪽에서부터 칠판 오른쪽까지 걸어보기도 하고 이따금 헛기침도 한 번씩 해보곤 하였다. 바로 2개월 전까지만 해도 나는 생기발랄한 소녀였다. 심장이 쿵쾅거리며 높이 뛰고 있었다. 나는 처음 교사가 되었으며 게다가 처음 담임선생님이 되었다. 눈앞에 있는 42명의 학생이 바로 나의 "병사"들이다. 내가 바로 그들의 "사령관"이었다. 그런데 이들 "병사"가 내 지휘에 따를지 않을지는 나의 "군사적 재능"에 달려 있었다.

"털썩"하는 소리와 함께 분필통이 땅에 뚝 떨어졌다. 내가 교육용 도구를 쥐려다가 너무 긴장했던 탓에 분필통을 건드려 떨어뜨린 것이다. 나는 얼굴이 확 달아오르는 것 같았다. 서둘러 쭈그리고 앉아 분필을 줍기 시작하였다. 순간 정말 직감적으로 누군가 가볍게 기침하는 소리가 들리는 것 같았는데 내 등 뒤에서 한 학생이 괴상한 행동을 하는 게 보이는 것 같았다.

갑자기 눈앞에 한 학생이 나타났다. 그 아이는 쪼그리고 앉아 강단 아래로 굴러간 붉은색 분필을 끄집어내고 있었다. 잔뜩 긴장했던 나는 순식간에 마음이 놓이는 것 같았다. 순간 따스한 느낌이 온 몸으로 퍼져나가는 것 같았다.

그 작달막한 남학생은 상고머리에 동그란 얼굴이었는데 영양실조에 걸린 것처럼 얼굴이 병색을 띠고 있었다. 그 아이가 벽에 붙은 줄 제일 앞자리로 돌아가 앉았다.

"잘도 알랑거린다!" 모기소리처럼 낮은 목소리가 어렴풋이 귓속으로 날아들었다. 갑자기 피가 거꾸로 흐르는 것 같았다. 나는 벌떡 몸을 일으키며 큰 소리로 물었다.

"지금 누가 말했나?"

교실 안이 조용해졌다. 말하는 사람도 없었고 머리를 돌리는 사람도 없었다. 마치 방금 전에 아무도 그 말을 하지 않은 것처럼… 순간 혹시 내가 잘못 들은 것은 아닐까 하는 의심까지 들 정도였다.

수업이 끝났다. 반장이 다가와 나를 도와 교학교구를 들어다 주었다. 반장은 이름이 류선(劉愼)이며 열성이 넘치는 녀석이었다. 내가 정식으로 부임하기 전에 그 아이는 몇 번이나 나를 찾아 왔었다. 대청소를 하고 책상과 의자를 옮기고 하면서 많이 도와주곤 했었다. 아직 과대표를 선거하지 않았기 때문에 그 아이가 자발적으로 나를 도와 교학교구를 들어다 주고 있는 것이다.

"방금 전에 그 말 누가 한 거니?"

내가 다시 물었다.

"전 듣지 못했어요."

그 아이가 머리를 가로저었다.

"방금 전에 나를 도와 분필을 주워준 학생은 이름이 뭐지?"
"그 애요?"
류선이 무시하는 듯한 표정을 지으며
"송췬리(宋春利)라고 합니다."
"그 애에게 가서 교무실로 좀 오라고 해줄래?"
류선이 몸을 돌리더니 소리쳤다.
"어이, 리차드 3세, 선생님이 부르셔!"
나는 어리둥절해졌다.
"방금 뭐라고 불렀니?"
"아, 리차드 3세라고…! 그건 별명이에요."
류선이 의문에 찬 나의 표정을 보더니 막 뭐라고 말하려는데 송췬리가 저쪽에서 풀이 죽어 걸어오고 있었다. 류선은 나에게 알 수 없는 눈짓을 해보이고는 교학교구를 안고 가버렸다.
나는 송췬리를 교무실로 데리고 갔다. 그리고 먼저 칭찬부터 한 다음 방금 전 교실에서 그 이상한 말을 누가 한 건지 아느냐고 물었다. 그 아이는 아무 말도 하지 않고 발끝으로 땅바닥만 이리저리 그어댔다.
내가 아무리 따져 물어도 그 아이는 계속 침묵만 지켰다. 불쑥 그 아이 별명이 생각났다. 그 별명이 참 이상했던 것이다! 리차드 3세는 영국 역사상 이름난 폭군이다. 그는 교활하고 음험한 것으로 세상에 널리 알려져 있다. 설마 송췬리가 그런 학생일 리가? … 아냐, 아닐 것이야! 게다가 그건 학생들이 별명을 붙이는 법칙에도 어울리지 않는다. 그래서 나는 결국 호기심을 참지 못하고 물었다.

"저 아이들이 왜 너를 리차드 3세라고 부르는 거지?"

송췬리가 번쩍 고개를 쳐들었다. 얼굴이 빨개지는 것이 보였다. 그 순간 그 아이 눈빛이 어두워지는 걸 발견하였다. 그리고는 고개를 푹 떨어뜨리는 것이었다. 더 이상 발끝으로 땅바닥을 긋지도 않았다.

내 옆자리에 앉은 장 선생님이 오늘은 웬 일인지 자꾸 기침을 해대는 것이었다. 문득 고개를 들던 나는 그가 나에게 고개를 가로저어보이며 눈짓을 하는 것을 발견하였다. 나는 무슨 뜻인지 알아챘다. 나는 송췬리에게 격려하는 말을 몇 마디 한 뒤 돌려보냈다. 송췬리가 교무실 문을 나서기 바쁘게 장 선생님이 나를 가리키면서 말했다.

"아이고 참, 선생님도…"

알고 보니 송췬리의 큰 형이 도둑질을 한 적이 있었고 둘째 형도 도둑질을 하였던 것이다. 큰 형을 1세라고 하면 둘째 형은 2세, 송췬리는 셋째니까 3세로 불리게 되었던 것이다.

"저 아이도 도둑질을 했었나요?"

나는 너무 놀라웠다.

"초등학교에 다닐 때 저 아이가 족집게로 남의 우편함 안의 편지를 집어냈던 적이 있다고 하더군요!"

"뭘 하려고요?"

"우표를 떼어 내느라고 그랬겠죠! 어떤 편지봉투에는 돈도 끼워져 있었을 거고요."

"그런데 왜 리차드 3세라고 하죠?"

"물건을 훔치려면 남의 주머니에 손을 꽂아 넣잖아요. 아시겠어요? 그래서 리차드(중국어로는 '理查', 두 한자가 안 '리(里)'와 꽂을 '차(插)'와 발음이 같음. '里插'는 '남의 주머니 안에 손을 꽂아 넣는다' 즉 도둑질이라는 의미로 해석됨 — 역자 주) 3세라고 하는 거예요." 장 선생님이 손짓까지 해가면서 설명하였다.

"선생님은 어떻게 그 애 면전에 대고 그렇게 물어볼 수 있어요?… 참나!"

나는 너무 후회스러웠다. 이게 다 자신이 젊고 경험이 없는 탓이었다. 오늘 첫 수업은 정말 운이 나빴다…. 면전에서 남의 결함을 들춰냈고, 또 이상한 말을 한 녀석은 찾지도 못하였으니 말이다. 에이 참! "사령관"이 되기도 전에 "정찰과장" 노릇부터 해야 할 상황이었다.

## 2

방과 후 반장 류선이 불쑥 교무실로 뛰어 들어왔다. 그 아이는 주변을 둘러보고 사람이 없는 것을 확인하더니 아주 비밀스럽게 말했다.

"선생님, 지난번에 그 이상한 말을 한 애가 누군지 아세요?"

"누군데?"

내가 흥분하며 물었다.

"제가 알려드렸다고 절대 말씀하시면 안 돼요!"

내가 머리를 끄덕였다.

"어서 말해봐!"

"판총(范冲)이래요!"

"판총? 바로 그 문화체육위원?" 내 머릿속에는 벽에 붙은 줄에서 제일 뒷자리에 앉은 남학생의 얼굴이 바로 떠올랐다. 하이칼라 머리에 두 볼이 홀쭉하고 광대뼈가 튀어나온 얼굴이었다. 수업시간에 그 아이는 늘 무표정한 얼굴을 하고 있었다. 그래서 다른 학생들이 웃을 때면 더 냉담해보였다. 순간 그 아이의 존재로 인해 나는 마음에 어두운 그림자가 비끼는 느낌이 들었다.

"네. 틀림없어요. 그 애가 그랬어요! 지난 학기에 선생님이 오시기 전에 그 애가 반장이었어요. 그런데 후에 담배를 피워서 선생님이 그 애를 반장에서 해임시켰거든요. 공청단(共靑團) 입단도 하지 못했고요."

"그런데 어떻게 계속 반 간부자리에 있는 거니?"

내가 물었다.

"선생님은 잘 모르셔요. 반에서 그 애 세력이 세거든요. 남학생들은 다 그 애를 무서워해요. 만약 반 간부에서 완전히 배제해버리면 반의 질서가 다 망가질 거예요!"

나는 싸늘한 기운이 머리로 뻗쳐 올라가는 것을 느꼈다. 그 순간 교육학이니 심리학이니 하는 개념은 죄다 머릿속에서 빠져나가버렸다. 나는 소리를 지르다시피 말했다.

"당장 가서 판총을 불러와라!"

류선이 난감한 기색을 드러내며 머뭇거렸다.

"빨리 안 가고 뭐해?"

류선은 여전히 꼼짝도 않고 서있었다. 한참 뒤 그 아이가 나지막한 소리로 말했다.

"이러시면 전 어떻게 돼요?"

그 아이의 말에 나는 상투 끝까지 치민 화를 가까스로 억눌렀다.

"그럼 어떻게 하면 좋겠느냐?"

류선이 눈을 깜박이며 생각하더니 아주 노련하게 말했다.

"첫째, 가뜩이나 송췬리를 자꾸 괴롭히는 판총이 선생님에게 야단까지 맞고 나면 또 송췬리에게 보복할 거잖아요. 둘째, 반에서 명성이 그렇게 나쁜 송췬리를 선생님이 칭찬하게 되면 반 애들은 선생님이 도둑의 역성을 든다고 생각할 거예요."

"됐어. 그만해!"

나는 그 아이의 말을 뚝 잘랐다. 그리고 그만 나가보라며 손을 휙 저었다. 류선이 나간 뒤 나는 그 아이의 말을 곰곰이 생각해보았다. 류선이 말은 좀 빤질한 면이 있지만 전혀 일리가 없는 말은 아니었다. 그래서 그 일을 잠시 제쳐놓고 지켜보기로 하였다.

## 3

하루는 첫 교시 수업이 비는지라 막 자리에 앉아서 숙제검사를 하고 있는데, 갑자기 류선이 다급하게 뛰어 들어오더니 교실 문 열쇠가 없어졌다고 말했다. 내가 서둘러 계단을 뛰어 올라가 보니 우리 교실 문 앞에 학생들이 모여서 있었다. 어제 누가 문을 잠갔냐고 물었더니 한 조장이 문은 자기가 잠갔는데 열쇠는 보지 못하였다고 대답하였다. 그때 판총이 옆에서 소리쳤다.

"리차드 3세를 불러요. 걔에게 만능열쇠가 있어요!"

그 말에 학생들이 와~ 하고 웃음을 터뜨렸다. 다른 반은 벌써 조용히 수업 중이었는데 우리 반만 시끌벅적 떠들고 있었다. 나는 이것저것 더 물어볼 겨를도 없이 물리실험실로 뛰어가 펜치와 드라이버를 가져다 자물쇠 고리를 억지로 떼어냈다. 문을 열고 보니 문설주며 문틀이 벌써 만신창이가 되어 있었다. 이런 식으로 자물쇠 고리를 얼마나 떼었다가 다시 달았을지 알 수 없을 지경이었다.

계단을 내려오면서 내 머릿속에 불쑥 "직무 책임제"라는 말이 떠올랐다. 즉 매 학생에게 한 가지씩 업무를 맡겨 모든 학생이 직무를 담당하고 모든 학생이 간부가 되게 하는 것이다.

## 4

이튿날 반 회의 시간에 내가 반 전체 학생들이 다 있는 자리에서 학생들의 이름이 적힌 작은 종이조각을 매 유리 조각의 오른쪽 귀퉁이에 붙여 놓았다. 그리고 매 학생이 자기 이름이 적혀 있는 유리조각을 맡도록 한다고 큰 소리로 선포하였다. 이어 또 다른 업무도 조치하였다. 마지막에 나는 자물쇠와 열쇠를 꺼내면서 말했다.

"이건 우리 반의 자물쇠와 열쇠다. 책임감이 강하고 우리 반 학생들을 위해 봉사하기를 원하는 학생에게 맡길 것이다…."

불쑥, 누군가 낮은 소리로 말했다.

"왜 반장에게 맡기지 않는 거야?"

그 말이 귀에 들어왔지만 나는 화를 내지 않았다. 그 말에도 일리가 있었으니까. 그때 류선이 머리를 푹 숙이고 있는 것을 보고 나는 얼른 설명하였다.

"우리 모든 사람이 이 반의 주인이다. 모든 일을 한 두 사람에게 맡길 수는 없다…. 이제 누가 제일 대담한지 한 번 볼까?"

그런데 대담한 학생은 한 사람도 없었다. 아무도 대답하지 않았고 아무도 손을 들지 않았다. 나는 초조해지기 시작하였다. 이제 어떻게 수습해야 하나! 이럴 줄 알았더라면 애초에 시작하지 말걸…

제일 앞줄에 앉은 송천리가 내 눈에 들어왔다. 그 아이는 긴장한 기색이 전혀 없었다. 이런 일은 그 아이에게 맡기지 않을 것이며 또 그 아이에게 맡겨서도 안 된다는 걸 나를 포함하여 모두가 속으로 잘 알고 있었기 때문이다. 그는 "리차드 3세"니까!

나는 눈길을 그 아이의 얼굴에서 거두면서 또 한 번 물었다.

"누가 대담하게 나서보겠니?"

역시 대답하는 학생이 없었다. 나는 은근히 속이 탔다. (내가 무슨 선생님이라고? 이건 뭐 수박 사라고 외쳐대는 노점상이잖아?)

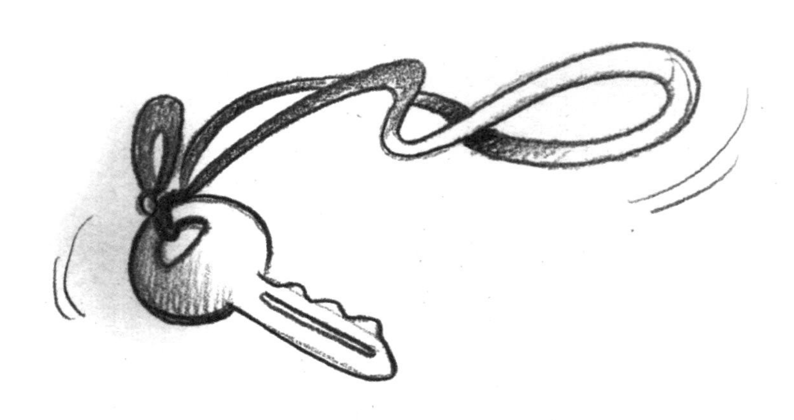

그때 내 눈에는 또 송쳔리가 보였다. 그때 갑자기 한 가지 궁리가 내 머릿속에서 빠르게 돌아갔다. 나는 에헴 하고 헛기침을 한 뒤 아주 정중하게 말했다.

"송쳔리 학생에게 우리 반 문과 열쇠를 맡기기로 결정했다!"

"엥…"

학생들의 불만에 찬 목소리가 터져 나왔다.

"누가 맡아도 재보다는 낫지!"

"전 맡지 않겠어요!"

송쳔리가 자리에서 일어서더니 얼굴이 빨개지면서 말했다. 당장이라도 울음을 터뜨릴 것 같았다.

나는 정말 막다른 골목에 이른 느낌이었다. 설령 내가 틀렸다고 해도 끝까지 가보기로 작심하였다. 나는 강단 위에 놓여 있는 열쇠를 쥐고 송쳔리 앞으로 다가갔다. 그리고 그 아이 어깨에 손을 얹으며 말했다.

"받아. 선생님은 널 믿어!"

솔직히 말하면 그때 당시 왜 그런 말을 하였는지 나 자신도 알 수 없다. 내가 뭘 보고 그 아이를 믿는단 말인가! 그러나 나는 그렇게 말하면서 그 아이 손을 당겨다가 손에 열쇠를 쥐어주고는 강단 앞으로 돌아갔다.

내가 강단까지 와서 몸을 돌렸을 때까지도 그 아이는 멍하니 그대로 서 있었다.

수업시간이 끝났다. 판총이 높은 소리로 떠들어댔다.

"대박! 우리 반은 도둑이 주인이 됐어!" 나는 그 아이를 매섭게 노려보았다. 그러나 그 아이는 전혀 개의치 않고 책가방을 둘러메고 나가버렸다. 내가 교무실로 돌아와 자리에 앉기 바쁘게 반장 류선이 교무실로 찾아와 말했다.

"선생님, 반 애들이 다 내일부터 중간체조시간에 책가방을 메고 나가야 하는 거 아니냐고 해요…. 어떻게 '소매치기'에게 열쇠를 맡길 수 있어요?"

나는 불쾌한 기색을 드러내면서 말했다.

"누가 '소매치기'라는 거니! 그럼 너희들은 왜 맡으려고 하지 않았니?"

류선이 입을 다물었다. 그러나 감히 나가지도 못하고 책가방 끈을 만지작거리며 그 자리에 서 있었다.

한참 지나니 마음이 천천히 가라앉았다. 방금 전에 업무 배치를 할 때 발끈했던 걸 상기하면서 왜 빈틈없이 계획을 세우지 않고 서둘러 반 회의를 열었을까 후회하였다. 그러나 나는 류선에게

"결함이 있는 학생도 도와줘야지. 그리고 너에게는 또 다른 임무를 맡기려고 한다…." 라고 설명하였다.

내 말을 다 듣고 류선은 기분이 좋아서 나갔다.

## 5

"직무책임제"의 실행은 확실히 적잖은 영향을 일으켰다. 자질구레한 일들이 많이 줄어든 것이다. 나는 속으로 은근이 기뻤다. 담임의 업무에 대해 드디어 어느 정도 감을 잡은 것이다.

한 번은 내가 반의 간부들을 데리고 교실에서 회의를 하였다. 회의가 끝났을 때는 날이 어두워져 있었다. 그때 나는 송천리가 홀로 교실 문 앞에

서 있는 것을 보았다. 그래서

"나에게 볼 일이 있니?"

라고 물었다.

"아니에요. 문을 잠그려고 기다리고 있는 중이에요."

순간 마음이 뭉클하였다.

"나에게도 열쇠가 있어. 너에게 미리 얘기하는 걸 깜빡 했구나…. 배는 고프지 않니?"

"괜찮아요!" 그 아이는 아무 말도 없이 문을 잠그고 책가방을 메고 집으로 돌아갔다. 그 아이의 뒷모습을 보면서 나는 감동하였다. 송췬리가 열쇠를 맡은 뒤로 자물쇠와 문이 더 이상 불행한 일을 당하지 않았다. 그 아이는 문설주를 낡은 철판으로 한 겹 싸놓았다. 거기에 대해 나는 여직 그 아이를 격려하는 말도 하지 못하였다…. (내일은 꼭 전 반 아이들 앞에서 이 아이를 칭찬해야겠다.)

이튿날 오전 류선이 또 나를 찾아와서는 최신 상황을 보고하였다.

"선생님, 요즘 리차드 3세가 족집게를 계속 몸에 지니고 다니고 있어요. 겉에 가죽주머니까지 씌워서요. 오늘 수업할 때도 걔가 몰래 꺼내 보는 걸 봤어요…. 손버릇이 또 도진 게 아닐까요?"

"알았어! 계속 지켜봐!"

나는 칭찬은 뒤로 미루기로 하였다. 괜히 학생들에게 사람을 잘못 골랐다는 말을 듣고 싶지 않았기 때문이다.

시간이 하루하루 흘러갔다. 마침내 우리 반이 무사태평해졌다. 족집게와 관련해서도 별 다른 얘기도 들리지 않았다.

그러던 어느 날 아침 학교에서 각 반에 체육수업시간을 이용하여 대청소를 하라는 임무가 내려졌다. 우리 반은 마침 제2교시가 체육수업이었다. 수업시간 전에 판총이 불쑥 교무실로 나를 찾아왔다. 지금까지 그가 오늘처럼 열정이 넘치고 간절해 하는 것을 본 적이 없었다.

"선생님! 저를 보내주세요!"

"어딜 널 보내달라는 거니?"

내가 어리둥절해서 물었다. 이때 옆 자리에 앉은 장 선생님이 나에게 말했다.

"모든 반에서 학생 한 명씩 선출하여 인민대회당에서 열리는 중외청소년친목모임에 참가시키게 되거든요…. 녀석, 귀도 밝네!"

"저를 보내주세요!"

판총이 히죽거리면서 말했다.

나는 마음이 움직였다. 이번 기회에 이 아이를 격려해주게 되면 앞으로 어쩌면 그렇게 괴상야릇하게 굴지 않을 수 있지 않을까? 나는 속으로는 그렇게 생각하면서도 말로는

"그때 가서 반 아이들이 선거하는 걸로 하자. 내 마음대로 결정할 수 있는 게 아니니까!" 라고 말했다.

"반 아이들이 선거한다고요? 좋아요!"

라고 말하며 판총이 기뻐하였다. 그때 장 선생님이 말했다.

"요즘 선생님 반의 송췬리가 잘하고 있던데요. 지금껏 아무 좋은 일도 그 아이에게 차례가 간 적이 없었죠!"

판총이 불쾌한 얼굴로 장 선생님을 힐끗 쳐다보았다.

"반 아이들이 선거하면 되죠. 누가 선거되면 누가 가는 거죠 뭐!"

나는 속으로 망설여졌다. 솔직하게 말하면 나는 송췬리라는 아이가 마음에 들었다. 그러나 그 아이는 자신을 보내지 않는다고 하여 절대 서운해 하는 의견을 낼 아이가 아니었다. 반대로 판총의 경우 나는 그 아이에 대한 인상이 좋지 않았다. 그 아이는 이기적이고 솔직하지 않으며 무슨 일에서든지 그 아이 뜻대로 해주지 않으면 이상한 말들이 꼬리를 물고 튀어 나오곤 하였다. 이번에 만약 그 아이를 보내지 않으면… 그 아인 또 내 꼭대기 위에 올라앉으려고 들 것이다. 전반적인 국면을 따져볼 때 그 아이를 보내는 게 앞으로 반의 업무를 전개해나가는 데도 이로울 것 같았다…. 대청소가 시작되었다. 남학생과 여학생이 나뉘어서 대청소를 진행하였다. 여학생은 유리조각으로 벽에 붙어 있는 종이조각을 긁어낸 뒤 물로 깨끗이 가셔내는 일을 맡았다. 남학생들은 위생구역의 잡초를 제거하는 일을 맡았다.

나는 먼저 여학생들의 분담구역에 들러서 일하다가 남학생들에게 가보았다. 나는 눈앞에 펼쳐진 광경에 눈이 뒤집힐 것 같았다. 잡초가 아예 손도 대지 않은 그대로였다. 반장 류선과 송췬리만 땅에 쭈그리고 앉아서 풀을 뽑고 있었고, 다른 학생들은 모두 계단 위에 앉아서 돌멩이를 가지고 장난을 치며 놀고 있었다. 내가 온 것을 보고서야 뭉그적거리며 일어나는 것이었다. 그때 판총이 어디 갔다 오는지 뛰어와서는 그런 광경을 보더니 큰 소리로 외쳐댔다.

"누구라도 열심히 하지 않으면 내 손자다. 빨리들 해!"하고 말하면서 한 학생의 목을 손바닥으로 찰싹 갈겼다. 그런데 이상하게도 한 대 맞은 학생은 전혀 화를 내지 않았고, 또 다른 학생들도 부지런히 잡초를 뽑기 시작하는 게 아닌가!

수업시간이 끝나기도 전에 잡초는 모두 제초되었다. 판총이 나를 쳐다보면서 득의양양해서 웃었다. 그걸 지켜보며 서있는 나는 마음이 언짢아지면서 서글퍼졌다.

제3교시는 물리수업이었다. 2분전 예비종이 울리고 내가 다른 반으로 수업하러 들어가려는데 반장 류선이 마주 달려왔다.

"선생님! 자물쇠가 열리지 않아요!"

"송췬리는?"

"걔도 방법이 없는 것 같아요!"

내가 열쇠를 가지고 위층으로 뛰어 올라가 보니 학생들이 둘러서서 방법을 강구하느라고 중구난방으로 떠들어대고 있었다. 가까이 다가가 살펴보니 이게 웬 일인가? 어떤 나쁜 녀석의 짓인지는 알 수 없지만 열쇠 구멍에 성냥개비들이 가득 들어가 있었다. 구멍 밖으로 끄트머리 하나 나와 있지 않았다. 어이구! 담임은 정말 사람이 할 짓이 아닌 것 같았다!

아이들은 내가 온 것을 보더니 너도나도 방법을 내놓는 것이었다. 불로 태워보자는 둥 유산으로 녹여보자는 둥… 그러나 그런 건 아예 되지도 않을 방법이었다. 송췬리가 다가와 살펴보더니 아무 말도 하지 않았다. 내가 다급하게 물었다.

"무슨 방법이 없겠어?"

그 아이는 둘러선 아이들을 둘러보더니 망설이는 것 같았다.

"어서 방법 좀 말해봐!"

사실 이제는 자물쇠를 톱으로 잘라내는 방법밖에 없다는 것을 나는 알고 있었다. 송훤리가 자물쇠 고리를 바꿔 달았기 때문에 밖에서는 뜯어낼 수가 없었기 때문이었다. 내가 조급해하는 걸 보더니 송훤리는 마치 큰 결심을 내리듯이 바지 주머니에서 작은 가죽주머니를 꺼내더니 그 안에서 족집게를 꺼냈다. 그것은 반짝반짝하게 도금이 된 핀셋이었다.

누군가 소리쳤다.

"핀셋이다! 핀셋!"

송훤리는 삽시에 얼굴이 빨개졌다. 나는 소리친 아이의 의도를 대뜸 알아챘다. 나는 어디서 난 힘인지 그 아이를 콱 밀쳤는데 하마터면 자빠뜨릴 뻔하였다. 송훤리가 핀셋으로 열쇠구멍 안에 들어찬 성냥개비를 하나씩 집어내기 시작하였다. 성냥개비를 그는 척척 아주 순조롭게 끄집어냈다. 학생들이 교실로 몰려 들어갈 때 나는 너무 감동한 나머지 그 아이의 손을 덥석 잡았다.

"고맙다!"

그 아이는 또 얼굴이 빨개졌다.

"왜 항상 핀셋을 몸에 지니고 다니는지 말해줄 수 없겠니?"

라고 내가 말했다. 송훤리는

"초등학교 때 한 번은 열쇠구멍에 오늘처럼 성냥개비가 가득 찼던 적이 있어요. 그때 선생님이 핀셋으로 이렇게 하시는 걸 봤었어요…."

라고 대답하였다.

"그럼 핀셋을 가지고 다녔던 게 이 때문이었니?"

"네! 선생님께서 저에게 열쇠를 맡긴 날부터 계속 가지고 다녔어요…."

## 6

오후 제2교시는 자습시간이었다. 내가 교실로 가서 인민대회당에 갈 대표를 선발할 것이라고 선포하였다.

교실 안은 대뜸 술렁거리기 시작하였다. 판총이 가장 활발하였다. 내가 강단에 올라서자 그 아이가 큰 소리로 질서 유지를 시작하였다.

"다들 조용히 해. 선생님께서 말씀하신다!"

그가 이렇게 소리를 지르자 교실 안이 정말로 조용해졌다. 내가 말했다.

"인민대회당에 갈 대표는 오늘 너희들 자체로 선발하는 걸로 한다! 지금부터 추천을 시작한다."

교실 안이 조용한 가운데 어떤 학생들은 귓속말로 소곤거리긴 하였지만 손을 드는 학생이 없었다. 한참 지나자 판총이 더는 참을 수 없었던지 말했다.

"선생님, 류선이 추천할 사람이 있다고 합니다!"

"류선이 말해봐!"

내가 류선에게 머리를 끄덕여보였다. 류선이 썩 달갑지 않은 표정을 지으며 나지막하게 말했다.

"저는 판총을 추천합니다. 일할 때 열성적으로 하거든요!"

"찬성합니다!"

몇몇 남학생이 소리 질렀다.

"또 다른 사람을 추천하고 싶은 사람은 없니?"

내가 물었다.

"없습니다!"

여전히 그 몇몇 남학생이 소리 질렀다.

"저희는 곽평을 추천합니다!"

몇몇 여학생이 불쑥 발언하였다. 곽평은 반의 위생위원인데 여러 면으로 다 괜찮은 여학생이었다. 류선은 엉덩이를 의자 위에서 이리저리 들썩였다. 반장을 추천하는 사람이 없다는 게 될 말인가? 그는 낙심하였다.

나는 송췬리에게 눈길을 돌렸다. 설사 선발되지 못하더라도 누구든 그를 추천하는 사람만 있어도 좋을 텐데. 내가 다시 물었다.

"또 추천할 사람 없어?"

더 이상 대답하는 사람이 없었다.

"그럼 이제 거수로 표결하자!"

내가 말했다.

"무기명 투표로 하지요!"

여학생들이 소리 질렀다. 이런 작은 일로 뭐 투표까지 한다고 참! 그러나 그 아이들의 진지한 모습을 보는 순간 머리를 끄덕여 동의하였다.

판총이 자진하여 자기 공책을 여러 장 찢어서 "투표용지"를 만들어서는 얼굴에 미소를 짓고 매 사람의 손에 건네주었다….

모든 사람이 표에 이름을 적기를 기다려 내가 직접 회수하였다. 류선이 강단 위에 올라서서 투표용지를 읽고 내가 칠판에 이름을 적고 "정(正)" 자를 쓰며 통계하였다.

"송췬리!" 라고 류선이 읽었다.

본인이 읽고도 깜짝 놀라며 전 반 아이들을 둘러보고 또 나를 쳐다보았다.

"계속해!"

누군가 재촉하였다.

"송춴리!"

류선이 또 한 표를 읽었다. 좀 이상한 생각이 들어서 나도 다가가 보았다. 틀림 없었다! 교실 안의 공기가 활발해지기 시작하였다. 그러나 어수선하지는 않았다. 많은 학생들이 류선의 목소리에 귀를 기울였다.

류선은 반에서 지금처럼 위망이 있었던 적이 없었다.

투표 결과 의외로 송춴리가 35표, 위생위원 곽평이 6표, 그리고 판총은 겨우 한 표밖에 얻지 못하였다. 내가 결과를 선포하자 아이들 속에서 뜨거운 발수갈채가 울려 퍼졌다.

이번에 나의 눈길은 송춴리에게 향하지 않고 재빨리 판총을 향하였다. 그 아이가 사단을 일으킬까봐 걱정이었다. 다행이 그런 일은 일어나지 않았다. 그 아이는 박수는 치지 않았지만 아무 말도 하지 않고 얼굴이 빨개서 앞에 있는 칠판만 멍하니 바라보고 있었다.

순간 나는 마음 한 구석이 갑자기 밝아지는 것을 느꼈다….

# 목조 영양

## 목조 영양

하늘에서 눈이 내리고 있었다. 나는 홀로 완팡(万方)이 네 집으로 가는 길을 걷고 있었다. 눈꽃이 가로등불 아래서 춤을 추며 흩날리고 있었고, 가로등은 눈꽃 속에서 어두운 빛을 뿌리고 있었다.

우리 집에서 완팡이 네 집까지는 고작 100미터 좀 더 되는 거리지만, 나는 오래 오래 걸었다. 낮에도 우리는 이 길에서 100미터 달리기를 했었다. 그때 이 길은 평탄하고도 곧았다. 그런데 지금은 눈이 내리고 있다. 그리고 나 홀로 천천히 걷고 있다. 발밑에서는 뽀드득뽀드득하는 소리가 났다….

저녁밥을 먹은 뒤 내가 책상에 엎드려 오늘 수업시간에 배운 지렛대원리를 암기하고 있었다. 엄마는 소파에 앉아서 뜨개질을 하고 계셨다. 나는 이따금씩 고개를 들어 창밖에서 흩날리는 눈꽃을 바라보곤 하였다.

우리 이곳에는 이제는 이렇게 큰 눈이 오는 경우가 아주 드물어졌다. 와 신난다! 내일 눈싸움 할 수 있겠다!

엄마가 창가로 다가가시더니 살며시 커튼을 쳤다.

저쪽 방에서는 아빠와 할머니가 텔레비전을 보고 계셨다. "둥둥 덩덩" 북소리와 징소리가 들려왔다. 또 경극(京劇, 노래와 춤과 연극이 혼합되어 있는 중국의 전통극 — 역자 주)을 보는 모양이다! 나는 두 손으로 귀를 틀어막았다. 엄마가 걸어 나가고 텔레비전 소리가 낮아졌다. 엄마가 다시 내 곁으로 다가오더니 귀를 틀어막은 내 손을 부드럽게 내려놓았다.

"신우야, 저기 있던 영양은 어디 갔니?"

문득 엄마가 물었다.

엄마가 말하는 영양은 검정색 단단한 나무로 조각한 예술품이다. 그건 줄곧 내 책상 귀퉁이에 놓여 있던 것이다. 나는 심장이 쿵쾅쿵쾅 뛰기 시작했다. 내가 그걸 가장 친한 친구 완팡에게 줘버렸기 때문이다.

"엄만 그걸 나에게 준다고 했잖아요?"

하고 내가 중얼거렸다.

"물론 너에게 줬지. 그런데 그게 지금 어디 있니?"

엄마가 무슨 비밀을 발견한 것처럼 두 눈으로 내 눈을 똑바로 바라보았다. 사태가 심각해졌다!

"내가 치웠어요."

나는 자신이 왜 거짓말을 하였는지 알 수 없었다.

"어디다 치웠어? 가져와봐. 엄마가 보게."

엄마가 전혀 틈을 주지 않았다. 나는 하는 수 없이 꼼짝하지 않고 앉아 있었다. 감히 엄마의 눈을 쳐다볼 수가 없어 고개를 푹 숙인 채로.…

"솔직하게 말해… 내다 팔았지?"

엄마는 매우 매섭게 변하였다.

"… 엄만 절대 허락 못해!"

"아니에요…. 엄마… 다른 사람에게 선물로 줬어요."

나는 울먹이면서 서둘러 설명하였다.

"누구에게 줬어? 말해!"

엄마가 손으로 내 어깨를 잡고 흔들었다.

"완팡에게 줬어요."

"지금 당장 가서 가져와!"

엄마가 단호하게 말했다.

"나와 같이 가든지!"

"아니요!"

내가 울면서 소리쳤다.

아빠가 걸어 들어왔다. 그는 앉아서 엄마에게서 사건의 자초지종을 다 듣고도 화는 내지 않았다.

그는 담배를 한 대 붙여 물더니 천천히 말했다.

"어린이가 어찌 어른과 말도 없이 집의 물건을 함부로 남에게 줄 수 있어? 그러면 안 돼. 아빠 말이 맞는지 틀린지 너 내일 선생님께 가서 물어봐라…. 그렇게 진귀한 물건을 남에게 준다면 선생님도 찬성하지 않을 거야…."

"그렇지만… 그건 내 거잖아요!"

"그건 그렇지. 그건 아빠와 엄마가 너에게 준 것이니까. 하지만 남에게 줘도 된다고 허락하지는 않았거든!"

나는 더 이상 이유를 댈 수가 없었다. 아빠의 말씀에서는 언제나 잘못된 부분을 찾을 수가 없었다. 그 까만색 영양은 아빠가 아프리카에 다녀오실 때 가져온 기념품으로 아빠가 매우 좋아하는 물건이라는 것을 나는 알고 있었다. 그러나 나와 친한 친구에게 가서 그것을 도로 돌려받을 생각을 하니 나는 마음이 괴로웠다. 완팡이 얼마나 의리가 있는 친구인지 아빠와 엄마는 모르시는 것이다!

완팡은 초등학교에 들어갈 때부터 나와 친구가 되었다. 그는 공부도 잘하고 또 다른 사람을 도와주는 것도 잘한다. 그는 또 힘도 세다. 철봉에 매달려 턱걸이를 한꺼번에 10개나 할 수 있다. 그런데도 그는 다른 사람을 괴롭히거나 하지 않는다.

그날 체육시간이었다. 우리 반 아이들은 모두 새로 사온 운동복을 입었다. 하늘색에 소매와 바지에 세 줄로 흰 줄이 간 그런 운동복이었다. 그런데 놀다가 조심하지 않아 내 바지가 나뭇가지에 걸려서 길게 찢어졌다.

나는 땅에 주저앉아서 엉엉 울었다. 엄마에게 꾸중을 들을까봐 겁이 났던 것이다. 한창 신나게 놀던 완팡도 놀지 않고 내 옆에 주저앉더니 계속 한숨만 풀풀 내쉬었다. 그러더니 갑자기 바지를 벗으며 말했다.

"우리 둘이 바꿔 입자! 우리 엄마는 재봉사거든. 엄마는 바지를 아주 잘 기워. 기운 자리가 하나도 보이지 않게 말이야."

그때 당시 나는 너무 이기적이었다. 그 말을 믿어버린 것이다. 그리고 그와 바지를 바꿔 입었다. 그런데 그 바지 때문에 그는 엄마에게 야단을 맞고 벽을 마주보고 반시간이나 서 있어야 하는 벌을 받았음을 나는 후에야 알게 되었다. 내가 바지를 도로 바꾸자고 하였더니 그는

"어차피 벌도 다 받았는데 이제 와서 바꾸면 네가 또 꾸중을 들어야 되잖아. 됐어!" 그날 완팡이 우리 집에 놀러왔다. 그가 내 책상 위에 있는 영양을 너무 마음에 들어 하는 것 같아서 나는 아무 생각도 없이 그에게 줘버렸던 것이다.

"우리 둘은 영원히 친한 친구 하자…. 영원히!"

그도 감동해서 자기가 아끼는 작은 칼을 나에게 주었다…. 그런 생각을 하면서 나는 울었다. 언제 다가오셨는지 할머니가 문 앞에 서서 나지막한 목소리로 말씀하셨다.

"그만해라! 앞으로 명심하면 되지. 아이들끼리도 신용을 지켜야 하니까… 이미 남에게 줘버린 걸 어떻게 도로 가져 오겠니!"

엄마가 참다못해 언성을 높였다.

"어머니는 그냥 오냐오냐만 하시네요. 그게 얼마나 귀중한 물건인지 아시면서!"

아빠는 아무 말도 없이 소파에 묵묵히 앉아서 애꿎은 담배만 뻑뻑 피워댔다. 그러니 나는 마음이 더 괴로웠다. 나도 이제는 어린애가 아니다. 이제 곧 중학교에 들어가게 된다. 나는 아무 말도 없이 서랍에서 완팡에게 받은 작은 칼을 꺼내가지고 집 문을 뛰쳐나왔다….

완팡네 집에 도착하였다. 나는 3층으로 올라가 가볍게 문을 두드렸다. 문이 열리고 완팡이 머리를 내밀었다. 나를 보더니 얼른 들어오라면서 내 손을 잡아끌었다.

"저기 완팡아…"

나는 복도에 선 채 들어가려 하지 않았다.

"너 왜 그래?"

완팡이 초조해하며 물었다.

나는 천천히 주머니에서 작은 칼을 꺼내며 말했다.

"내 영양을… 돌려주라."

그 소리가 너무 낮아 거의 들리지 않을 정도였다.

완팡은 아무 말도 없이 입술을 깨물고 나를 노려보았다.

나는 그 눈을 감히 쳐다보지 못하고 머리를 푹 숙였다. 우리 둘은 그렇게 말없이 서 있었다.

한참이 지나 완팡이 말했다.

"너 어떻게 이럴 수 있어? 낮에 우리 약속했잖아? 우린 친한 친구 사이가 아니었나?" 나는 눈물을 참지 못하고 흐느껴 울었다. 완팡의 엄마가 안에서 걸어 나오시더니 나에게 무슨 일이냐고 물었다. 나는 아무 말도 못하고 그저 눈물만 펑펑 쏟았다. 그러자 완팡의 엄마가 이번에는 고개를 돌려 완팡에게 물었다.

"얘가 나에게 줬던 물건을 돌려 달래요!"

라고 완팡이 대답하였다.

완팡의 엄마가 손으로 완팡의 엉덩이를 철썩 갈기면서

"애들끼리 물건을 서로 바꾸고 하면 안 돼. 남의 물건을… 어서 가서 가져와!"

완팡은 그 자리에 서서 꿈쩍도 하지 않았다. 완팡의 엄마가 또 등을 떠밀어서야 완팡은 마지못해 방으로 걸어 들어갔다.

잠시 후 완팡이 방에서 걸어 나왔다. 손에는 그 영양이 들려 있었다. 그는 영양을 작은 유리상자 안에 넣어두고 있었는지 상자채로 가지고 왔다. 그 애 엄마가 그걸 받으며 말했다. "아이고! 너 어떻게 남에게서 이렇게 귀중한 물건을 받아올 수 있느냐!"

그러면서 그 애 엄마가 영양을 내 손에 건네주면서 말했다.

“잘 들고 가거라. 완팡이를 따끔하게 혼내줄게!”

내가 작은 칼과 유리 상자를 완팡이 엄마 손에 올려놓고, 완팡이에게 얘기하려고 보니 완팡이는 이미 방안으로 들어가 버리고 없었다.

나는 천천히 층계를 걸어 내려왔다. 눈은 더 크게 내리고 있었다. 눈꽃이 영양의 몸에 떨어졌다가는 미끄러져 떨어지곤 하였다. 갑자기 영양이 너무 무겁게 느껴졌다. 너무 무거워서 나는 두 손으로 받쳐 들어야만 하였다. 나는 눈 쌓인 거리를 천천히 걸어가고 있었다. 갑자기 뒤에서 완팡의 목소리가 들려왔다.

내가 놀라서 고개를 돌려보니 완팡이 헐떡거리며 내게로 달려오고 있었다. 그는 모자도 쓰지 않고 솜옷도 입지 않은 채로였다. 그가 손에 들고 있던 유리 덮개를 나의 영양의 몸에 씌워 놓았다. 그리고 작은 칼을 내 손에 쥐어주면서 말했다.

“이거 받아. 선물이 없어도 우리 둘은 친한 친구야!”

“너의 엄마에게 꾸중을 들을 거야!”

내가 그의 눈을 바라보면서 말했다.

“괜찮아. 아빠 엄마가 나에게 준 물건은 내가 누구에게 주건 뭐라고 하지 않으셔….”

라고 말하면서 그는 싱긋이 웃었다. 그러자 새하얀 이가 드러났다.

“내일 눈싸움 하자. 좀 일찍 와!”

라고 말하고 완팡은 뛰어갔다. 가면서 자꾸 돌아서서 나에게 팔을 흔들어 보였다. 그는 그렇게 흩날리는 눈꽃 세계로 점점 멀어져갔다.

나는 눈길 위에 멍하니 서있었다. 눈꽃이 유리 덮개 위에 떨어졌다. 그 영양은 풀이 죽어 은백색의 바깥세상을 내다보고 있었다. 그것은 그 영양이 한 번도 본 적이 없는 세상이었다. 영양은 이 세상에서 마음껏 내달릴 수 없는 것 때문에 슬퍼하고 있는 중이라고 나는 생각하였다.

나는 울었다. 정말로 소리 내어 엉엉 통곡하였다. 눈꽃과 눈물이 같이 유리 덮개 위에 떨어졌다. 나는 이렇게 슬펐던 적이 한 번도 없었다.

# Part 5

# 상장

# 상장

## 1

## 재채기

리따미(李大米)는 신민(新民)초등학교 5학년의 아주 평범한 초등학생이다. 그에게는 콕 집어 말할 수 있는 장점이 없다. 그렇다고 딱히 지적할 만한 약점도 없다. 유일하게 다른 사람의 이목을 끄는 것이 있다면, 그에게 작은 흠이 하나 있는데 바로 재채기하는 것이다. 다른 사람은 한 번에 보통 한두 번 하면 끝인 재채기를 리따미는 시작만 했다면 적어도 여덟 번 이상 하지 않으면 끝이 날 줄 몰랐다. 그의 재채기가 반에서는 미니 예능프로라고도 할 수 있다. 매번 그가 수업시간에 "공연"을 할 때면 모두 손에서 펜을 놓고 선생님의 눈치도 볼 필요 없이 고개를 돌리고 기회를 틈타 한참 웃고 떠들 수 있었다. 리따미는 스스로 어찌할 수 없는 자신의 공연 때문에 늘 부끄러워하곤 하였다. 그래서 위생적이기도 하고 또 소음기의 역할을 할 수 있도록 하기 위해 그는 특별히 소재가 부드러우면서 두텁고도 큰 손수건을 여러 장 준비해서 가지고 다녔다. 그러다가 재채기를 할 때면 그 큰 손수건으로 온 얼굴을 다 감싸다시피 하였다. 그러면 소리가 틈으로 새어나오지 않기 때문에 둔탁해진다.

그럼에도 장난기 많은 아이들은 싫증도 나지 않는지 재채기 횟수를 세면서 리따미가 겨우 애써 낮춘 소리를 확대시켜 "방송"하곤 하였다. 그뿐이 아니었다. 그들은 또 리따미에게 저들이 듣기에 별로 나쁘지 않다고 여기는 별명까지 붙여 '줄 재채기'라고 부르고 있다. 통계에 따르면 한꺼번에 재채기를 가장 많이 했던 때는 연거푸 13번 하였던 적이 있었다. 그때마다 리따미는 여학생의 눈을 쳐다보는 게 제일 두려웠다. 나이는 어리지만 체면은 지키고 싶었기 때문이다. 그래도 손수건이 있어 빨갛게 상기된 그의 얼굴을 가려주어 그나마 다행이었다.

## 2
## 영예

리따미가 다니는 학교는 영예를 아주 중요시하는 초등학교이다. 그 학교의 관리 비결은 영예라고 해도 전혀 과장된 말이 아니다. 학교 대문 어귀에 커다란 포스터가 걸려 있는데 한 소선대원(少先隊員)이 교문을 들어서는 학생을 손으로 가리키면서 "영예를 소중이 여기라!"라고 말하는 화면이 그려져 있다.

교장선생님이 입에 달고 사는 구호 또한 "학교는 나의 자랑, 나는 학교의 자랑!"이라는 것이었다.

교장선생님은 여성이지만 과단성 있고 세련되셨으며, 용감하고 개척 정신이 강한 면에서는 유능한 남성에 비해서도 전혀 뒤지지 않으며, 심지어 더 우위를 차지한다고 할 수 있다. 그밖에 그는 또 여성의 장점을 남김없이 갖추셨다. 단정하고 깨끗한 걸 좋아하는 그는 아름다우면서도 소박함과 자연스러움을 잃지 않는 그 자신의 옷차림처럼 교정을 관리하곤 하셨다. 세심한 그는 작곡가를 청해 학교 교가를 작곡했고, 미술가를 청해 학교의 깃발과 휘장을 설계하셨으며, 매개 반의 휘장까지도 직접 설계하셨다. 학생들이 영예를 직접 보고 느낄 수 있도록 그는 학교 내에서 수많은 유형의 상을 설립했으며, 모든 상은 또 금상, 은상, 동상으로 등급을 정하였다. 금속 이외에도 명인의 이름으로 명명한 상도 있다. 꼬마 뉴턴상, 꼬마 루쉰상… 얼핏 보면 상이 너무 많아 눈이 부시고 혼란스러울 것 같지만, 교장선생님은 그 상들을 아주 질서정연하게 배치하여 많지만 전혀 혼란스럽지가 않았다. 그는 특별히 "신민초등학교 장려 방법과 실시세칙"이라는 두 페이지로 된 파일을 작성해 놓으셨다.

교장선생님은 일을 잘하실 뿐만 아니라 생활도 잘 가꾸신다. 그는 전교 친목 모임에서 직접 노래도 많이 부르고 감동이 있는 시낭송도 많이 하셨다…. 그래서 초등학생들은 그에게 완전 탄복하고 있다.

학교에 취재하러 오는 기자들은 모두 저도 모르게 "이렇게 유능한 교장선생님이 우아하고도 기품까지 갖추었을 줄은 정말 상상도 못하였다"면서 감탄하곤 했다.

교장선생님이 몸에 꼭 맞는, 티끌 하나 묻지 않은 양복을 입고, 머리카락이 한 올도 흐트러지지 않은 머리모양을 하고, 교정을 걸어가거나 교실에 걸어 들어올 때면, 여학생들은 저도 모르게 머리카락을 쓸어 만져보고, 남학생들은 저도 모르게 자기 옷깃을 당겨보곤 하였다. 속담에 "명장 아래 약졸은 없다"라고 했듯이 말 그대로였다.

이런 학교에서 학생들은 목석이 아닌 이상 노력하지 않는 학생이 없었다. 참으로 뒤처진 자가 앞선 자를 본받고, 앞선 자는 더 훌륭해지려고 노력하는 모습이었다. 학교에서 그렇게 많은 상을 설치하였으니 노력하기만 하면 설령 큰 상을 받지 못하더라도 작은 상이라도 차례가 갔다.

그렇다고는 하지만 상장을 한 번도 못 탄 사람이 없는 것은 아니다. 리따미가 바로 그중의 한 사람이었다. 그도 "열심히 노력"하였지만 "나날이 향상"하는 성적을 보여주지 못하였다. 성적을 보여줄 수 없으니 상장도 물론 하늘에서 뚝 떨어질 리 없는 것이다. 남들이 한 사람 한 사람씩 계속 상을 받고 있어 상을 받지 못한 사람이 갈수록 줄어드는 것을 보면서 압력은 갈수록 커져만 갔다.

이렇게 말하면 남들은 물론 그 자신도 믿기 어렵다. 초등학교에 입학해서부터 5학년이 되는 지금까지 단 한 번도 상장을 받아본 적이 없다. 리따미는 겉으로는 아무 내색도 하지 않고 있었지만 속으로는 퍽이나 조급하였다. 가끔 그는 장려라는 것을 원망도 해왔다. 상을 타는 사람이 그렇게 많지도 않고, 그도 지금처럼 평범하게 지내면 얼마나 좋을까! 상을 타지 않은 사람이 많으니까! 그런데 지금은 다른 사람이 "상승"하였으니 그는 까닭 없이 남들보다 뒤처지게 된 것이다. 그러니 마음이 괴로울 수밖에… 같은 반 류세정(劉學正)이 집에서 10원을 가져다 학교 문 앞에서 주웠다면서 선생님에게 갖다 바치고 이튿날 아침체조시간에 표창도 받고 "재물을 주워도 탐내지 않는"상까지 받은 걸 그는 똑똑히 알고 있다. 그러나 그는 까발리지 않았다. 그렇다고 똑같이 따라하지도 않았다. 그는 그렇게 상을 타는 것은 정의롭지 못하다는 것을 알고 있었기 때문이다.

그는 참다못해 류세정에게 조용히 말한 적이 있었다.

"너 그렇게 하는 건 노력하지 않고 앉은 자리에서 날로 먹는 거야!"

그러나 류세정은 아주 당당하게 대꾸하였다.

"내가 언제 노력하지 않고 날로 먹었다고 그래? 나 10원 갖다 바쳤거든!"

한 번은 다른 사람이 청소를 한 뒤 그가 특별히 교실에 남아서 유리창을 닦은 적이 있었다. 적극적인 척 하려고 그런 것은 아니고 실제로 유리창이 닦지 않으면 안 될 상황이었다. 물론 그때 마침 선생님이 문을 열고 들어와 주기를 그도 바랐었다…. 안타깝게도 날이 어두워질 때까지 아무도 오지 않아 그는 시무룩해서 집으로 돌아갔다. 1학년부터 5학년까지 상을 받아본 적이 없는 학생이 몇이나 되는지 선생님은 통계를 해봤을까? 만약 통계를 해봤다면 선생님은 그가 노력하고 있다는 것에 주의를 돌릴 수 있었을 것이다. 마치 점심시간에 도시락을 나눠주는 것처럼 "얘들아! 누가 도시락 안 가져갔어? 어서 와서 가져가!"라고 하였을 텐데. 에이! 안타깝게도 상을 주는 건 도시락을 나눠주는 것과는 달랐다. 밥을 먹지 않으면 관여하는 사람이 있지만 상을 받지 못한 건 왜 관심을 기울이는 사람이 없을까! 리따미가 상을 타지 못해 속이 달아 쩔쩔매고 있을 때, 심지어 절망을 느낄 때쯤 행운이 하늘에서 뚝 하고 떨어졌다.

## 3

## 아침 체조

신민초등학교의 아침 체조는 매우 정중하게 진행된다. 신체단련만을 위한 것이 아니라 매우 중요한 의식이기도 하기 때문이다. 아침 체조는 국기 게양, 체조, 교장선생님의 연설 세 부분으로 구성된다.

먼저 국기 게양식부터 예사롭지가 않다. 다른 초등학교에 비해 대오가 정연하고 노랫소리가 높은 것을 제외하고도 매번 국기를 게양하기에 앞서 학교의 북 팀과 나팔 팀이 먼저 대열을 지어 한바탕 연주를 한다. 비록 모두 어린이들로 구성된 대열이긴 하지만 그 정중하고 엄숙한 표정, 특히 숙련되고 멋진 동작은 황실 호위대 못지않게 위풍당당하다. 다행이도 초등학교여서 조건이 제한되었으니 망정이니 그렇지 않았으면 준마를 타고 학교 운동장을 한 바퀴 도는 것도 전혀 가능성이 없는 일은 아닐 듯했다. 연주가 끝난 뒤 대대 보도원이 전교 선생님과 학생들 앞에서 기수와 깃발호위대원의 이름을 정중하게 선포한다. 기수와 깃발호위대원은 여러 반에서 가장 우수한 학생 혹은 진보가 가장 큰 학생을 선발하여 번갈아 맡긴다. 그래서 기수와 깃발호위대원이 되는 것은 매우 높은 영예이다. 리따미와 같은 "평범한 서민"들에게는 졸업할 때까지도 그 영예가 차례거 갈 가망은 없다. 매번 서서히 게양되는 국기와 푸른 하늘과 흰 구름을 올려다 볼 때마다 리따미는 오직 한 가지 생각(정말 높구나!)만 하기에 바쁘다. 먼저 국가를 부른 다음 교가를 부르고 그 다음 교장선생님의 연설이 이어진다. 교장선생님은 매번 연설 때마다 정성들여 준비하신 것 같았다. 일반적으로 모두가 그의 말을 듣기를 좋아한다. 그러나 어떤 아이들은 흥미를 느끼지 않기도 한다. 교장 선생님의 말씀 내용이 무미건조하기 때문이다. 그러나 아무도 감히 뭐라고 말하지 못한다. 대오에서 한 사람만 사담을 하거나 혹은 딴 짓을 하거나 하면 교장선생님은 연설을 멈추고 그 사람이 "할 일을 다 끝내기"를 조용히 바라보곤 한다. 그래서 교장선생님이 연설을 하실 때면 운동장이 쥐죽은 듯 조용하다!

이날 교장선생님은 사람을 격분하게 하는 사실에 대해 이야기하셨다. 어떤 사람이 호수에 내려앉은 백조에게 총을 쏘았다는 것이다! 교장선생님은 격분하셨고 초등학생들도 격분하였다. 운동장에서 야유가 터져 나왔다. 바로 그때 리따미가 재채기를 시작하였다. 그건 모두에게 갑작스러운 일이었으며 리따미에게도 갑작스러운 일이었다. 그는 지금까지 운동장에서 재채기를 한 적이 한 번도 없었다. 손수건도 가지고 나오지 않았기 때문에 소리가 너무 셌다. 교장선생님은 연설을 멈추고 조용히 기다려주셨다. 그런데 1~2초 정도면 끝날 줄 알았는데 그가 생각하였던 것처럼 그렇게 간단한 일이 아니었다. 재채기를 여섯 번째 하였을 때 대오의 분위기에 변화가 일기 시작하였다. 전교의 눈길이 일제히 리따미에게로 쏠렸다. 모두가 신기한 느낌이 들었다. 아홉 번째 재채기까지 하였을 때 모두가 웃음이 나오려고 하였다. 그러나 감히 소리 내어 웃지 못하고 눈으로 교장선생님만 흘끔흘끔 쳐다보았다. 교장선생님은 그 통통한 녀석을 보면서 손으로 입을 가리며 온 몸을 가볍게 떠시는 듯하였다. 처음에는 분노가 치밀다가 점점 이상한 생각이 들다가 이어 그 녀석이 귀엽게 느껴졌다. 결국 교장선생님은 참지 못하고 웃어버렸다. 마치 해방의 신호인 것처럼 전 장내에 즐거운 웃음소리가 터졌다. 그러나 리따미는 산과 바다가 뒤집히는 것 같은 느낌이었다.

재채기는 열두 번 하고 멈췄다. 리따미는 온 몸이 축 처질 것 같았다. 그는 머리를 푹 숙이고 있었다. 쥐구멍이라도 있으면 들어가고 싶었다.

전교 수백 명 학생과 선생님들의 눈길이 자기에게 쏠려 있다는 걸 그는 알고 있었다. 그때부터 그는 교장선생님이 무슨 말을 하는지 한 마디도 귀에 들어오지 않았다. 체조를 하기 위해 줄 간격이 넓어졌으니 다른 사람들에게 그가 더 잘 보일 것이라는 걸 그는 안다. 그는 자신이 마치 유리궤짝 안에 담긴 전시품이 되어 사람들의 손가락질을 받고 있는 듯한 느낌이었다. 그는 아침체조가 빨리 끝나기만 고대하였다. 그런데 체조 한 번 하는 시간이 수업 한 시간하는 것보다도 더 길게 느껴졌다. 그는 더 이상 견딜 수 없을 것 같았다.

그때 누군가 그의 어깨를 건드렸다. 리따미가 고개를 들어 보니 교장선생님이 옆에 서 계시는 게 아닌가. 교장선생님은 그가 우러러 보아야 할 정도로 키가 매우 커보였다.

교장선생님이 그의 머리를 쓰다듬어주시며 물었다.

"왜 그러니? 어디 아프니?"

"아뇨…."

리따미는 울어버릴 것 같았다.

"내 교무실로 오너라."

리따미는 마치 불쌍한 강아지처럼 교장선생님의 뒤를 졸졸 따라갔다. 그는 이렇게 가까운 거리에서 교장선생님의 구두를 본 적이 한 번도 없었다. 그의 귓가에는 교장선생님의 딸깍거리는 구두소리만 들릴 뿐이었다. 그리고 그는 속으로 생각하였다. (너무 잔인해! 정지 상태로 전시하는 것도 모자라 이번에는 순회공연까지 해야 하다니. 계속 상을 타고 싶다, 상을 타고 싶다는 생각만 하더니! 이제 잘 됐다. 상은 타지도 못하고 학교에 이름만 날리게 생겼으니.)

교장선생님의 교무실에 들어서자 리따미는 훨씬 홀가분해진 것 같았다. 이제 아무도 그를 볼 수 없게 되었으니까 말이다. 그러자 머리가 활동을 회복하였다. (교장선생님이 왜 나를 보자고 하셨을까? 재채기한 것 때문에 그러실까? 일부러 말썽을 부리려고 그런 건 절대 아닌데!)

잠시 안정을 찾았던 심장이 또 마구 뛰면서 목구멍으로 튀어나올 것 같았다.

"평소에도 그러니?"

"평소에는 교실에 있을 때만… 체조시간에는 오늘 처음으로…"

"혹시 비염이 있는 거니?"

"모르겠어요…. 죄송해요…."

리따미는 울음을 터뜨릴 것 같았다.

"괜찮아. 네가 자기 영예를 소중하게 생각하는 학생이라는 걸 난 다 알아. 왜냐하면? 들어보거라. 네가 재채기를 해서 선생님이 연설하는 데 영향을 주었어. 그러나 사실은 네 잘못이 아니야. 그런데도 너는 대수롭잖게 여기지 않고 가책을 느끼고 있잖아. 너는 자존심을 중히 여기는 좋은 아이야."

리따미는 머리를 숙이고 듣고 있었다. 가슴이 뭉클하였다.

"너 5학년이니?"

"네."

"어떤 상을 탄 적이 있니?"

교장선생님의 그 말씀에 리따미는 지금껏 꼭 닫혀있던 감정의 수문이 열려버린 것처럼 갑자기 눈시울이 빨개졌다.

그러나 리따미는 여자애처럼 눈물을 보이고 싶지 않았다. 그는 입술을 꽉 깨물며 머리를 가로저었다.

교장선생님이 놀란 표정으로 눈을 깜박거렸다. 이 학교에서 5학년이 될 때까지 상장을 한 번도 타지 못한 건 아주 드문 일인 것이다.

"반에서는 간부니?"

"아니요. 과대표도 아닌 걸요…."

"아무 직무도 없는 거니?"

교장선생님은 더 이상 묻지 않고 교무실 안에서 왔다 갔다 천천히 거닐기 시작하였다. 교장선생님이 한참을 그렇게 왔다 갔다 하시는 바람에 리따미는 마음이 초조해지기 시작하였다.

교장선생님은 마침내 걸음을 멈추시더니 미소를 짓고 리따미에게 말씀하셨다.

"내가 너에게 직무를 하나 맡기려는데 어떠니?"

리따미는 번쩍 고개를 쳐들었다. 눈이 반짝 빛났다.

"이 일은 비밀로 해야 돼!"

리따미는 속으로 너무 기뻤다. 그는 교장선생님이 그가 유치원에 다닐 때의 귀여운 주 씨 아줌마 같다는 생각을 하였다. 주 씨 아줌마가 눈을 반짝이면서 어린이들과 게임을 할 때의 표정이 지금 교장선생님과 똑같았다.

"좋아요!"

"지난 주 금요일 오후에 열렸던 대회를 기억하고 있니?"

"네. 기억나요. 할아버지께서 우리에게 이야기를 해주셨잖아요."

"넌 박수를 쳤니?"

"쳤어요. 어떤 때는 특별히 세게 쳤어요!"

"어떤 때 박수를 쳤어?"

리따미가 머리를 긁적이며 대답하였다.

"기억이 잘 나지 않아요. 아무튼 다른 사람들이 박수를 치면 저도 쳤어요."

"하나만 물어보자. 강단에서 연설을 할 때 언제 박수를 쳐야 하니?"

리따미는 어리둥절해졌다. 그는 단 한 번도 이 문제에 대해 생각해본 적이 없었다. 그는 다만 영화를 볼 때 좋은 사람이 승리하고 나쁜 사람이 실패하였을 때 박수를 쳐야 한다는 것만 알고 있었다. 다른 사람의 연설을 들을 때 언제 박수를 쳐야 하는지는 정말 몰랐다.

"잘 들어. 사실은 하나도 어렵지 않아."

교장선생님은 예를 들어가며 분석해주셨다.

"그날 보고회에서 할아버지가 처음에 '요즘 초등학생들은 참 수고가 많습니다. 매일 일찍 일어나야 하고 밤늦게 자야 합니다. 책가방은 마치 광주리처럼…' 여기까지 말하였을 때 초등학생들이 막 박수를 쳤잖아. 그때 할아버지 말씀은 채 끝나지 않았거든. 할아버지가 계속 이어서 '그렇지만 앞으로 조국과 인민을 위하여 더 잘 봉사하기 위해 우리는 고생을 두려워하지 말고 힘든 걸 두려워하지 말아야 합니다! 옛 말에 젊어서 고생은 사서도 한다고 하였습니다.'라고 말하였지. 이 대목에서 박수를 쳐야 하는 거야. 그런데 학생들은 박수칠 생각조차 하지 않았어. 연설을 듣고 있던 선생님들이 먼저 박수를 치니 그제야 학생들도 덩달아 박수를 쳤었지."

리따미는 무슨 말인지 알 수 없었다.

그는 문장의 단락을 나누는 것보다도 더 어렵다는 느낌이 들었다.

교장선생님이 머리를 절레절레 흔드시더니 말씀하셨다.

"물론 그래도 되지. 그러나 한 박자 늦어지는 바람에 의미가 달라졌단 말이야."

"그럼 어떻게 해야 되죠?"

교장선생님이 신비로운 표정을 지으시며 말씀하셨다.

"앞으로는 회의할 때 넌 이따금씩 내 얼굴을 쳐다봐. 내가 손을 눈 위에 올리면 네가 앞장서서 박수를 치는 걸로…"

리따미는 저도 모르게 벙긋 웃었다. 교장선생님이 너무 재미있다고 생각하면서 그는 머리를 끄덕였다. 문가까지 걸어 나오다가 리따미가 또 진지하게 물었다.

"선생님이 눈을 만지지 않을 때는 박수를 치지 말아야겠죠?"

교장선생님이 웃으면서 말씀하셨다.

"박수를 쳐야 할 때면 쳐야지. 내가 눈을 만져야 네가 박수를 친다면 너무 만져서 내 눈이 빨갛게 되지 않겠니."

리따미는 교장선생님의 말에 일리가 있다고 생각하였다.

"이 일은 우리 둘만 아는 비밀이다. 아무에게도 말하지 말거라! 넌 내가 직접 임명한 박수대원이거든!"

## 4

## 박수치기를 위한 준비

교실로 돌아왔을 때는 수업이 시작된 지 10분이 지난 뒤였다. 반 애들이 모두 호기심에 찬 눈빛으로 그를 바라보았다. 모두가 그의 처지와 운명에 큰 관심을 보였다. 선생님의 눈에도 탐문의 빛이 어렸다.

그 모든 것을 리따미는 눈치 챘다. "한 사람이 백번 씩 맞춰 봐도 이런 결과를 알아맞히지 못할 것이다."라고 그는 속으로 생각하였다.

리따미의 머릿속에는 텔레비전 화면에서 사라졌던 명인들이 어느 날 갑자기 화면으로 돌아온 정경이 떠올랐다. 그 명인들은 사면팔방에서 걸려온 수많은 관중들의 관심·문의 전화를 받는다. 그들이 뜨거운 눈물을 흘리면서 말한다. "저를 사랑해주신 관중 여러분, 저는 지금 잘 지내고 있다고 말씀드리고 싶습니다!"

그 순간 리따미도 사람들에게 "나를 사랑해준 우리 반 동무들아, 나는 지금 충실하게 잘 지내고 있다고 말해주고 싶어…." 라고 말하고 싶었다.

리따미는 자신이 충실이라는 단어를 찾아낸 것이 너무 기뻤다. 그는 자신에게 감동을 받은 느낌이었다.

남은 수업 시간 내내 리따미는 흥분한 마음을 가라앉힐 수 없었다. 그는 마치 임금이 하사하는 보검을 받고 흠차대신[02]에 임명된 느낌이었다.

---

02) 흠차대신(欽差大臣) : 청 제국의 관직명이다. 특정 사안에 대해 황제로부터 전권을 위임받아 대처를 하는 특별한 관리를 '흠차관' (欽差官)이라고 했는데, 그중에서도 특히 삼품(三品) 이상의 고위 관리를 가리킨다. 본래는 임시적인 관직이었지만, 시대의 변천과 함께 상설화되기도 했다.

그는 전교의 박수소리를 관리하게 된 것이다!

수업이 끝나기 바쁘게 반 아이들이 그를 둘러쌌다.

"어때? 줄 재채기, 쓰러진 건 아니지?"

류세정의 고소해하는 눈빛을 본 리따미는 그제야 무슨 일로 교장선생님의 접견을 받았는지 기억이 났다. 방금 전 운동장에서 재채기를 하던 장면이 또 불쑥 눈앞에 떠올랐다. 그는 얼굴이 조금 붉어졌으나 바로 마음속에 간직한 비밀에 의해 대체되었다.

리따미가 차분하게 미소를 지었다.

반 아이들이 너도나도 여러 가지 질문들을 하다가 결국에는 점차 한 마디 질문으로 바뀌었다.

"리따미, 왜 말이 없어?"

리따미는 반 아이들에게 조금은 미안하다는 생각이 들었다. 그리고 참고 있는 것도 너무 힘들었다. 그렇다고 또 말해버릴 수도 없었다. 결국 리따미는 외교가의 풍채가 풍기는 언어를 한 마디 골라냈다.

"내가 너희들에게 말할 수 있는 건 교장선생님께서 나에게 중요한 임무를 맡겨주셨다는 한 마디뿐이야!"

류세정이 손뼉을 치면서 웃어젖혔다.

"뭐 잘못 알고 있는 거 아니지? 교장선생님이 혹시 너에게 기네스북 재채기기록에 도전해보라고 하시더냐?"

이미 마음속에 모든 준비가 되어 있었던 리따미인지라 관대한 자세를 보였다. 그는 그러는 류세정을 거들떠보지도 않고

"소인의 마음으로 어찌 군자의 속을 헤아릴 수 있겠느냐."

라고 말했다. 요즘 이 작은 학교는 많이 조용한 것 같았다. 인형극단의 공연도 없었고, 노동모범의 보고회도 열리지 않았으며, 또 혁명가 할아버지의 이야기도 없었다. 아침체조 때 교장선생님의 연설만 있을 뿐이다.

가끔은 교장선생님의 연설도 아주 훌륭하여 모두가 예전대로 박수를 치기도 하였다. 그런데 중요한 것은 교장선생님이 한 번도 손을 눈 위로 가져가지 않는 것이었다. 마치 본인이 "대신"을 임명한 일을 잊어버린 것 같았다. 한 번은 교장선생님이 연설을 하면서 손을 볼에 가져갔다. 리따미는 그가 손을 눈가로 가져가려는 줄 알았다. 그러나 그의 손은 머리 뒤로 미끄러져가더니 머리카락을 한 번 쓰다듬고는 바로 내리는 것이었다. 그리고 그날 연설은 여러 반이 청소를 할 때 중요한 부분에 주의를 기울여야 한다는 문제에 대한 내용이었으니 박수를 칠 필요가 없었다.

두 주일이 지났다. 리따미는 마치 영웅이 가진 재능을 발휘할 기회가 없는 느낌이었다. 그러다가 드디어 박수를 칠 기회가 왔다. 리따미는 그 기회를 류세정이 마련해 주리라고는 꿈에도 생각지 못하였다.

류세정은 비록 "재물을 주워도 탐내지 않는" 상을 탄 적이 있지만 선생님에게는 완전 "말썽꾸러기" 아이였다. 그는 공부도 반에서 꼴찌였고, 수업시간에 잡담을 하지 않으면 딴 짓을 하며, 청소당번인데도 요리조리 빠져 달아나기가 일쑤였다. 결함이 있다고 두려울 건 없지만 문제는 선생님의 꾸중을 거부하는 것이었다. 매번 선생님의 교무실로 불리어 가서도 그는 고개를 빳빳이 세우고 전혀 반성하는 기미가 없었다. "확실한 증거"가 있는데도 그는 생떼를 부리기가 일쑤였다. 그래서 선생님이 화가 나서 이까지 부득부득 갈곤 하셨다.

한 번은 류세정이 또 교무실로 불리어 갔다. 마침 리따미가 교무실 창밖으로 지나가다가 안을 들여다보고 그만 깜짝 놀랐다. 어떤 선생님이 류세정의 귀를 비틀어 쥐고 있는 게 아닌가. 귀를 잡힌 류세정은 목을 비틀며 쥐새끼처럼 찍찍하고 비명을 질러대고 있었다.

리따미는 얼른 교실로 돌아갔다. 그는 방금 전에 본 것을 아무에게도 말하지 않았다.

한참 지나자 류세정이 돌아왔다. 얼굴은 온통 물투성이였다. 이제 막 수돗물에 세수를 한 게 분명하였다. 리따미는 그가 왜 세수를 하였는지 알 것 같았다.

"괜찮아?"

리따미가 관심 어린 어조로 그러나 무심한 체 하면서 물었다.

"뭐가?"

류세정이 경계를 하며 고개를 갸웃하고 되물었다.

"뭐 아무것도 아냐, 괜찮거나 말거나!"

호의를 받아들일 줄 모르는 류세정의 태도에 리따미는 화가 났다. (귀가 비틀려 빠진들 나랑 무슨 상관이야!)

수업시간이 되었다. 리따미는 이따금씩 고개를 돌려 류세정을 바라보았다. 류세정은 계속 책상 위에 엎드려 있었다. 리따미는 류세정이 조금은 불쌍하다는 생각이 들었다.

이튿날 아침 체조시간 전 류세정의 엄마가 류세정을 데리고 교무실로 찾아왔다. 류세정의 엄마가 화가 나서 씩씩거리는 모습을 보고 또 류세정의 부어오른 귀를 발견한 선생님들은 무슨 일인지 대뜸 알아차렸다.

"어느 선생님이 제 아들 귀를 이 지경이 되게 비틀었어요?"

선생님들은 누가 누굴 쳐다보거나 하지도 않았고 모두 아무 말도 하지 않았다.

"저의 아들이 아무리 잘못을 하였다고 해도 당신들은 귀를 비틀면 안 되는 거잖아요! 애 귀가 이렇게 부어 있는 걸 제가 발견하였으니 망정이지 애는 집에 와서 아무 말도 하지 않더라고요!"

선생님들은 류세정이 고자질한 것이 아님을 알게 되었다. 귀가 결과만 설명할 뿐 원인을 설명할 수 없어서 다행이었다.

한 선생님이 책을 집어 들더니

"류세정, 난 네 귀를 비틀지 않았지?…"

라고 물었다. 류세정이 고개를 끄덕였다. 그리고는 그 선생님은 교무실에서 나가버렸다.

그리고 또 다른 한 선생님이

"류세정, 내가 비튼 거니?"

라고 물었다. 교무실 분위기가 팽팽하고도 무겁게 변하였다.

류세정은 갑자기 이상한 느낌이 들었다. 매번 그가 이 교무실에 왔을 때는 심문을 받는 대상이었었다. 그런데 오늘은 선생님들의 운명을 결정짓는 심사관과 증인이 된 것이다. 그는 선생님들의 이런 눈빛을 한 번도 본 적이 없었다. 그는 선생님들의 눈빛이 이래서는 안 된다는 생각이 들었다. 그 느낌 때문에 그는 답답하여 숨을 쉴 수가 없었다. 그는 막 소리 지르고 싶었다. 당장 도망치고 싶었다.

교무실 문 앞과 창밖에 학생들이 가득 모여서 구경하고 있었다.

선생님이 류셰정의 귀를 비틀어서 류셰정의 엄마가 학교에 따지러 왔다는 소식이 교정에 빠르게 퍼져나갔다.

교장선생님이 들어오셨다.

류셰정의 엄마가 류셰정의 등을 후려치면서

"입이 붙었니! 말하지 않고 뭐해!"

류셰정이 울음 섞인 목소리로 말했다.

"선생님이 비틀지 않았어요…. 선생님이 비틀었다고 해도 나를 위해서였어요!"

"대체 선생님이 비틀었다는 거야 아니라는 거야?"

그 엄마는 아들이 갑자기 물러서는 바람에 더 화가 났다.

"아니에요."

류셰정이 죽어가는 소리로 대답했다. 교무실 안이 갑자기 조용해졌다. 순간 모두의 마음이 해방된 것 같았다. 어떤 상황에서건 학생에게 체벌을 가하는 것은 떳떳하지 못한 일이다. 특히 이렇게 많은 사람이 보는 앞에서는 더욱더 그러했다. 선생님들은 모두 놀라는 기색이었다. 평소엔 아주 형편없던 학생이 오늘 아무도 생각지 못한 행동을 한 것이다. 이 학생이 그럴 줄은 정말 생각 밖이었다. 류셰정의 귀를 비틀었던 선생님은 류셰정에게 고마움과 가책을 느꼈을 것이다.

## 5

## 박수

이튿날 아침 체조시간에 교장선생님이 체조 대 위에 올라섰다.

교장선생님이 말씀하셨다.

"우리 학교 5학년에 류셰정이라는 학생이 있습니다. 어제 아침에 그의 엄마가 그를 데리고 학교로 찾아와서 선생님이 아들의 귀를 비틀었다고 말했습니다…."

운동장은 삽시에 조용해졌다. 리따미는 더욱 두 귀를 곤두세우지 못하는 것이 한스러울 지경이었다.

"그 일에 대해 많은 학생들이 다 알게 되었습니다. 그래서 오늘 여러분에게 말씀드리려고 합니다. 사실은 오해였습니다. 그럼 그 오해를 누가 풀었을까요? 바로 류셰정 본인입니다. 류셰정 학생이 중요한 시점에 진실을 말하였습니다. 류셰정 학생은 본인의 영예도 지켰고, 또 학교의 영예도 지켰습니다! 오늘 전교 학생이 다 모인 자리에서 류셰정 학생을 칭찬하려고 합니다."

운동장은 매우 조용하였다. 리따미는 어리벙벙해졌다. 어떻게 이런 결과가 나타나게 되었는지 그는 알 수 없었다. 분명 선생님이 류셰정의 귀를 비트는 것을 직접 보았는데 어찌 하여 비틀지 않았다고 하는 걸까?

바로 그때 리따미는 교장선생님이 손으로 눈을 만지는 것을 똑똑히 보았다. 리따미는 미처 반응을 못하였다. 머릿속에서는 여전히 귀에 대한 생각이 떠나지 않았다. 교장선생님은 손을 바로 내리지 않았다.

눈가가 가려운 모양이었다. 리따미는 갑자기 생각이 났다. 이건 교장선생님의 우연한 동작이 아니다. 교장선생님이 그에게 신호를 보내는 것이다. 그는 박수를 쳐야 한다. 리따미는 손을 들어 막 박수를 치려다가 문득 멈췄다.

교장선생님이 이쪽으로 힐끗 한 번 쳐다보았다. 리따미를 본 것일 수도 있고, 류세정을 본 것일 수도 있다! 리따미는 고개를 숙였다.

박수소리가 나기 시작하였다. 어떻게 하여 박수소리가 났는지는 알 수 없었다. 리따미가 고개를 돌려 류세정을 바라보았다. 류세정은 무표정한 얼굴로 하늘을 올려다보고 있었다. 그 애도 박수를 치지 않았다. 리따미는 온 운동장에서 박수를 치지 않은 학생은 아마도 자기네 둘 뿐일 것이라고 생각하였다. 리따미는 교장선생님에게 너무 미안한 생각이 들었다. 그는 교장선생님이 틀림없이 그에게 화가 나고 실망하였을 것을 안다. 그렇지만 그가 이유 없이 그런 건 아니었다! 그는 교장선생님에게 진실을 설명하고 싶었다.

아침체조가 끝나자 그는 먼저 류세정을 뒤쫓아 가 물었다.

"너 왜 사실을 말하지 않았어?"

류세정이 목에 힘을 주고 말했다.

"내가 말한 건 진실이야!" 리따미는 그와 오래 논쟁할 새가 없어 몸을 돌려 교장선생님을 쫓아갔다.

"죄송해요, 교장선생님!"

리따미가 헐떡거리면서 말했다.

"죄송하다니 뭐가? 나에게 죄송해야 할 일을 한 게 없는데!"

교장선생님이 이상해하면서 말씀하셨다. 리따미는 숨이 가빠졌다. 미리 생각해뒀던 대사가 한 마디도 생각이 나지 않았다.

“선생님이 손을 눈에 가져갔는데 제가 박수를 치지 않았어요….”

“무슨 말을 하는지 모르겠는데.”

“저에게 임무를 맡기셨잖아요. 박수대원을 하라고요. 선생님이 손을 눈에 가져가면 저더러 앞장서서 박수를 치라고 하셨어요.”

“내가 너에게 박수대원이 되라고 하였다고? 그런 일이 있었던가?”

리따미는 멍해졌다. 그는 자신이 꿈을 꾸고 있는 것이 아닐까 생각하였다. 그는 입을 벌린 채 무슨 말을 해야 할지 몰랐다.

교장선생님이 머리를 절레절레 흔드시더니

“신용을 지키지 않은 아이는 영예를 얻을 수 없지.”라고 혼잣말처럼 중얼거리셨다. 그리고 교장선생님은 가버렸다. 리따미는 운동장에 홀로 덩그러니 남겨졌다. 그는 아무리 생각해도 알 수 없었다. (교장선생님이 정말 잊은 것일까? 그럴 리 없을 텐데! 만약 교장선생님이 나에게 화가 났다면 왜 꾸중을 하지 않았을까? 왜 박수를 치지 않았느냐고 나에게 묻지 않았을까?) 파리 한 마리가 눈치도 없이 리따미의 머리 위에서 윙윙거리며 날아다녔다. 그는 파리가 왼쪽 위쪽에서 날고 있음을 느끼고 손바닥으로 탁 세차게 갈겼다. 그런데 파리는 잡지 못하고 손바닥으로 눈가를 후려쳐 너무 아팠다. 그는 정말 엉엉 울고 싶은 심정이었다. 수업을 알리는 종소리가 울려 리따미는 교실로 뛰어갔다.

이 시간 수업을 맡은 선생님은 류세정의 귀를 비틀었던 선생님이었다.

선생님의 온통 주름투성이인 얼굴과 그의 구부정한 등을 바라보면서 그처럼 우렁찬 목소리가 어떻게 저렇게 길고도 야윈 몸에서 나오는지 상상이 가지 않았다…. 리따미는 갑자기 또 다른 문제에 생각이 미쳤다. (만약 정말 교장선생님에게 진실을 설명하였더라면 선생님이 처분을 받았을까?)

순간, 박수대원 임명은 교장이 그와 장난을 친 것일 뿐이라는 생각이 문득 들었다. 장난이니까 진실로 받아들일 건 없다고 리따미는 생각하였다. 그리고 일주일이 지난 뒤 어느 날 오후 하교하고 교문을 나서는데 경비실 할아버지가 리따미에게 편지를 한 통 건네주었다. 이상하게 여기며 편지를 뜯어보던 리따미는 그만 그 자리에 굳어졌다.

**리따미 학생에게:**

미안해! 널 오해했어. 내가 진실을 알게 되었어. 너는 성실한 아이야. 훌륭한 박수대원이라면 박수를 쳐야 할 때만 치고, 치지 말아야 할 때는 치지 않는 거란다.

**너의 친구가**

편지를 읽는 리따미는 가슴이 뭉클하였다. 그는 또 재채기를 시작하였다. 그런데 이번에는 재채기가 두 번 만에 멎었다.

# Part 6

# 그림자

## 그림자

### 1

류떠우더우(劉豆豆)는 위민(育民) 고등학교 1학년 학생이다. 나이로 따지고 보면 그는 아직 청소년 혹은 애송이 소년에 속한다.

그 연령대 학생들은 몸이 한창 발육하는 단계에 처해 있어 풍만하고 건장한 몸매가 아직 형성되지 않은 때다. 그들은 늘 평행봉 옆에 둘러서서 자신의 빨래판처럼 평평한 가슴팍과 녹두 나물 같은 몸매를 두고 쓸데없는 걱정을 하면서 초조해하곤 한다. 그들은 늘 옷소매를 걷어붙이고 팔뚝 근육을 팽팽하게 한 뒤 자기 "쥐새끼"(이두박근을 이르는 말 — 역자 주)가 얼마나 컸는지 살펴보면서 애처로울 정도로 이제 겨우 조금 두드러지기 시작한 이두박근을 두고 기뻐서 열광하곤 한다. 어른의 눈에 비친 그들은 허황된 생각이나 하는, 알 듯 말 듯 하면서 쓸데없는 소리를 치고 잘난 체 하며 승부욕이 강하나 요령이 없는 모습일 것이다. 그들은 온종일 우왕좌왕하면서 볏도 나지 않은 주제에 목을 길게 빼들고 사방으로 쏘다니면서 말썽만 일으키는 어린 수탉과 별반 차이가 없었다….

그러나 류떠우떠우는 달랐다.

그는 비록 이제 겨우 열일곱 살이지만 멋스럽게 쭉 빠졌다. 동년의 애티를 완전히 벗어버렸으며 각이 진 얼굴은 날카로우면서도 위엄이 서렸고, 몸의 근육은 탄탄하고 힘이 있어 보였다. 평소에는 드러나지 않다가도 퇴색한 남색 테릴렌 카키 바지와 상의를 벗고 러닝셔츠와 반바지 차림으로 농구장을 질주할 때면 사람들은 그의 건강미 넘치는 몸매에 찬탄을 금치 못하곤 한다. 그런데 류떠우떠우에게는 그의 나이에 어울리지 않는 고통이 있었다. 그의 가슴속 깊은 곳에는 사람들이 알지 못하는 은밀한 세계가 숨어 있었던 것이다. 류떠우떠우의 집에는 돈이 없다. 혹은 돈이 부족하다고 하는 편이 낫겠다. 남이 들으면 믿기지 않을 정도로 돈이 부족하다. 매일 아침 수업이 시작되기 전, 같은 반 아이들이 모여서 쓸데없는 소리를 치며 잡담을 할 때면, 류떠우떠우의 그런 고통이 저절로 물밀 듯이 밀려들곤 하였다. 모두가 잡담을 할 때 사용하는 소재의 주요 원천은 전날 저녁 텔레비전 방송 내용이었다. 그러나 류떠우떠우는 아무 것도 아는 것이 없어 바보처럼 멍청하게 앉아만 있을 뿐이다. 컬러 텔레비전은 제쳐두고 하나뿐인 흑백 텔레비전마저 아빠 병이 중할 때 팔아버렸던 것이다.

류떠우떠우는 아빠의 신음소리와 엄마의 근심 속에서 자라났다. 그는 고생이 뭔지 알고 있으며 또 고생을 참고 견딜 줄도 안다. 그는 한 가정에 있어서 돈의 가치가 무엇인지를 같은 또래 아이들보다 더 잘 알고 있었다.

그는 늘 집 앞 작은 노점 앞에서 서성이곤 하였다. 노점상들이 귤 3근을 5근이라고 속여 파는 것을 직접 목격하면서 그 방면에서 일찍 눈을 떴다고 할 수 있었다. 그는 그 속이 검은 나쁜 놈의 정강이를 호되게 걷어차고 싶은 충동을 느끼면서도 다른 한편으로는 또 자기 부모의 무능함에 슬픔을 느끼곤 하였다.

(공부를 잘한들 무슨 소용이 있어? 아빠와 엄마는 뭐 대학졸업생이 아닌가?) 류떠우떠우는 공부를 아주 잘했다. 그러나 그는 지식은 곧 힘이라는 말을 믿지 않았다. 그는 '대단결'(제3대 인민폐 10위안(元)권 지폐에 그려져 있는 도안. 1966년 1월 10일 발행되어 2000년 7월 1일에 유통이 중지됨 — 역자 주)도안이 그려져 있는 인민폐의 힘을 믿었다.

## 2

어느 일요일 아침이었다. 내리던 봄눈이 멎고 햇살이 비추었다. 눈부시게 반짝이는 눈이 덮인 땅 위에 몇 그루의 나무 그림자가 비스듬히 비껴 있었다. 류떠우떠우는 집에서 공부를 하고 있었다. 내일은 역사시험을 치는 날이다.

"아편전쟁, 1840년…"

"낡은 병을 삽니다…."

아래층에서 장사꾼이 외치는 소리가 들려왔다. 맑고 깨끗하며 우렁찬 목소리였는데 선율까지 타고 한 글자 한 글자씩 이어져 10층까지 날아올라와 유리창을 뚫고 들어와 방안에 울려 퍼졌다.

"목청이 아깝구나! 왜 음악학원에 가서 노래를 전공하지 않았지!" 류떠우떠우가 속으로 욕설을 퍼부었다. 구석에 모아둔 낡은 병이 몇 개 있긴 하였지만 하나에 1전을 받고 파느니 깨뜨려 소리를 듣는 게 차라리 낫겠다는 생각을 하였다. 류떠우떠우는 자세를 바꿔 앉으면서 창밖으로 머리를 내밀고 내다보았다. 나뭇가지에 쌓였던 눈덩이가 떨어지면서 바람에

날려 가루가 되어 흩어지는 게 보였다.

"아편전쟁, 1840년…"

"낡은 책, 낡은 신문을 삽니다…."

프로그램이 바뀌었다. 이번에는 베이스 가수가 등장한 것이다. 류떠우떠우는 귀를 틀어막았다.

"낡은 만년필을 삽니다…."

광동사람이 왔다.

"하나에 2원이요…."

마음이 동한 류떠우떠우는 일어서서 침대 밑에서 낡은 필통을 들춰내 그 안의 물건을 땅바닥에 몽땅 쏟아놓았다. 만년필이 3개 있었는데 모두 아주 낡지 않은, 반은 새 것이었다.

만년필 구매상은 무표정한 얼굴로 아무 말도 없었다. 그는 두 개의 관골(觀骨)이 가무잡잡하고 깡마른 얼굴 위에서 아래위로 한 번 움직이더니 재빨리 만년필 뚜껑을 열고 만년필에서 한 자 정도 간격을 두고 필촉을 살펴보았다.

그리고는

"이건 아니에요!"

하고 딱 잘라 거절하면서 류떠우떠우에게 만년필을 돌려주면서 다른 만년필을 집어 들었다.

"이것도 아니에요!"

이번에도 딱 잘라 거절하면서 류떠우떠우에게 만년필을 돌려주더니 마지막 한 개를 집어들었다.

"이것 또한 아니네요!"

아주 높은 효율이었다. 그리고 1초도 지체할세라 "요"자가 떨어지기 바쁘게 바로 이어 소리쳤다.

"낡은 만년필을 삽니다…. 한 개에 2위안입니다…."

류떠우떠우는 화가 치밀었다.

"이봐요! 대체 어떤 거여야 되는 거지요?"

그 사람이 돌아보았다. 얼굴의 근육은 움직이지 않았지만 아주 진심 어린 목소리로 말했다.

"우린 만년필의 혀가 필요해요. 경질 고무로 된 것이어야 쓰기 좋아요. 경질 고무로는 녹음기 헤드를 만들 수 있거든요. 학생의 것은 플라스틱이라서요…."

류떠우떠우는 당혹스러웠다. 녹음기 헤드를 낡은 만년필의 혀로 만들다니 전혀 들어보지 못한 말이었다. 그러면 "산요(三洋)" "도시바(東芝)"와 같은 업체들도 사람을 파견하여 전 세계에서 낡은 만년필을 매입하는 건가? 그 사람이 더 이상 말이 없자 류떠우떠우는 집으로 돌아가는 수밖에 없었다.

"총각, 이름을 팔지 않겠어요?" 라는 목소리가 느물느물 들려왔다.

류떠우떠우가 몸을 돌려 보니 두 얼굴이 그를 보고 웃고 있었다. 양복에 넥타이, 구두, 그리고 큰 가죽 가방…

"지금 뭐라 하신 거예요?"

"이름을 우리에게 팔라는 겁니다. 선불로 20위안 드릴게요!"

방금 전 거래가 성사되지 않은 건 어쩔 수 없는 일이라면, 지금은 완전

공개적인 조롱이었다. (내가 뭐 돈에 환장한 줄 아나? 개나 소나 다 나를 조롱해?) 류떠우떠우가 피식 냉소를 지었다. 방금 전 만년필을 팔지 못한 노기까지 합쳐져서 신랄한 목소리가 되어 흘러나왔다. "이름을 팔라고요? 내 이름이 뭔지는 아세요?"

"모르죠! 상관없어요! 보통 이름은 다 20위안의 가치는 있으니까요. 지명도가 높으면 협상도 가능하지요. 이제 돈을 벌게 되면 인센티브도 나와요!" 류떠우떠우는 오른손을 뻗어 화학시간에 화학약품의 냄새를 맡는 것과 같은 자세로 그 사람 얼굴 앞의 공기를 자기 쪽으로 저으며 맡아보았다. 술내는 나지 않았다! 그렇다면 십중팔구는 정신병원에서 뛰쳐나온 게 분명하다.

"진짜라니까요!"

그 두 사람은 류떠우떠우의 행동에는 전혀 개의치 않고 더 진지해졌다.

"이름을 팔아버리면 난 뭘 써요?"

류떠우떠우는 갑자기 대화가 흥미로워졌다. 혼란스럽고 황당한 사유도 그 나름대로의 논리가 있는 법이다.

"이름을 계속 사용해도 아무 영향은 없어요!"

"좋아요! 돈 내놓으세요!"

류떠우떠우의 손이 그 사람의 코끝에 닿을 뻔했다.

"미안하지만 당신의 이름을 증명할 수 있는 증서를 보여주세요. 그러면 바로 돈을 지불하겠어요!"

류떠우떠우가 무심코 윗옷 주머니에서 학생증을 꺼냈다. 상대는 끝이 말려들어간 그 하얀 카드를 받아서 꼼꼼히 살펴보더니 가죽가방에서 커다란 노트를 꺼냈다. 위에는 "이름 매입 등기부"라고 적혀있었다.

류떠우떠우는 깜짝 놀랐다.

"사인하세요!"

커다란 노트와 가늘고 긴 펜이 류떠우떠우 앞에 놓여졌다.

류떠우떠우는 또 한 번 깜짝 놀랐다. 노기가 사라지고 잠깐 생각에 잠겼다. 사인 수장가인가? 요즘은 별의별걸 수장하는 사람이 다 있다. 우표, 상표, 담배갑 등 상투적인 것을 제외하고도 어떤 사람은 술병, 강아지 팻말, 모자, 심지어 다양한 변기까지도 수집하는 사람이 있었다…. 또 어떤 사람은 유명 인사들의 사인을 수집하기도 했다. 그러나 류떠우떠우는 유명인사가 아니지 않은가?

"장난하시는 거 아니죠?" 류떠우떠우의 분노는 이제 경이로움으로 바뀌었다. 그는 다시 한 번 조심스레 살피는 눈빛으로 상대의 눈을 뚫어져라 쳐다보았다.

10위안짜리 두 장이 그의 손에 쥐어지자 손으로 세어보니 귀맛 당기는 빠깍빠깍하는 소리가 났다.

류떠우떠우가 망설이면서 자기 이름을 적어 넣은 뒤 고개를 들어 그 두 사람을 바라보았다. 그런데 그 마지막 순간까지도 그가 짐작하였던 상황은 벌어지지 않았다. 그는 그 두 사람이 갑자기 너털웃음을 터뜨리면서 "돈에 환장한 놈이구나. 세상에 어디 이런 좋은 일이 있겠느냐…."라고 말할 줄 알았다.

그러나 그 두 사람은 아무 말도 없이 노트를 챙겨 가방에 넣고는 돌아서서 가버렸다. 순간 류떠우떠우는 얼떨떨해졌다. 정신적 작용 때문이라는 걸 그는 알고 있었다. 찬바람이 불어오자 나뭇가지 위에 쌓였던 눈이 떨어져 흩날렸다.

## 3

이튿날 학교 가는 길에 류떠우떠우는 작은 식당에 들렀다. 거기서 생크림튀김이며 아이워워(愛窩窩, 찹쌀 속에 백설탕을 뭉쳐 넣은 떡—역자 주)며 팥죽 등으로 아침을 맛있게 배불리 먹었다. 이름이 돈이 되다니 너무 좋았다! 이름을 팔 때의 허전함이 온데간데없이 사라져버렸다.

식당을 나선 류떠우떠우는 깜짝 놀랐다. 거의 모든 백화점 문 앞에 눈에 확 띄는 광고가 붙어있지 않은가.

"류떠우떠우가 전국 3억 어린이들에게 인사를 드립니다!"

"류떠우떠우는 신용을 자기 목숨처럼 여깁니다!"

"류떠우떠우는 떠우떠우표 치약을 가장 좋아합니다!"

자기 이름이 갑자기 그렇게 눈에 띄게 사방에 나붙은 것을 본 그는 당황하기 시작하였다. 모든 사람이 자신을 관찰하는 것 같고 손가락질하는 것 같았다. 그는 부끄러워 고개를 푹 떨구고 학교로 달려갔다.

시험장에 들어가 앉은 류떠우떠우는 자신이 시험지보다도 더 중요한 존재가 되어 있음을 발견하였다. 반 친구들의 눈길이 사방팔방에서 날아와 그에게 꽂히는 것 같았다. 그는 마치 확대경으로 햇빛을 모아 불이 붙기를 기다리는 작은 종이조각이 된 것처럼 온몸이 화끈거리며 당장이라도 연기가 피어오를 것 같았다. 담임 선생님까지도 처음 보는 사람처럼 눈빛이 안경 위로 그를 오래 동안 뚫어지게 바라보는 바람에 가뜩이나 화끈거리는 몸에 열기를 더하는 것 같았다.

류떠우떠우는 쿵쾅거리는 자기 심장소리가 들릴 정도였지만 아무 내색도 하지 않았다.

"영화배우며 농구선수들도 광고를 하고 그러는데 뭘?" 이런 생각을 자꾸 하다 보니 류떠우떠우는 점차 마음이 평정되기 시작하였다. 그러다가 불평까지 품게 되었다. "정말 별것도 아닌 것 가지고 신기해하긴! 선생님까지도 그런 눈빛으로 나를 보다니!"

저녁 무렵 류떠우떠우가 밥을 먹고 있는데 어떤 사람이 봉투를 하나 가져다주었다. 봉투에는 "오늘 사인 수당"이라고 씌어져 있었다. 류떠우떠우는 어리둥절해졌다. 그는 다급히 봉투를 들고 화장실로 뛰어 들어갔다. 봉투를 열어본 그는 깜짝 놀랐다. 빨깍거리는 지폐 한 뭉치가 들어있었다. 헤어보니 500백 위안이나 되었다. 류떠우떠우는 손까지 부들부들 떨렸다. 정말 신선이라도 만난 게 아닐까? 이름 하나가 광고에 들어갔는데 이렇게 많은 돈이 되다니!

류떠우떠우는 갑자기 가엾은 아빠가 생각났다. 아빠가 이름을 잘 지어 주지 않았다면 어찌 오늘 같은 날이 올 수 있었겠는가? 아빠 그리고 고생하는 엄마에게 아주 값지고도 그들이 눈치 채지 못할 선물을 하나 해야겠다고 생각하였다. 그리고 이날 학교로 가는 류떠우떠우는 스스로 훨씬 건장하고 충실해진 느낌이 들었다. 그는 허풍을 치며 잡담하는 반 친구들이 더 이상 두렵지 않았다. 갑자기 그는 그 친구들이 천박하고도 가소롭다는 생각이 들었다….

어느 집 라디오에선가 방송하는 소리가 흘러나오고 있었다. 프로그램 예고방송에 이어 남자 아나운서의 분노에 찬 목소리가 흘러나왔다.

"전 시민이 떠우떠표 치약의 비열한 사기행각에 강력히 저항하고 비난하고 있습니다!"

류떠우떠우는 흠칫 몸을 떨었다. 귀를 곤두세우고 공중 속에 떠도는 모든 소리를 포착하려고 애썼다.

"떠우떠우표 치약은 시큼하고 쓴 맛이 났는데 화학 분석을 한 결과 변질한 두부로 만든 것임이 밝혀졌습니다…."

류떠우떠우는 정신이 아찔해졌다. 그는 그 두 사람이 흑심을 품은 사기꾼이었을 줄은 꿈에도 생각지 못하였다.

삽시에 상가 앞에 분노에 찬 사람들이 가득 모였다. 유리가 깨지고 극도로 분노한 사람들이 내팽개친 두우떠우표 치약이 사방에 나뒹굴었다. 요구르트와 두부찌꺼기 같은 물체가 사방에 흘러넘쳤다.

류떠우떠우는 후회, 자책, 분노가 뒤섞여 마음이 착잡하였다. 그는 분노한 사람들 뒤로 빠져나왔다.

그 두 사기꾼을 찾아 자기 이름을 되돌려 받고 싶었다.

학교 대문 앞에 숱한 자전거들이 어지럽게 널려있었다. 운동장에는 숱한 사람들이 몰려 있었다.

류떠우떠우가 호기심에 차서 사람들 틈을 비집고 들어갔다.

갑자기 누군가 소리쳤다.

“재가 바로 류떠우떠우다!”

사람들의 눈길이 무수한 조명등 불빛처럼 일제히 류떠우떠우에게 집중되었다. 그는 가운데에 둘러싸였다. 머릿속에서 “윙”하는 소리가 났다. 눈앞에서 무슨 일이 벌어지고 있는지 문득 깨달은 것이다. 류떠우떠우의 담임 선생님이 죽기 살기로 사람들 틈을 헤치며 다가왔다. 그는 안경이 벗겨져 땅에 떨어진 것도 전혀 느끼지 못하는 것 같았다. 그는 두 팔을 벌려 류떠우떠우의 앞을 막아서며 목이 터지게 소리 질렀다.

“여러분 오해하지 마세요! 우리 반 류떠우떠우는 성실하고 좋은 학생입니다! 그 광고에 나온 류떠우떠우와는 아무 관계도 없는 사람입니다….”

선생님의 구부정한 뒷모습과 이마에 송골송골 맺힌 땀을 보는 류떠우떠우의 눈에는 눈물이 핑 돌았다.

그때 한 사람이 말없이 류떠우떠우의 앞으로 다가왔다. 그 사람의 여위고 길죽한 얼굴에는 아무 표정도 없었다. 그러나 매처럼 예리한 눈을 가졌다. 류떠우떠우의 얼굴을 뚫어지게 바라보는 그 눈빛은 예리하고도 무서웠다. 류떠우떠우는 저도 모르게 머리를 숙였다.

“애야! 얘기해봐. 혹시 이름을 다른 사람에게 팔았니?”

그가 느릿느릿한 어조로 말했다. 차분한 가운데 엄청난 위엄이 서려 있었다. 삽시에 주위가 조용해졌다. 모든 눈길이 류떠우떠우의 얼굴에 집중되어 거대한 빛의 초점을 이루었다.

그의 등골로 땀이 흘러내렸다.

한참이 지나 류떠우떠우가 나지막한 소리로 중얼거리듯 대답하였다.

"아닙니다…."

사람들이 흩어져갔다. 길고도 무거운 탄식소리가 류떠우떠우의 귀를 파고들었다.

류떠우떠우는 옷이 땀에 흠뻑 적었다. 마치 막 물에서 건져낸 것 같았다. 방금 전 공포에 떨었던 그 장면을 겪으면서 그는 한 가지 결심을 확고하게 다졌다.(이름을 팔았다는 사실을 절대 아무에게도 말하지 않을 것이다. 영원히 말하지 않을 것이다!)

"애야! 넌 사람에게 영혼이 있다고 믿느냐?"

류떠우떠우가 돌아서자 그 매의 눈을 가진 낯선 사람이 그의 뒤에서 물었다.

류떠우떠우는 머리를 가로저었다.

"모르겠어요…."

"사람에게는 영혼이 있단다. 그리고 그걸 팔 수도 있단다!"

그 말이 류떠우떠우의 가슴을 아프게 찔렀다. 그는

"저는 사람에게 영혼이 있다고 믿지 않아요. 그걸 볼 수 없으니까요!"

라고 되받았다. 그 낯선 사람이 웃으면서 햇빛 아래로 걸어가 자기 그림자를 가리키면서 말했다.

"봐봐! 이게  내 영혼이다!"

(그게 당신의 영혼이라고?) 류떠우떠우가 냉소하면서 자기도 햇빛 아래로 걸어 나갔다. 순간 그는 굳어지고 말았다. 그림자가 없었던 것이다. 그는 당황하여 허둥대면서 앞뒤좌우로 살피며 그림자를 찾았다.

"찾을 필요 없다. 그걸 누구에게 줘버렸는지 넌 알고 있으니까!"

류떠우떠우는 얼굴이 하얗게 질렸다. 이제 그는 철저히 깨달았다. 그깟 돈 때문에 자신이 어떤 대가를 치렀는지를!

선생님과 반 친구들이 이쪽으로 걸어오고 있었다.

류떠우떠우는 몸을 벌떡 일으키더니 선생님과 친구들이 부르는 것도 들은 척 않고 교문 밖으로 쏜살같이 뛰어나갔다.

류떠우떠우는 엄마 몰래 돈을 책가방 안에 감춰가지고 나왔다. 그는 그의 이름을 사간 그 두 사람을 찾아가기로 작심하였다….

일은 생각보다 순조로웠다. 그 두 사람은 바로 길 맞은 편 식당에서 밥을 먹고 있었다. 류떠우떠우는 큰 유리창 너머로 그들을 보았다.

"내 이름을 되돌려 받아야겠어요!"

류떠우떠우가 치밀어 오르는 분노를 가까스로 참으며 말했다.

"좋아! 다른 사람에게서 이름을 사다가 대체하면 되지 뭐!"

그중 한 사람이 웃으면서 말했다.

"아뇨! 사인을 지워버려야겠어요!"

우두두가 소리쳤다.

"그러게나!"

그 사람이 가죽가방을 열었다. 류떠우떠우는 그에게 수많은 금전과 고통을 가져다준 그 사인을 또 보았다.

류떠우떠우는 고무지우개로 지우기 시작하였다. 그는 글자의 그림자를 지우고 있는 자신을 발견하고 깜짝 놀랐다. 그림자를 어떻게 지울 수가 있겠는가? 류떠우떠우는 분노하였다. 그는 그 종이를 찢어버리려고 하였다. 그런데 차가운 철판 같은 것에 부딪쳤다.

"새로운 사인을 그 위에 붙여 당신의 이름을 대체해야만 하거든!"

그 두 사람은 차갑게 웃으면서 노트를 도로 가져갔다.

류떠우떠우는 그 자리에 굳어져버렸다. 그는 그 돈으로 또 다른 사인을 사와야겠다고 생각하였다.

이름을 사는 건 쉬운 일이 아니었다. 그는 장사꾼들처럼 소리를 지를 수도 없어 거지처럼 다른 사람을 붙잡고 기어들어가는 소리로 물어보는 수밖에 없었다. 사람들은 그를 정신병자 취급을 하지 않으면 장난을 치는 줄로 생각할 뿐이었다. 그 사람들도 그가 이름을 팔 때 느꼈던 것과 같은 심정일 것이었다. 유감스럽게도 그 사람들은 다 이름을 팔지 않으려고 하였다. 물론 류떠우떠우는 자기 반 친구나 다른 친구들에게는 절대 이름을 팔라는 말을 하지 않았다. 운동장에서 겪었던 장면을 그는 아직도 생생하게 기억하고 있었으니까.

한 달이 지나갔다. 류떠우떠우는 많이 여위었다. 그는 다른 사람들과 함께 햇빛 아래서 놀 수가 없었다. 심지어 반 친구들과 등불 아래서 공부도 감히 같이 하지 못하였다. 그는 마치 두더지처럼 지냈다.

어느 날 점심 류떠우떠우가 한 작은 골목길 문 앞에서 놀고 있는 어린 여자아이를 만났다. 그 아이는 네댓 살쯤 돼보였는데 멜빵이 달린 빨간색 치마를 입고 있는 것이 귀여운 나비 같았다.

류떠우떠우가 두근거리는 마음을 안고 다가가 말을 걸었다.

"꼬마 아가씨, 이름이 뭐야?"

"류웨이웨이(劉薇薇)라고 해요!"

"예쁜 이름이네!"

"내 이름이 세상에서 제일 좋아요! 아빠가 처음에 나에게 지어준 이름은 지금처럼 예쁜 이름이 아니었어요. 할아버지가 사전을 뒤져 지어준 이름이에요."

"류웨이웨이, 너 이름을 이 오빠에게 팔지 않을래?"

류떠우떠우는 자기 목소리가 너무 낯선 느낌이 들었다.

여자아이는 깔깔 웃었다.

"이름을 어떻게 팔아요? 아이스크림이나 초콜릿도 아니고!"

"돈을 줄게. 그 돈으로는 아주 많은 아이스크림과 초콜릿을 살 수 있거든."

류떠우떠우의 얼굴에 매우 이상야릇한 표정이 나타났다.

여자아이는 머리를 살래살래 저었다.

"나에게 장난치는 거죠."

"진짜야! 오빠에겐 이름이 없거든!"

류떠우떠우가 괴로워하면서 말했다.

"오빠네 아빠는 왜 오빠에게 이름을 지어주지 않았어요? 우리 유치원 친구들에게는 다 이름이 있어요!"

"난 없어!"

류떠우떠우는 당금 눈물이 떨어져 내릴 것 같았다.

"오빠, 나 돈 받지 않고 내 이름을 줄게요. 난 류웨이웨이라고 해요. 류웨이웨이! 어때요?"

"고마워, 근데 너 이름은 쓸 줄 아니?"

"알아요! 난 아빠 이름도 쓸 줄 아는 걸요!"

류떠우떠우는 부들부들 떨리는 손으로 종이와 펜을 여자아이에게 건넸다. 여자아이가 쪼끄마한 머리를 갸우뚱하고 한참 생각하더니 또박또박 쓰기 시작하였다.

"보면 안 돼요!"

류떠우떠우는 묵묵히 얼굴을 돌렸다. 속으로는 눈물이 흐르고 있었다.

연필 끝이 부러지는 소리가 들렸다. 류떠우떠우가 고개를 돌려보니 여자아이가 종이를 쳐들고 있었다. 비뚤비뚤하게 적혀 있는 이름 석 자가 류떠우떠우의 눈에 들어왔다.

"선물이에요!"

여자아이가 시원스레 말했다. 여자아이 치마가 바람에 붕 부풀어 올랐다. 류떠우떠우의 머릿속에는 유치원 다닐 때 게임을 할 때 사용했던 빨간 무가 떠올랐다.

류떠우떠우는 끝내 참지 못하고 울어버렸다. 그는 그 종이를 아주 잘게 찢어버렸다. 바람이 불어와 그 종이조각이 눈꽃처럼 흩날렸다.

## 4

마침내 어느 날 류떠우떠우는 농산물시장에서 그가 오래 동안 찾아 헤맸던 사람을 찾았다. 그 사람은 얼굴이 초췌하고 메마른 노인이었다. 그는 구부정한 몸을 해가지고 부들부들 떨면서 잘 움직여지지 않는 두 발로 겨우 걸음을 옮겨놓고 있었다. 그는 낡고도 지저분한 헌 누더기를 둘둘 말아서 등에 짊어지고 있었다. 어쩌면 그의 전 재산일 것이다!

노인은 이 노점 저 노점 기웃거리면서 무슨 말을 하는지 계속 중얼거리고 있었다. 사람들은 역겨워하는 표정을 지으며 저리 가라고 손을 내젓곤 하였다. 너무 불쌍하고 연로한 거지였다! 류떠우떠우는 주머니에 든 돈을 만져보았다. 도와주고 싶었다. 그래서 그 노인에게 다가갔다.

그 노인은 머리가 새하얗게 센 고령의 노인이었다. 뼈가 앙상한 손은 마치 마분지를 한 층 씌워 놓은 것 같았는데 다만 몇 갈래의 핏줄이 튀어나와 있어 그나마 그 속에 피가 흐르고 있음을 알려주고 있었다.

문득 한 가지 생각이 류떠우떠우의 머릿속에서 싹트기 시작하였다. (이 연로한 거지는 이제 살날이 얼마 남지 않은 사람이다. 그에게 있어서 이름은 굶주린 배를 불리는 것보다 더 중요할 리 없을 것이다. 그가 햇빛 아래서 얼마를 더 살겠는가? 그에게 그림자가 무슨 소용이 있겠는가?…)

류떠우떠우는 노인의 귓가에 입을 갖다 대고 나지막한 소리로 말했다.

"할아버지, 돈을 아주 많이 드릴 테니까 할아버지의 이름을 저에게 팔면 안 될까요?…" 그 노인은 어지럽게 헝클어진 머리를 번쩍 쳐들었다.

순간 마른 우물 같던 그 눈에서 기쁜 빛이 번뜩이는 것을 류떠우떠우는 보았다. 노인이 부들부들 떨리는 손을 내밀어 류떠우떠우의 옷깃을 꽉 틀어쥐었다. 마치 물에 빠진 사람이 지푸라기라도 잡은 것 같았다.

그의 절박한 눈빛이 류떠우떠우를 뚫어지게 바라보았다.

조금만 방심하면 놓쳐버리기라도 할 것처럼… 그는 류떠우떠우를 잡아끌고 비칠거리면서 시장 옆 골목 안으로 들어갔다.

"자네, 이름을 나에게 팔겠다고 했나?"

노인의 메마른 눈에서 수탈자의 빛이 번뜩였다.

"아니에요! 할아버지의 이름을 저에게 파시라고요!"

류떠우떠우가 큰 소리로 또박또박 말했다.

"아니! 자네 이름을 나에게 팔라는 말일세!"

노인은 쉰 목소리로 미친 듯이 고함을 질렀다. 그는 등에 짊어졌던 누더기를 땅 위에 털썩 내던지더니 찢기 시작하였다.

류떠우떠우는 놀라서 멍해졌다. 누더기 속에는 돈다발이 가득 들어 있었다. 뭉쳐 놓으니 마치 작은 산 같았다.

"내게 팔게! 이 돈을 몽땅 자네에게 주겠네! 이름을 하나 사려고 난 몇십 년 세월을 공들였네! 나는 곧 죽을 걸세. 평안해지고 싶네. 그런데 난 이름도 없고 그림자도 없고 영혼도 없네…."

흐릿한 눈물이 노인의 마른 우물 같은 눈에서 흘러나와 주름이 쪼글쪼글한 볼을 타고 흘러내렸다.

"나에게 팔게 나! 날 불쌍히 봐주게 나!"

류떠우떠우는 그 자리에 굳어진 채 꼼짝도 할 수 없었다.

그는 마치 몇 십 년 뒤의 자기 모습을 보고 있는 것 같았다. 온 몸이 사시나무 떨 듯 와들와들 떨렸다….

해가 돌아와 노인과 젊은이 몸에 햇살이 비쳤다.

그들은 묵묵히 서로 마주서서 상대의 뒤쪽을 바라보며 아무 말도 하지 않았다. 나뭇가지에 매달려 있던 마른 나뭇잎이 바람에 떨어져 내렸다. 나뭇잎은 눈부신 금빛을 띠고 천천히 내려앉아 땅위에 생겨난 자체의 그림자 위에 포개졌다.

# 태양의 맛

# 태양의 맛

## 1

방문을 닫아 아빠를 나무라는 엄마의 잔소리를 방안에 가두어버렸다.

지금 샤오캉(小康)은 학교로 가고 있다.

샤오캉은 이 길을 참으로 좋아한다. 자동차 도로 양 옆은 정연하게 다듬어 놓은 측백나무울타리가 있다. 작은 측백나무들이 빈틈없이 친밀하게 꼭 붙어서 너 안에 내가 있고 나 안에 네가 있다고 자랑하듯 나란히 서있었다. 그 울타리가 푸른 잔디와 청록색의 윤기 나는 곰솔을 에워싸고 있다. 곰솔의 탄력 있는 가지와 잎이 바람에 바르르 떨리고 있다.

가을이면 이곳은 공기가 시원하고 맑아 한 모금만 마셔도 달콤함이 마음속에 깊이 스며들어 신선한 감동을 주곤 한다. 그건 샤오캉에게는 공기 음료수와 다름이 없다. 너무 좋았다. 게다가 돈도 들지 않고…

바람이 불면 샤오캉은 단추를 끄르고 바람이 오는 방향을 마주 서있기를 좋아했다. 그러면 윗옷이 마치 자유자재로 활짝 펼쳐진 돛처럼 부풀어 오르곤 했다. 통이 넓은 바짓가랑이는 마치 좁고도 긴 두 개의 깃발처럼 바람에 펄럭이곤 했다.

갑자기 따뜻한 기류가 물고기처럼 샤오캉의 두 다리 사이로 미끄러져 지나간다. 샤오캉은 놀랍기도 하고 기쁘기도 하여 걸음을 멈추고 그 물고기가 다시 헤엄쳐 와주기를 기다린다…. 마치 강물에서 수영을 하는 것처럼 원래는 찬 물이었는데 어디선가 따뜻한 물이 무릎 앞으로 흘러 지나가는 것 같은 느낌이었다. 좀 더 앞으로 헤어나가면 그 따뜻한 작은 물고기가 이번에는 종아리를 향해 헤엄쳐 와서는 장난스러우나 부드럽게 몸에 잠깐 붙어있다가는 또 어느 샌가 헤엄쳐 가버리곤 했다….

샤오캉은 한참 동안을 기다리다가 그 "물고기"가 단시간 내에는 다시 헤엄쳐 돌아오지 않을 것임을 확신한 뒤에야 계속 앞으로 걸어갔다. 바로 그때 그 따뜻한 작은 물고기가 또 다시 유유히 돌아왔다. 이번에 그 물고기는 샤오캉의 얼굴을 가볍게 한 번 스치고 지나갔다.

샤오캉은 웃었다.

샤오캉은 태양을 좋아한다. 아침 일곱 시 반의 태양은 얇은 안개 뒤에 숨어 있을 때 노르스름하다는 사실을 발견하였다. 그 태양은 마치 사발 안에 깨놓은 계란 노른자위처럼 맑고 투명하며 또 반짝반짝 빛이 나면서도 탄력이 있었다. 안개가 없는 날이면 샤오캉은 손을 오므려 느슨하게 주먹을 쥐고 주먹 가운데의 작은 구멍으로 태양을 쳐다보곤 한다. 그때면 태양은 일곱 가지 색깔로 변한다.

그는 저녁 무렵의 태양을 더 좋아한다. 그때의 태양은 감귤 색을 띠는데 마치 둥둥 떠다니는 풍선 같다. 만약 손이 닿아 한 번 만져볼 수만 있다면 틀림없이 부드럽고 털이 보송보송할 것 같았다….

푸른빛의 길을 다 걸어 지나면 샤오캉은 학교에 도착한다.

문을 열고 들어선 샤오캉은 교실 안이 학교 문 앞의 농산물시장보다도 더 시끌벅적한 것을 발견하였다.

'참새'가 책상 위에 앉아서 재잘거리고 있었다. 반 친구들은 모두 목을 길게 빼들고 눈이 휘둥그래져 '참새'를 겹겹이 에워싸고 있었다.

'참새'는 여자아이이다. 코도 작고 눈도 작으며 머리카락을 매끈하게 빗어서 양태머리를 땋았는데 전혀 예쁘지 않다. 그래도 걔는 반장이다.

매일 아침 '참새'의 "잡담"에 등장하는 주인공은 남학생들이었다. 그런데 오늘은 웬 일일까? 샤오캉은 이상한 느낌이 들었다. 그래서 그는 책가방을 멘 채로 다가갔다.

'참새'의 쉰 목소리가 귀가 따갑게 날아들었다.

"차오차오(喬喬)야, 너의 엄마가 생긴 게 너랑 똑같더라. 너무 웃겨!"

엄마가 생긴 게 딸과 같으면 웃긴 건가? 아이들이 멍청하게 따라 웃었다. 아! 생각났다. '참새'가 어제 학부모회의에 참석하여 학부모를 접대하는 일을 맡았던 것이다. 그는 학부모들에게 찻물을 바로바로 부어주면서 부지런을 떨었을 것이다. 그는 또 예절이 밝아 남자 학부모를 보면 아저씨라고 부르고, 여자 학부모를 보면 아줌마라고 부르며, 연세가 많은 학부모를 보면 할아버지 할머니라고 불렀을 것이다. 그는 다른 학생은 참가할 수 없는 회의에 교실 문 앞에 서서 영예롭게 참가할 수 있었으며 그로 인해 그렇게 많은 학부모를 한꺼번에 만날 수 있었다. 그는 심지어 학생들이 가장 관심을 가지면서도 또 가장 무서워하는, 선생님과 모 학부모 사이의 비밀대화도 엿들을 수 있었다. 그가 어제 하루 오후에 알게 된 비밀이 다른 사람이 1년 동안 알게 된 비밀보다도 더 많았다.

"오리(鴨子)야! 너의 아빠가 너처럼 뚱보일 줄 알았는데 말이야. 허! 알고 보니 너의 아빠는 말라깽이더라. 너무 웃겨!" 아이들이 또 따라 웃었다. 어떤 아이는 '오리'의 뱃가죽을 만져보기까지 하였다.

"늙은 염소, 너의 아빠 너무 재미있더라. 말할 때 눈을 껌벅이면서 막 흥분했어!" 웃음소리가 한 옥타브 높아졌다. 마치 유리구슬들이 사기 쟁반에 쏟아지는 소리 같았다. '참새'는 배를 끌어안고 웃느라고 말도 제대로 할 수 없었다. '참새' 눈에는 어제 학부모회의가 전시회였던 것이다. 학부모를 전시하는 회의 말이다. 학부모들은 모두 전시품이고 '참새'는 안내원이 된 것이다.

"너의 엄마는 어떻게 생겼어? 혹시 참새처럼 생긴 건 아니니?"

늙은 염소로 불린 남자아이의 길쭉하고 창백한 얼굴이 빨갛게 상기되었다. 그는 아빠를 대신해 치욕을 씻어주고 싶었다.

"아하! 우리 엄마는 어제 오지 않았어!"

'참새'는 또 웃기 시작하였다. 그 말투에서는 어제 전시회에 참가한 건 모두 하자가 있는 물품이라는 뉘앙스가 풍겼다. 그는 자기 부모가 전시회에 참가하지 않은 걸 다행으로 생각하는 것 같았다.

'늙은 염소'는 말문이 막혀 무슨 말을 했으면 좋을지 몰라 낑낑거렸다. 샤오캉은 그러는 '참새'가 불만스러웠다. 그는 '늙은 염소'를 대신해 복수하고 '참새'의 기를 좀 꺾어놓아야겠다고 생각하였다.

샤오캉은 매우 착한 아이다. 그는 누가 이렇게 사람을 업신여기는 꼴은 못 본다. 그는 또 매우 용감하다. 비록 몸매가 작고 약하지만 상대가 아무리 힘이 세고 덩치가 큰 아이라도 그는 대담하게 맞서곤 했다. 그는 또 매우 총명하다. 그는 심지어 역반응 심리라는 것도 알고 있다.

그는 스스로 '살코기형돼지'라는 귀에 거슬리면서도 적절한 별명을 지었다. 소리쳐봐! 어디 마음껏 소리쳐봐! 변론이라면 '참새' 열 명이 덤벼도 그의 상대가 안 되었다. 샤오캉이 막 말을 하려고 할 때 '참새'가 사람들 틈으로 그를 발견하였다.

"샤오캉아! 어제 너의 할아버지가 오셨어. 발언도 안 하시고 머리만 끄덕이시더라…."

이번에 '참새'는 별명도 부르지 않고 불경스런 언사도 없었다. 보아하니 그 누구든지 반항하면 효과를 보는 것 같았다.

샤오캉은 갑자기 그 자리에 굳어져버렸다. 어제 회의에 온 사람은 샤오캉이의 할아버지가 아니라 샤오캉의 아빠였다. 샤오캉이 가장 사랑하는 아빠, 자상하고 착한 아빠, 머리가 세고 비쩍 마른 아빠… 아빠는 너무 늙었다. 샤오캉은 마음이 찡해졌다.

아빠가 곧 마흔 살이 될 무렵 샤오캉이라는 아이를 갖게 된 것이다. "샤오캉이 태어나는 날 아빠는 울었다"고 했다. "호적에 샤오캉의 이름을 올리러 가서도 아빠는 울었다"고 했다. 아빠의 외모는 실제 나이보다도 더 겉늙어 보인다. 비쩍 마른데다가 구부정하기까지 하다…. 그래도 샤오캉은 아빠를 좋아하고 존경하며 사랑한다.

아빠는 많은 사람이 모인 자리에서 말을 할 줄 모른다. 설령 말을 해도 떠듬떠듬하며 버벅거리곤 한다. 그렇지만 그런 아빠의 입을 통해 샤오캉은 지구는 둥근 것이며 팽이처럼 태양을 에워싸고 돈다는 것, 그리고 나뭇잎에는 사람의 몸에 분포되어 있는 것처럼 혈관이 있다는 것, 다만 그 혈관을 흐르는 혈액은 빨간 색이 아니라 파란 색이라는 것… 등에 대해 알게 되었다. 아빠는 의사다. 어떤 사람들은 늘 일요일에 집으로 찾아와 아빠에게 병을 보이곤 한다. 아빠는 항상 다정하게 대해주며 돈도 한 푼 받지 않는다. 공공버스를 타고 갈 때 누가 아빠에게 자리를 양보하거나 하면 샤오캉은 마음이 찡해나곤 했다. 그는 아빠가 자리에 앉아갈 수 있기를 바랐다. 아빠가 고생을 많이 하니까. 그러나 아빠가 늙어보여서 남이 아빠에게 자리를 양보하는 건 싫었다. 아빠가 아직은 남에게 자리를 양보 받을 만큼 연세가 많은 건 아니지 않은가!

엄마는 아빠보다 연세가 작다. 게다가 보기에도 더 젊어 보인다. 집에 찾아오는 손님들은 늘 엄마가 젊고 예쁘다고 칭찬하곤 한다. 손님이 돌아간 뒤 엄마는 큰 소리로 말하고 문도 쾅쾅 세게 닫곤 한다. 그러나 아빠는 아무 말도 없이 밥을 하고 빨래를 한다. 그런데도 엄마는 아빠가 빨래를 깨끗하게 하지 못했다는 둥 아빠가 한 밥이 맛이 없다는 둥… 하면서 잔소리를 해대곤 했다.

엄마는 한 번도 아빠와 함께 거리를 걸어 다닌 적이 없었다.

샤오캉은 열두 살이다. 그가 뭘 모르겠는가? 그저 말을 하지 않을 뿐이다. 아빠가 지쳐 보이면 그는 말없이 아빠에게 차를 한 잔 따라서 가져다 드리곤 한다. 샤오캉이 밤에 자다가 깨서 화장실에 가면서 밤이 깊었는데 아빠가 글을 쓰고 있는 걸 보면 아빠에게 옷을 살며시 덮어주곤 한다. 그러면 아빠는 펜을 놓고 몸을 돌려 그의 머리를 쓰다듬어주곤 한다. 그때면 아빠 눈이 젖어있는 것을 발견하곤 한다.

한 번은 거리에서 한 젊은이가 자전거로 아빠의 허리를 툭 쳤다.

"눈은 어디다 두고 다녀?"

그 젊은이가 욕설을 퍼부었다. 아빠가 그의 자전거를 잡고 그에게 따지려고 하자 그가 아빠를 확 밀치는 것이었다. 그 바람에 아빠는 바닥에 털썩 주저앉으며 엉덩방아를 찧고 말았다. 샤오캉이 미친 듯이 달려들어 그자의 옷을 잡았다.

"당신 어찌 노인에게 그렇게 할 수 있지?"

지나가던 사람이 말했다. 그때 샤오캉은 아빠의 눈에 비친 처량한 빛을 보았다. 아빠는 "샤오캉아, 가자…" 라고 말했다.

샤오캉은 잡았던 그자의 옷을 놓았다. 눈물이 흘러내렸다. (아빠! 20살만 더 젊었으면 얼마나 좋겠어요!…)

수업을 알리는 종소리가 울렸다. 그제야 '참새'는 더 이상 짹짹거리지 않았다. 샤오캉은 자리에 멍하니 앉아 있었다. 그는 어제 온 사람은 할아버지가 아니라고 밝히고 싶었다. 그러나 그는 또 어제 온 사람이 아빠라고 인정하고 싶지도 않았다….

## 2

"시계가 또 멈췄네. 당신 전자시계는 몇 시예요?"

엄마가 알람시계를 손에 들고 침대에 걸터앉아 있다. 막 자려던 참이었다. 아빠가 다급히 책상 옆으로 뛰어가 아빠의 그 십전짜리 동전 크기의 전자시계를 눈 가까이 가져다대고 들여다봤다.

"몇 시냐고 묻잖아요? 바보처럼 뭐하고 있어요!"

엄마가 급해서 소리쳤다. 샤오캉이 아빠 곁에 다가가 보니 전자시계 문자판은 온통 하얀 바탕색일 뿐 숫자는 보이지 않았다.

아빠가 나지막하게 중얼거렸다.

"수은전지가 방전이 다 됐나 봐요! 내일 … 전지를 바꿔 넣어야겠어요."

"또 2원 넘어 나가게 생겼네…. 한 달에 이런 소소한 지출이…"

엄마가 또 그의 상투적인 잔소리방송을 시작했다.

샤오캉은 얼른 탁자 위에서 엄마의 손목시계를 가져다 보고 시간을 알려주었다. 그럼에도 불구하고 엄마의 잔소리는 멈출 줄을 몰랐다. 아빠가 작은 칼로 전자시계 뒤딱지를 열었다. 비타민C 알약 크기의 전지가 똑 떨어졌다. 전기도금을 한 것이었는데 등불 아래서 반짝반짝 빛났다.

"마구잡이식으로 뭐하는 거예요! 망가뜨리면 아무 시계고 못 차고 다닐 줄 알아요!"

엄마는 언제나 새로운 공격을 위한 이유를 찾아내곤 한다.

아빠는 얼른 시계 뒤딱지를 닫았다.

엄마는 지쳤다면서 잠자리에 들었다.

밤이 깊었으므로 아빠도 자리에 들었다.

샤오캉은 일찍 자리에 누웠지만 잠이 오지 않았다. (전자시계란 물건은 참으로 신기하단 말이야. 그 안에도 알람시계처럼 작은 톱니바퀴랑 태엽 같은 것이 들어 있을까? 아빠는 그런 것이 들어 있지 않다고 하였는데 그럼 그 안에 무엇이 있을까?) 샤오캉은 살며시 일어나 아빠의 전자시계를 들고 자기 방으로 돌아와 문을 닫고 등불을 켰다.

그는 방금 전 아빠가 하던 대로 작은 칼로 시계 뒤딱지를 열었다. 다행이 방금 전에 아빠가 단단히 닫아놓지 않아서 작은 칼로 살짝 틀었더니 바로 열렸다. 그런데 그 작은 수은전지가 책상 위에 똑 떨어져 데구루루 굴러 침대 위에 굴러 떨어지더니 자취를 감추어버리는 게 아닌가.

샤오캉은 얼른 땅에 쪼그리고 앉아서 손으로 더듬기 시작하였다. 아하! 찾았다. 그런데 등불 아래 비춰보니 아니! 그건 전지가 아니라 새하얗고 동그란 알약이었다.

샤오캉은 너무 후회되고 속상했다. (아이참! 알약을 전지로 쓸 수 있었으면 얼마나 좋을까. 집에 알약은 많으니까 전지처럼 이렇게 희귀하진 않을테니까! 전자시계가 "병들었다"! 그래서 내가 알약을 먹여본다!) 샤오캉은 아무 생각도 없이 방금 주은 알약을 시계 안에 전지가 들어있던 자리에 넣어보았다! 크기가 딱 맞았다! 샤오캉은 뒤딱지를 잘 닫고 시계를 손목에 차보았다. 그러다가 그는 깜짝 놀랐다. 전자시계에 숫자가 나타난 것이다. 12시였다. 샤오캉은 속으로 거듭 되뇌어 보았다. 12시, 12시, 12시… 샤오캉은 너무 놀라 멍해졌다. 갑자기 바람도 멎고 커튼도 움직이지 않았으며 모든 소리가 사라졌다. 처마에서 떨어지던 물방울이 허공에 뜬 채 멈췄고 모기 한 마리가 샤오캉의 눈앞에서 한 자도 안 되는 위치에 멈춰 있었다. 마치 꿈을 꾸고 있는 것처럼 샤오캉은 가슴에 손을 얹고 있었는데 소리도 지를 수 없었고 몸도 움직일 수 없었다. 샤오캉은 이제 알 것 같았다. 알약이 효험을 본 것이다. 시간이 멈춘 것이다. 가슴 가득 공포가 차올랐다. 샤오캉은 죽을힘을 다해 몸부림쳤다. 잠이 들지 않으려고 안간힘을 썼다. 마침내 전자시계가 손목에서 미끄러져 떨어졌다. 샤오캉은 온 몸이 땀에 흠뻑 젖었다. 모든 것이 정상으로 돌아왔다. 커튼이 움직이고 창밖에서 자동차가 지나가는 소리도 들렸으며 물방울도 떨어지고

모기도 날아지나갔다. 샤오캉은 무서워서 벌벌 떨면서 그 시계를 내려다 보았다. 시계 문자판에 12시라고 차갑게 표시되어 있었다. 샤오캉은 저도 모르게 오싹 몸서리를 쳤다! 샤오캉은 고개를 들었다. 그의 눈길이 갈색 나는 작은 약병에 닿았다. 그 약병에 들어있는 알약이 방금 전 전자시계에 넣은 것과 똑같은 것이었다. 약병에는 클로르프로마진(정신 안정제의 일종—역자 주)이라고 씌어져 있었다. 샤오캉은 알 것 같았다.

샤오캉은 정신이 점점 정상으로 돌아왔다. 강렬한 호기심 때문에 샤오캉은 방금 전의 공포를 잊어버렸다. 그 시계를 손목에 걸지만 않으면 아무 일도 일어나지 않는다는 걸 알았다. 그는 조심스럽게 시계를 손에 쥐고 뒤딱지를 열었다. 클로르프로마진이 그 안에서 떨어져 나왔다. 그러자 시계 문자판의 숫자가 사라지고 다시 흰 바탕뿐이던 상태가 되었다.

샤오캉은 심장이 세차게 뛰기 시작하였다. 그의 눈길이 아빠의 작은 약상자에 가 멎었다. 샤오캉은 모든 약병 안에 있는 약을 모두 한 알씩 꺼내서 차례로 전자시계 안에 넣어가며 실험해보았다. 문제는 샤오캉이 생각했던 것처럼 단순하지 않았다. 전자시계는 아무 반응도 없었다. 시계 문자판에 아무 숫자도 나타나지 않았다. 샤오캉은 조금 실망하였다. 그는 마지막 알약을 시계 안에 넣고 뒤딱지를 닫고 서둘러 뒤집어 보았다.

전자시계 문자판에 숫자가 나타났다. 그런데 숫자가 정지되어 있는 것이 아니라 빠르게 바뀌고 있었다. 그것도 1초씩 바뀌는 것도 아니고 또 1분씩 바뀌는 것도 아니라 1일씩 바뀌고 있었다.

정상적인 시간으로 계산하면 눈 깜박할 사이에 그 시계의 시간은 수 개월이나 훌쩍 지나가 있었다.

샤오캉은 문득 머리에 떠오르는 생각이 있어서 그 시계를 차보고 싶었다. (기껏해야 시간이 좀 빨리 흘러갈 뿐이잖아? 절대 클로르프로마진처럼 그렇게 무섭진 않을 것이다.) 샤오캉은 시계를 손목 위에 올려놓고 잠시 시곗줄은 채우지 않았다…. 방금 전처럼 그렇게 무서운 느낌은 없었다. 모든 것이 정상이었다. 다만 시계 문자판 위의 숫자가 미친 것처럼 바뀌고 있어 현란할 뿐이었다. 샤오캉은 마음이 놓였다.

숫자가 몇 번 바뀌었는지는 정확히 헤아릴 수 없었지만 문득 문자판 숫자가 멈췄다. 마치 그 안의 "알약 전지"가 방전이 다 된 것 같았다. 샤오캉은 그런 알약이 담겼던 약병을 가까이 당겨다 보았다. 약병에는 카페인이라고 씌어져 있었다. 이런 약은 일종의 흥분제로서 스포츠경기 때 어떤 선수들은 좋은 성적을 내기 위해 경기 전에 카페인을 복용하기도 한다고 아빠가 예전에 말해주었던 적이 있었다. 그러나 그건 불법이어서 소변검사를 통해 다 조사해낼 수 있다고도 아빠는 알려주었었다.

샤오캉은 갑자기 온몸이 조여드는 것 같았다. 너무 조여서 괴로웠다. 내려다보니 에구머니나! 런닝과 핫팬츠가 팽팽하게 조여들어 당장이라도 터져버릴 것 같았다. 샤오캉은 당황하였다. 발딱 튀어 일어나 거울 앞에 서서 비춰보던 그는 너무 놀라서 입을 딱 벌린 채 굳어져버렸다.

거울 안에는 자신보다 머리 절반은 더 큰 소년이 서 있었다. 그 소년이 놀란 눈빛으로 그를 바라보고 있었다. 입술 위에는 까슬까슬한 수염까지나 있었다. 샤오캉은 그 소년이 바로 자신이라는 걸 알았다. (저건 몇 년 뒤 내 모습이 아닌가!)

샤오캉은 심장이 마구 뛰기 시작하였다. 그는 망연자실하였다. 시간은 곧 생명이다. 그것은 황금보다도 더 귀중한 것이다! 아무것도 배우지 못한 채 어떻게 몇 년을 헛되이 흘려 보낼 수 있단 말인가? 내일 아침 아빠와 엄마는 깜짝 놀랄 것이다. 학교에 가면 누가 나를 알아보겠는가! 모든 사람이 이 세상에 샤오캉이라는 사람이 사라지고 낯선 사람이 생겨난 줄로 알 것이다. 원래 샤오캉은 빨리빨리 컸으면 좋겠다는 생각을 항상 하고 있었다. 그런데 지금 갑자기 커버린 자신을 보고 도리어 깜짝 놀라고 말았다.

샤오캉은 전자시계를 뚫어지게 바라보았다. 젊음을 되찾을 수 있는 알약은 없을까! 그는 모든 알약을 다 넣어봤다. 그러나 소용이 없었다!

샤오캉은 몰래 아빠의 옷을 입고 문을 열고 뛰어나갔다. 그는 달리고 또 달렸다. 그래도 전혀 힘든 줄 몰랐다. 그리고 그는 베이징 시내에서 제일 큰 약국인 통런탕(同仁堂)에 왔다.

약국은 문을 닫은 지 오랬고 주변은 칠흑같이 어두웠다. 그는 약국 대문 앞 계단에 주저앉고 말았다. 어찌 되었든 그는 이대로 집으로 돌아갈 수는 없었다….

날이 밝았다. 샤오캉이 첫 손님으로 약국 대문에 들어섰다. 점원들이 청소 중이었다.

"아줌마, 사람을 젊어지게 할 수 있는 약 있어요?"

샤오캉이 큰 유리로 된 매대 앞으로 걸어가 다짜고짜 물었다. 그 점원 아줌마가 몸을 돌리더니 이상한 눈빛으로 샤오캉을 훑어보더니 웃었다.

"얘야, 아직 잠이 덜 깼구나? 네가 사려는 약은 아직 개발돼 나오지도 않았단다."

"제 말은… 사람에게 젊음을 유지하게 하는…"

샤오캉은 두서없이 마구 지껄였다.

"넌 늙지도 않았으면서! 솔직히 넌 아직 청년도 아니잖니!"

샤오캉은 말문이 막혔다. 그는 머리를 숙이고 직접 유리 매대 안을 들여다보며 찾는 수밖에 없었다. 아빠가 의사였기 때문에 매대 안에 있는 약들에 대해 그는 어느 정도 알고 있었다.

아줌마는 샤오캉의 진지한 모습을 보자 또 말했다.

"비타민C·비타민E… 녹용·인삼·영지·구기자…"

샤오캉은 머리를 들지 않았다. 비타민C·E는 다 넣어보았지만 소용이 없었던 것이다…. 녹용, 인삼은 모두 고급 보약이어서 그가 살 수는 없었다. 한 작은 약갑에 발가벗은 머리 큰 아기가 그려져 있는 게 보였다. 그 아기가 그에게 손짓하고 있었다. 샤오캉은 마음이 동하였다. 그 아기는 그의 아기 때 사진과 똑같은 게 아닌가! 귀신에게 홀리기라도 한 것처럼 샤오캉은 고개를 들며 말했다.

"이 약 주세요!"

"이건 영아약이야. 갓난아기가 병에 걸리지 않도록 예방하는 약이야. 젊음을 되찾을 수 있는 약이 아니란다!"

점원이 말했다.

샤오캉은 전자시계의 위력을 알고 있다. 그런 알약은 한 알에 1전이니 10알을 사서 실험해보기로 하였다….

샤오캉은 약국 문을 나서자 영아 약을 한 알 꺼내 전자시계에 넣었다. 그는 너무 기뻐서 펄쩍 뛰었다. 문자판에는 숫자가 나타났을 뿐 아니라 숫자가 거꾸로 바뀌며 뛰고 있지 않은가. 안타깝게도 너무 더디게 바뀌고 있었다. 한참이 지난 뒤에야 겨우 1개월 늦춰진 것이다. 그러나 어째 되었건 시간이 거꾸로 흐를 수 있게 된 것이 아닌가!

그는 시계를 손목에 차고 천천히 집으로 걸어가면서 시계 문자판의 숫자를 주시하였다. 너무 많이 늦춰지면 안 되는데! 그는 오늘이 1986년 12월 5일인 걸로 기억하고 있다. 그런데 지금 문자판에는 1990년 3월로 표시되어 있었다.

집 문 앞에 거의 왔을 때 '오늘'까지 반년 차이가 났다. 그래서 그는 또 공원으로 가서 조금 더 있을 수밖에 없었다. 이제 2개월 남았다. 지금 자기 모습이라면 부모가 봐도 놀라지 않을 것 같았다. 입술 위를 만져보니 수염은 없었다. 그래서 문을 열고 들어갔다.

아빠와 엄마가 동시에 물었다.

"아니! 이른 아침에 어디 갔었니?"

샤오캉은 안도의 한숨을 내쉬었다. 속으로는 은근히 득의양양하였다. 그는 심지어 설레기까지 하였다. 거의 모험으로 가득 찬 평범하지 않은 밤을 보낸 뒤 샤오캉은 전 세계에서 그 자신밖에 모르는 비밀이 생긴 것이다. 그것은 시간을 멈추게도 할 수 있고 빨리 흐르게도 할 수 있으며 또 시간을 거꾸로 흐르게도 할 수 있다는 것이었다.

"조깅을 하고 왔어요!"

샤오캉이 홀가분하게 대답하였다.

엄마가 또 잔소리를 시작하였다. 남자아이는 크면 부모와 한 마음이 아니라는 따위의 말들을 늘어놨다.

아빠가 우유 한 컵을 테이블 위에 올려놓고 그의 어깨를 다독이면서 부드럽게 말했다.

"어서 마셔라, 샤오캉아!"

아빠의 머리가 샤오캉의 얼굴에 거의 닿다시피 하였다.

샤오캉은 처음 아빠를 이렇게 가까이에서 보았다. 그는 아빠 이마의 그 확대된 것 같은 주름을 보았다.

순간 그는 문득 이런 생각이 들었다. 젊음을 되찾을 수 있는 그 전자시계를 아빠 손목에 채워 준다면… 샤오캉은 심장이 두근두근 뛰기 시작하였다. 가슴 가득 환희가 차올랐다.

"아빠! 점심 휴식시간에 제가 아빠 전자시계 전지를 바꿔 줄게요!"

"그래 줄래!"

아빠가 얼굴에 비누칠을 하다가 말했다.

샤오캉은 흥분이 채 가라앉기도 전에 고민이 생겼다. 전자시계 시간이 너무 빨리 바뀌고 있어 하루 이틀이 되기도 전에 아빠가 샤오캉보다도 더 어려질 수도 있기 때문이다. 세상에 그런 우스갯거리가 또 어디 있을까! 샤오캉이 펜으로 노트에 대고 계산을 거듭해보았지만 여전히 방법이 없었다. 마지막에 그는 작은 칼로 흥분제 절반 안 되는 크기로 조금 잘라내고 또 영아안을 절반 넘는 크기로 잘라내 시계 안에 넣었다. 시계를 뒤집어 보니 앗! 시계는 여전히 거꾸로 가고 있었지만 많이 더디게 가고 있었다. 그런데 샤오캉은 또 걱정이 되었다. 전자시계의 숫자가 거꾸로 가고 있는 건 숨길 수가 없다. 아빠가 매일 시계를 봐야 하는데…!

"아빠에게 솔직하게 말씀 드리면 어떨까? 시계 안에 넣은 건 건전지가

아니라 알약이라고 아빠에게 말씀 드리자."

샤오캉은 생각하였다. 안 돼! 아빠는 의사다. 아빠는 과학만 믿는다. 샤오캉이가 하는 말을 믿을 리 없다. 어쩌면 아빠는 샤오캉이가 무슨 망상증에라도 걸린 줄 알 것이다. 아빠는 그 알약들을 다 꺼내서 버리고 전지를 새로 갈아 채울 것이다. 그렇게 되면 샤오캉이의 계획이 모두 수포로 돌아갈 것이다. "안 돼! 아빠가 알아서는 안 돼. 이건 천재일우의 기회다!" 드디어 샤오캉은 온 가족의 인사관계를 분석한 뒤 매우 황당하지만 아빠가 무조건 받아들일 수 있는 좋은 방법을 생각해냈다.

"아빠…"

점심 먹고 엄마가 출근한 뒤 샤오캉은 아빠를 불렀다. 그런데 아빠를 불러놓고는 눈물부터 펑펑 쏟았다.

"아니 왜 그래?"

아빠가 당황해하며 샤오캉이의 어깨를 잡았다.

"제가 큰 잘못을 했어요…."

"무슨 잘못을 했는데 그래?"

아빠가 급하게서 물었다.

"울지 말고. 천천히 말해봐!"

아빠가 그렇게 말하자 샤오캉은 아예 엉엉 울어버렸다.

"제가 아빠 전자시계를 망가뜨렸어요…. 그 위의 숫자가 마구 뛰어요!"

샤오캉은 손가락 틈새로 아빠의 얼굴을 훔쳐보았다. 그런데 뜻밖에도 아빠가 웃는 것이었다.

"난 또 무슨 일이라고! 괜찮아!"

아빠가 갑자기 목소리를 낮춰 말했다.

"실은 말이야. 이 시계는 1년 전에 벌써 망가졌어. 겨울에는 매일 한 시간씩 늦어지고 여름이면 또 한 시간씩 빨라지거든. 그리고 흐린 날 비가 오면 글자가 나타나지도 않아. 어디 그런 전자시계가 있겠니? …"

"정말요?"

샤오캉은 속으로 곰곰이 생각해보았다. 그 시계가 더 신기해보였다.

"그럼! 네 엄마 잔소리가 무서워서 얘기하지 않았던 거야! …시계는?"

샤오캉이가 망설이다가 호주머니 안에서 전자시계를 꺼내 아빠 손 위에 올려놓았다. 아빠가 힐끗 한 번 보고 말했다.

"어 이 시계가 정말 잘못되었구나. 거꾸로 가다니! 전자시계는 보통 땅에 떨어져도 망가지지 않는데 말이야…."

샤오캉은 '헉'하고 놀랐다. 그는 아빠가 끝까지 캐물을까봐 두려웠다.

"됐어! 글자만 나타나면 돼. 엄마한테는 말하지 않기다!"

아빠가 말하면서 시계를 손목에 찼다. 샤오캉은 머리를 끄덕였다. 그제야 마음이 놓였다. 그는 일이 이렇게 순조로울 줄 몰랐다.

## 3

"하나, 둘, 셋…" 이제 샤오캉은 몰래 아빠 귀밑머리 중 흰 머리의 수를 세고 있었다. 검은 머리가 이제는 헤아릴 수 없을 정도로 많아졌기 때문이다. 샤오캉은 매일 학교 가기 전이면 아빠가 손목에 전자시계를 차고 있는지 주의를 기울여 살피곤 하였다.

2개월이 지나갔다. 매일 같이 있는 엄마는 전혀 눈치를 채지 못하였으나 샤오캉은 알 수 있었다. 아빠 이마의 주름이 다림질한 것처럼 조금씩 펴져 신기하게 사라져버린 것을… 아빠의 얼굴에 젊음이 빛났다.

어느 날 우리 집을 방문한 손님이 아빠를 머리끝부터 발끝까지 훑어보더니 말했다.

"어! 점점 젊어지네 그려. 자네 인삼 먹고 있나?"

아빠가 엄마를 힐끗 쳐다보더니 어색해하면서 말했다.

"놀리지 말게. 무슨 돈이 있어 인삼을…"

엄마는

"할아버지가 돼가고 있는데 그만 놀리세요!"

샤오캉은 짐작하는 바가 있어 속으로 몰래 득의양양해했다.

또 어느 날 우리 집을 방문한 손님이 아빠에게

"어! 자네 머리카락 염색한 건가?"

라고 물었다. 아빠가 웃으면서 이마에 흘러내린 머리카락을 가볍게 뒤로 쓸어 넘기면서 말했다.

"아냐!"

엄마도 다가와서 아빠를 자세히 살펴보는 것이었다. 마치 낯선 사람을 보는 것처럼…

"어떻게 된 거지?"

한참이 지나서야 엄마가 말했다.

"어떻게 되긴? 뭐가?"

아빠가 실눈을 지으며 모르쇠를 놓았다. 엄마는 아무 말도 없이 주방으로 들어갔다.

아빠가 젊어졌다는 소식이 아빠 주변으로 재빨리 퍼져나갔다. 먼저 아빠가 근무하는 병원에 소문이 파다하게 퍼졌다. 많은 사람들이 아빠에게 "젊음을 되돌리는" 비결을 물었다. 심지어 항상 신중하고 또 다른 사람과 말을 하기 별로 좋아하지 않는 원장까지도 아빠를 원장실로 불러 상황을 물었다고 한다.

지금까지 별로 이름도 없이 평범하게 살아온 아빠가 병원의 중심인물이 되었다. 그 이전에는 병원에 이렇게 의술이 높고 근면 성실한 의사가 있다는 사실을 아는 사람이 별로 없었다.

"최근 1년간 무슨 약을 썼어요? 어떤 보약을 썼어요?"

라고 동료들도 취재 기자들도 아빠에게 물었다.

아빠는 미소를 지으며 머리를 가로저었다. 이런 질문은 이제 질리게 들어온 터였다.

"이런 현상은 혹시 가족력인가요?"

아빠는 또 머리를 가로저었다.

"평소에 자주 드시는 메뉴를 적어주시겠어요?"

아빠는 시간을 절약하기 위하여 메뉴를 적은 뒤 수백 장을 복사하여 요구하는 사람이 있으면 한 장씩 꺼내 주곤 하였다. 그 메뉴를 본 사람들은 별로 만족하지 않았다. 그 메뉴에 적힌 음식이 너무 평범하였기 때문이다. 채소가게 작은 칠판에 적혀 있는 것처럼 단조로웠다. 기껏해야 배추·오이·토마토 따위였다. 그래도 그들은 꾸준히 그 메뉴를 요구하였으며 그것을 신문에 게재하였다.

이상하다! 사람들은 다양한 각도에서 다양한 추측으로 조용히 연구하고 있었다.

물론 가장 이상하게 생각하는 사람은 아빠 자신이었다. 아빠는 늘 담배를 붙여 물고 1년 사이에 자신이 젊어진 것과 관련이 있을 법한 모든 미세한 요소에 대해 되돌아보곤 했다. 그런데 아무리 생각해봐도 그 이유를 알 수 없었다.

물론 아빠는 매우 기뻐하신다. 사람이 기쁠 때는 늘 사고하는 것을 별로 좋아하지 않았다. 그래서 의문은 담배연기를 따라 창밖으로 날아가 버리곤 했다.

모든 사람들 중에서 샤오캉만 모든 것을 꿰뚫고 있었다.

샤오캉은 아빠와 엄마가 팔짱을 끼고 가로수 길을 산책하는 것을 기쁘게 바라보았다. 히야! 아빠는 정말 젊어졌다. 심지어 엄마보다도 더 젊어졌다. 등도 구부정하지 않았다. 뒤에서 보면 영락없는 젊은 청년이었다. 그때야 샤오캉은 엄마도 이제는 젊지 않다는 것을 발견하였다. 엄마 이마에도 거미줄 같은 주름이 나타났으며 귀밑머리도 세지고 있음을 발견하였다. 샤오캉은 그런 엄마가 가슴 아팠다. 엄마도 고생이 많다.

매일 아침 일찍 일어나 출근을 해야 했으며 출근길도 너무 멀었다…. 샤오캉은 (예전에 엄마를 그렇게 생각하지 말걸, 엄마를 그렇게 대하지 말걸) 라고 후회하였다.

(괜찮아! 아빠가 그 전자시계를 한동안 찬 다음 엄마도 차게 하면 돼…. 그런데 엄마가 시간도 볼 수 없는 그 시계를 찰까? 괜찮아. 그건 나중에 생각할 일이야.) 이런 생각을 하다 보니 샤오캉은 또 즐거워졌다.

갑자기 문이 펄쩍 열려서 보니 아빠가 얼굴에 희색이 만면하여 문 앞에서 있었다. 왼손에는 통닭 등이 가득 담긴 꾸러미가 들려 있고 오른 손에는 와인 두병이 들려 있었다.

"당신 오늘만 먹고 내일부터는 입 봉하려고 이러세요?"

엄마가 아빠를 나무라면서도 진짜 화를 내지는 않고 아빠 손에서 물건을 받아 들고 들어왔다.

"오늘 좋은 일이 생겨서!"

라고 아빠가 말했다.

"무슨 좋은 일이요?"

엄마가 급해서 물었다.

"맞춰 봐요!"

"상여금 받았어요?"

아빠가 머리를 가로저었다. 엄마도 머리를 절레절레 흔들었다. 눈에는 궁금하고 초조하면서도 기쁜 빛이 역력하였다.

"나 과주임으로 승진했어요!"

아빠가 기쁨을 금할 수 없어 몸을 돌리더니 이제는 커서 꽤 무거운 샤오캉이를 안고 방안을 한 바퀴 돌았다. 샤오캉은 엄마 눈에서 눈물이 반짝이는 것을 보았다.

그때부터 아빠는 퇴근해서 돌아오면 소파에 앉아 담배를 붙여 들고 신문만 보았다. 엄마가 아무리 늦게 퇴근해도 엄마가 돌아와 밥을 짓기를 기다렸다. 빨래며 청소며 다 엄마 혼자서만 하였다.

이제는 아빠가 음식이 맛이 없다는 둥 빨래를 깨끗하게 하지 못하였다는 둥 엄마 목소리가 너무 높다는 둥 하면서 잔소리를 하였다. 그러면서 아빠 자신은 늘 문을 쾅쾅 소리가 나게 세게 닫곤 하였으며 저녁에도 글을 쓰지 않았다. 샤오캉은 집에서 아빠와 엄마의 위치가 바뀌었음을 발견하였다. 이전에는 엄마가 총리 겸 재무장관이고 아빠가 노동과 위생부장이었다. 고작 3개월 만에 내각이 재구성된 것이다. 심지어 아빠는 엄마를 화풀이대상으로 삼기까지 하였다. 아무 이유도 없이 화를 내기가 일쑤였으며 때로는 샤오캉까지 가리키면서 "너도 마찬가지야."라고 나무라곤 하였다. 아빠는 집안의 모든 것이 눈에 거슬리는 것 같았다. 샤오캉은 아빠가 변했다는 생각이 들었다. 낯선 사람이 된 것 같았다.

샤오캉은 속상하였다.

어느 날 샤오캉이 저녁에 같은 반 친구를 만나러 갔다가 집으로 돌아오고 있었다. 푸른 가로수길이 끝나는 곳에서 그는 아빠를 보았다. 샤오캉이가 막 소리쳐 부르려는데 문득 한 여자가 아빠의 팔짱을 끼고 있는 것이 눈에 들어왔다…. 그 여자는 분명 엄마는 아니었다. 오늘 아빠는 병원에 중환자가 있어서 집에 들어올 수 없다고 엄마에게 말했었다. 샤오캉은 미친 듯이 집으로 달려갔다. 문에 들어섰을 때 엄마는 빨래를 하고 있었다. 엄마는 아빠의 제일 멋진 셔츠에 비누칠을 하고 있는 중이었다.

샤오캉이 울었다.

"왜 그러니? 얘야!"

"엄마, 내가 도와줄게요!"

샤오캉은 오늘처럼 엄마가 안쓰러웠던 적이 없었다. 밤이 깊었다. 아빠가 집에 돌아왔다. 그는 그 환자의 병세가 얼마나 중하다는 둥, 얼마나 구하기 어려웠다는 둥 생동감 넘치게 말했다.

"그 환자 오늘 틀림없이 살아나지 못할 거예요!"

라고 샤오캉이 모질게 말했다.

"네가 그걸 어떻게 알아?"

아빠가 고개를 들더니 이상하다는 눈빛으로 나를 바라보았다. 아빠는 자기에게 아주 불리한 생각이 아이의 머릿속에 생겨났음을 알지 못하였다. 샤오캉이 아빠의 전자시계를 몰래 자기 방으로 가지고 들어가는 것을 아무도 알아차리지 못하였다. 3개월 전에 그는 아빠가 젊어질 수 있기를 얼마나 바랐던가! 그런데 지금 아빠가 젊어지긴 하였는데 왜 이렇게 나쁜 아빠로 변하였을까! 샤오캉은 전자시계 안의 영아안 알약을 꺼내고 죄다 흥분제로 바꿔 넣기로 작심하였다. 그는 예전의 착하고 자상한 아빠가 너무 보고 싶었다. 샤오캉이 작은 칼로 전자시계 뒤딱지를 열고 있는데 자신과 아빠가 같이 찍은 사진이 유리 아래 깔려 있는 게 눈에 띄었다. 그 사진에 눈길이 닿는 순간 그는 멍해졌다. 아빠 얼굴에 생긴 주름, 머리에 난 흰 머리카락이 한 오리 한 오리 똑똑히 그의 눈을 아프게 찔렀다…. 아빠가 또 예전의 그 모습으로 돌아가게 되는 걸까? 또 예전처럼 다른 사람에게 업신여김을 당하고 다른 사람에게 무시를 당하며 그렇게 불쌍하게 살게 되는 걸까? 샤오캉은 망설였다. 눈물이 책상 위에 뚝뚝 떨어졌다. 그는 아빠가 다시 늙은 모습으로 바뀌는 것이 정말 싫었다. 전자시계가 아빠를 젊어지게 하였지만 아빠가 나쁜 사람이 되라고 가르치지는 않았다! … 마침내, 샤오캉은 시계 뒤딱지를 다시 닫았다.

## 4

중간고사가 끝났다. 학교에서 또 학부모회의가 열리게 되었다. 학부모회의 통지서를 받는 순간 샤오캉은 속으로 기뻤다. 그는 젊은 아빠가 회의에 참가하게 된 것이 너무 즐거웠다.

학부모회의가 열리는 날 오후 그는 궁금해서 견딜 수가 없어 학교로 달려왔다.

교실 문 앞에 이르러 보니 여전히 '참새'가 안내를 맡고 있었다. 아쉽게도 그는 교실 안에 앉아서 참석할 수가 없었다. 교실 문은 닫혀 있었고 안에서 선생님의 말소리가 들렸다. '참새'는 문 앞 책상 앞에 걸터앉아 있었다. 책상 위에는 학부모들의 출석부가 놓여 있었다.

샤오캉은 출석부에서 아빠의 이름을 보았다. 그가 '참새'에게 물었다.

"우리 집에서 누가 왔니?"

"어머! 누가 왔는지도 넌 몰라?"

"정말 몰라!"

샤오캉이 아주 진지한 표정을 지으며 말했다.

“여전히 너의 할아버지가…”

“틀렸어. 오늘은 우리 아빠가 왔거든!”

샤오캉이 웃었다.

‘참새’가 더 이상 대꾸하지 않고 종이로 개구리를 접어 책상 위에 올려놓고 불면서 놀고 있었다.

갑자기 교실 문이 열리고 학부모들이 걸어 나오기 시작하였다. 회의가 끝난 것이다.

샤오캉은 복도 코너에 서서 기다렸다. 잠시 후 적당한 방법으로 ‘참새’에게 ‘할아버지’가 아닌 아빠를 보여줄 생각이었다.

그런데 샤오캉은 멍해지고 말았다. 줄을 이어 걸어 나오는 사람들 속에 끼어 있는 아빠의 모습이 눈에 띄었던 것이다. 단, 지금의 아빠가 아니라 3개월 전의 아빠였다. 자상하지만 노쇠하고 여위어 허리가 구부정한 아빠였다. 웬 일인지 샤오캉은 갑자기 가슴이 뭉클했다. 그는 아무 것도 아랑곳하지 않고 달려가 아빠의 품에 안겼다. 시고 달고 쓰고 매운… 대체 무슨 맛인지 그 자신도 알 수 없는 것이 가슴에 가득 차오르는 것이었다. 눈물이 마분지를 한 층 씌워놓은 것 같은 아빠의 손 위에 뚝뚝 떨어졌다.

“왜 그래? 얘가!”

아빠가 샤오캉의 얼굴을 받쳐 들고 놀란 표정으로 내려다보았다.

샤오캉은 문득 그 시계가 생각났다. 아빠를 젊어지게 한 그 시계를. 그런데 그 시계는 보이지 않았다. 아빠는 손목에 검은 색의, 매우 큰, 계산기까지 달린 새 전자시계를 차고 있었다.

“아빠 시계는?”

샤오캉은 가슴이 두근거렸다.

"그 시계는 시간도 볼 수 없어서 오늘 점심에 새로 샀어…."

"원래 있던 그 시계는요? 어디 있어요?"

"그건 십전에도 사갈 사람이 없대. 그래서 버렸어!"

샤오캉은 가슴이 쿵 내려앉는 것 같았다.

"아빠, 늙었어요!"

샤오캉이의 갈린 목소리가 터져 나왔다.

"무슨 소리야! 아빠는 점점 젊어지고 있는데. 바보."

샤오캉이 놀란 눈빛으로 아빠의 얼굴을 빤히 올려다보았다. 그러나 그 어디에도 장난기는 없었다. 샤오캉은 아빠가 자극을 받아 병이 난 건 아닐까 하는 의심까지 들었다. 그는 일이 오늘 같은 결과에까지 이르게 될 줄은 미처 생각지 못하였다. 학교 문 앞에 있는 큰 거울 앞을 지나면서 샤오캉은 자기 손이 꽉 죄어오는 느낌이 들었다. 머리를 들어 보니 아빠의 손이 그를 꽉 잡고 있었는데 가볍게 떨고 있었다. 아빠의 눈이 거울을 뚫어지게 바라보고 있었다. 아빠는 입을 반쯤 벌리고 팔을 허공에 쳐든 채 마치 조각상처럼 굳어져 꼼짝도 하지 않았다.

샤오캉은 아빠의 손을 마구 흔들면서 큰 소리로 불렀다. 이렇게 될 줄 알았더라면 왜 그런 변화를 겪었을까!

마침내 샤오캉의 손이 꽉 잡혔다. 아빠가 갑자기 몸을 돌려 샤오캉이를 꼭 껴안고는 어린애처럼 엉엉 우는 것이었다. 아빠의 품은 따스하였다….

샤오캉은 길을 걷고 있었다. 태양은 공중에 여전히 높이 걸려 있다.

"태양은 무슨 맛이니?"

라고 샤오캉이 자신에게 물었다.

"태양의 맛은 시큼하고 약간 달달해."

라고 샤오캉이 스스로 대답하였다.

왜? 그에게는 근거가 있었다.

고향에 있는 친척이 시골에서 아빠를 보러 올 때면 늘 가늘고 꼬불꼬불하며 자홍색이 나는 말린 나물을 가져다주곤 했다. 그 나물에 고기를 다져넣고 볶으면 시큼하고 약간 달달한 맛이 났다. 무슨 나물일까? 사실은 흰 무를 채 썰어서 지붕 위에 널어 말린 것이라고 아빠에게 알려주었다. 며칠 동안 오래 말리게 되면 채 썬 흰 무가 자홍색으로 변한다는 것이다. 그 무말랭이에서는 싱싱한 무에서 나는 그런 역한 냄새가 없고 시큼하고 달달한 맛이 났다. 왜 그럴까? 그게 바로 태양의 공로가 아니겠는가!

그러니 태양의 맛이 시큼하고 약간 달달한 맛이 아니고 뭔가?

아빠를 올려다보면서 샤오캉은 자기 생각을 말하고 싶었다. 그러나 아빠는 틀림없이 그가 허튼소리를 한다고 말할 것이다.

# Part 8

# 암호

# 암호

## 제1장

여름방학까지 앞으로 이틀이 남았다. 기말시험 성적도 정해졌다. 나는 물론 '더 말할 나위 없는 높은 성적'의 부류이다.

저녁에 내가 아빠에게 물었다.

"가장 사랑하는 우리 아빠, 이번 여름방학에는 저를 데리고 어디 가서 '생활 체험'을 하실 거예요?"

아빠는 나와 말할 때 늘 장난을 섞어서 말하기 좋아한다. 예를 들면 아빠가 식품 상점에 뭘 좀 사러 갈 때면 "시장조사 하러 간다." 라고 하셨고, 공공버스를 탈 때면 "'인민대중과 함께 서있는 것'을 좋아해."라고 하셨으며, 놀러 다닐 때 그는 여행과 같은 단어를 사용하는 법이 없이 그저 "오늘 우리 이화원으로 '생활 체험'을 하러 간다."거나 혹은 "내일 우리 수영장으로 '생활 속에 깊이 파고들어' 가는 건 어때?"라고 말하곤 하셨다…. 그래서 나도 아빠와 말할 때는 그런 언어를 사용하곤 하였다.

오늘 아빠는 매우 엄숙하셨다.

"서두를 것 없어. 다 생각해뒀거든. 마음의 준비를 단단히 해야 할걸."

아빠는 제법 그럴 듯하게 말씀하셨다.

나는 아빠가 또 장난을 치시는 줄 알았다.

방학한 이튿날 저녁을 먹고 설거지까지 다 끝냈다. 아빠가 나를 부르시더니 아빠 맞은편에 앉으라고 하였다. 그리고 엄마도 아빠 옆에 앉기를 기다려 에헴 하고 헛기침을 하는 것이었다.

매우 장중한 분위기가 흘렀다.

아빠가 윗옷 주머니에서 빳빳하고 작은 종이카드를 한 장 꺼내 내 손에 쥐어주면서 말씀하셨다.

"샤깡(夏剛)아, 이것 봐봐…."

"이게 뭐예요?"

내가 물었다.

"기차표도 모르니! 이러니까 우리 결정이 중요하다는 걸 더 한층 증명해 주는구나!"

라고 하시면서 아빠가 엄마를 힐끗 쳐다보셨다. 그러자 엄마는 고개를 끄덕이시는 것이었다. 나는

"기차를 한 번도 타본 적이 없으니 기차표를 모르는 게 당연한 거 아니에요!"

라고 불만스레 말했다.

"이제는 알겠느냐?"

"네…"

나는 속으로 못내 흥분되었다. 기차표라! 이는 우리가 기차를 타고 '생활체험'을 하러 가게 되었음을 의미한다. 게다가 아주 '먼' 곳으로 가게 된다는 뜻이기도 하다.

"우리 어디로 가요?"

나는 좋아서 크기가 한 치밖에 안 되지만 더없이 진귀한 그 종이카드를 손바닥에 받쳐 들고 물었다.

"직접 보려무나."

기차표 위에 글자들이 아주 많았지만 나는 재빨리 "베이징—칭다오"라고 씌어져 있는 걸 발견하였다.

나는 용수철처럼 튀어 일어나 아빠를 끌어안았다.

"아빠, 너무 체면을 차리시네요!"

그리고 또 엄마를 끌어안으면서

"엄마도 왜 이렇게 체면을 차리세요!"

라고 말했다. 엄마가

"무슨 말이야? 뭐가 체면을 차린다는 거야?"

라고 의아해하셨다. 나와 아빠 사이에서 감사의 뜻을 표현할 때는 늘 "체면을 차린다."라는 표현을 즐겨 쓴다는 사실을 엄마는 모르고 계셨던 것이다. 이 표현을 만약 친구 사이나 동창 사이에 쓰면 아주 보편적인 표현이며 심지어 허위적인 느낌까지 들지만, 나와 아빠 사이에서는 전혀 다른 느낌이라는 걸 엄마는 모르는 것이다. 나와 아빠 사이에서 이 표현을 쓰면 아주 각별한 의미가 있고 각별히 생동하며 또 각별한 맛이 난다. 이런 상황에서 만약 "감사해요"라는 표현을 쓰거나 "너무 감사해요"라는 표현을 쓴다 해도 나의 설레는 마음을 충분히 표현할 수가 없다. 게다가 너무 거리감이 들지 않은가? 이런 상황에서 "체면을 차린다."라는 표현은 "아빠, 엄마 너무 사랑해요…."라는 의미였다.

관습대로라면 아빠가 엄마에게 "이건 유머라고!"라고 말씀하셔야 했다. 그런데 아빠가 "체면을 차려야 할 일은 이제부터 얘기할 거야!" 라고 하시는 것이었다.

"체면을 차려야 할 일이 또 있어요?"

라고 내가 물었다. 그러자 아빠가

"이번에는 너 혼자 가는 거야."

라고 말씀하셨다.

"뭐라구요? 저 혼자요? 아빠와 엄마는 다 안 가는 거예요?"

"그래! 우리 둘은 안 가. 너 혼자만…"

"저 혼자 어떻게 가요…. 전 기차를 한 번도 타본 적이 없고… 또 아는 사람도 없고… 또 아직은 어리고, 이제 겨우 중학교 2학년인데…"

"너무 체면을 차리지 마세요!"

라고 아빠가 웃으면서 말씀하셨다.

"아니… 체면을 차리는 게…"

나는 두서없이 마구 지껄였다.

"난 안 갈래요…. 아빠와 엄마는 어디 가요?"

"우리 둘은 아무데도 안 가. 엄마는 출근을 계속해야 하고 나는 방학기간을 이용해 책을 좀 보려고 해. 정 가기 싫다면 집에서 공부를 해도 되고…"라고 아빠가 말씀하셨다.

아빠가 "공부를 하라"는 말로 나를 위협할 줄이야. 중2 학생에게 특히 나 같은 학생에게 여름방학동안 "공부를 하라"는 것은 무엇을 의미한다는 걸 아빠는 분명히 알고 있다! 그 순간 내 머릿속에는 혼자 갈 것이라는 생각이 싹텄다. 그래도 아빠가 그렇게 배려한 목적을 분명히 알아내야 했다. 왜냐하면 아빠는 항상 나와 함께 있기를 좋아하셨기 때문이다.

"아빠, 우리 둘이 같이 가면 얼마나 좋아요!"

내가 말했다.

"이건 나와 네 엄마가 오래 연구한 끝에 결정한 일이란다. 널 혼자 보내기로 한 것은 너에게 단련할 기회를 마련해주고 싶어서야…."

라고 말씀하시면서 아빠는 엄마를 한 번 쳐다보셨다. 그 눈빛에는 존중이 담겨있었다. 기실 우리 집에서는 엄마가 진짜 지도자였다. 나는 엄마를 바라보았다. 엄마가 그 결정을 바꿔주기를 — 아빠와 나를 같이 가게 해주기를 — 바랐다. 그런데 뜻밖에도 엄마도 머리를 살짝 끄덕이시는 것이 아닌가.

아빠가 말씀을 계속하셨다.

"요즘 외동자녀들은 부모에게 너무 의존하고 있어. 응석받이로 자란 아이들은 장래성이 없거든. 이번에 부모도 선생님도 동창도 다 곁에 없는 상황에서 네가 어떻게 할 수 있을지 너의 능력을 시험해보려고 해…. 이런 걸 사회에 나가 시련을 겪고 세상 물정을 알아본다고 하는 거야…."

나는 잠자코 있었다.

아빠가 또

"어때, 사내대장부?"

라고 나에게 물으셨다. 나는 이제는 별로 "진귀"해 보이지 않으나 모험과 유혹으로 가득 찬 기차표를 쳐들고 말했다.

"저더러 이 기차표 한 장을 달랑 들고 사회에 나가라고요? 나가서 누굴 찾아요? 잠은 어디서 자고? 밥은 어떻게 먹고… 설마 저더러 동냥을 하라는 건 아니겠죠?"

아빠가 또 호주머니에서 검은색 돈지갑을 꺼내시더니

"이 안에 150위안이 있거든. 여기서 100위안으로는 돌아올 때 기차표를 사고 나머지 50위안으로는 밥도 먹고 용돈으로 쓰도록…"

"모자르지 않을까요?"

나는 50위안이 "생활 속에 깊이 파고드는 것"에 있어서 어떤 개념인지 알 수 없었다. 나는 다만 베이징에서 아이스크림 한 통 먹으려면 1위안 40전이 들고 "미친 마우스"(이는 가장 싼 게임) 게임을 한 번 하는데 2위안이 든다는 것만 알고 있을 뿐이다.

"자랄지 모자랄지는 어떻게 쓰느냐에 따라 달렸지. 싱싱한 해산물을 먹으면 한 끼 먹기도 모자라는 돈이지. 만약 국수나 구운 빵 같은 걸 먹으면 남을 거고… 돈의 액수는 나와 네 엄마가 구체적으로 추산해서 정한 거야. 빠듯하긴 하겠지만 너에게 돈을 많이 주면 그게 무슨 단련이라고 할 수 있겠니. 그리고 우리도 너에게 많은 돈을 줄 수 있는 상황이 아니고. 우리는 일반 서민 가정이란다…. 이 정도 줄 수 있는 것도 우리에겐 쉬운 일이 아니거든."

아빠가 말씀하셨다. 나는 문제의 심각성을 느끼기 시작하였다.

"이 안에 수영장 입장료까지 포함되어 있나요?"

라고 내가 물었다. 아빠가 웃으시면서 말씀하셨다.

"모르고 있었지? 거긴 바다야. 수영은 마음대로 할 수 있어. 무료거든…."

내 눈앞에는 망망대해가 펼쳐졌다. 다른 건 아무것도 보이지 않았다. 내가 또 물었다.

"바닷가에 가서 게도 한 마리 먹을 수 없는 거예요?"

나는 게를 한 마리 먹는다고 하여 단련을 하는 데 영향이 있을 것이라고 생각지 않았다.

그때 엄마가 말씀하셨다. 그건 그가 그 긴 대화 과정에서 두 번째로 하는 말이었다. 그러나 그 말이 띠는 의미는 중대한 것이었다.

엄마의 눈에 안쓰러워하는 빛이 어리더니

"기차에서 내리면 누가 마중을 나올 거야. 먹고 자는 건 그 사람이 배려해줄 거야…."

그때 아빠가 엄숙하게 엄마의 말을 끊었다.

"당신은 왜 앞질러 얘기하고 그래요!"

순간 나는 한결 마음이 놓이는 것 같았다. 그런데 참 이상했다. 오늘은 어찌 된 일인지 아빠와 엄마의 위치가 바뀌어 있었다. 관례대로라면 오늘 아빠가 한 말은 마땅히 엄마가 했어야 하고 엄마가 맡은 역할은 마땅히 아빠가 맡았어야 했다. 대체 무슨 일이 일어나고 있는 걸까? 그리고 평소에 아빠는 매우 유머러스하였고 자신의 아들에게도 매우 친절하였다. 그런데 오늘은 웬 일인지 담임 선생님이 나와 담화하는 것 같았다. 아빠가 말씀하셨다.

"네 엄마가 먼저 말을 꺼냈으니 나도 알려주마…. 아빠가 아빠 동창에게 편지를 써서 기차역에 마중을 나오라고 부탁해 놓았어…."

내가 다급히 물었다.

"그분 성함이 뭐예요?"

엄마가 끼어들려 하자 아빠가 엄마에게 눈을 흘기셨다. 그 서슬에 엄마는 하시려던 말을 도로 삼켜버렸다. 예전 같으면 눈을 흘기는 쪽은 엄마였다!

아빠가 말씀하셨다.

"성함은 알려주지 않을 거다. 이것도 단련하는 일에 포함된 항목이니까. 남자인지 여자인지, 어떻게 생겼는지도 알려주지 않을 거야. 넌 암호로 그 사람과 연계를 취해야 해!"

"암호로 연계를 취해요? 텔레비전에서 나오는 비밀요원처럼요?"

"그래!"

"암호가 뭔데요?"

"기차역을 나서서 마중 나온 것 같은 사람을 발견하면 다가가서 이렇게 말하는 거야. 실례합니다. 마우스표 연필 있습니까?" 그럼 저쪽에서 "미안하지만 고양이표 고무지우개밖에 없습니다."라고 대답하면 암호를 맞춘 거야. 그 사람이 바로 널 마중하러 온 혁명 동지거든. 알아들었어?"

"알아 들었어요…." 그 순간 나는 마치 혁명의 성지로 근무하러 가거나 혹은 적의 점령 지구로 비밀 투쟁에 참가하러 가게 된 나를 아빠와 엄마가 들끓는 열정을 안고 보내는 것 같은 기분이 들었다. 그처럼 신비롭고 신성하며 또 가슴을 설레게 했다. 그래서 더 좋았다.

아빠가 손목에 찼던 시계를 벗어 내 손목에 채워주시면서

"이 시계를 너에게 주마…."

라고 다정하게 말씀하셨다.

아빠의 시계는 비록 비싸지도 않고 또 아주 낡았지만 그 정중한 표정에 나는 깊이 감동되었다. 갑자기 내가 훌쩍 큰 것처럼 느껴졌다. 그리고 무슨 숭고한 사명을 완성하러 가는 것 같은 기분이 들었다.

"어때, 아들?"

아빠의 손은 너무 따스했다.

"그렇게 할께요!"

나는 사내대장부답게 대답하였다. 나는 아무리 생각해도 이번 일이 비정상적이라는 생각을 떨쳐버릴 수 없었다. 아빠와 엄마가 선의의 음모를 짜놓았다는 생각이 자꾸 들었다….

"샤깡아, 수없이 많은 단련을 겪어야 단단해진다고 했어. 잘 단련해봐…."

나는 알 것 같았다. 나를 단련시키려는 건 엄마의 아이디어이고 단련시킬 방법은 아빠의 '걸작'이라는 것을. 아빠가 유머를 실천으로 옮기신 것이다.

## 제2장

베이징 기차역 동쪽에 위치한, 판에 박힌 것 같은 대 종루 아래서 아빠와 나는 묵묵히 서로 마주 보고 서 있었다. 우리 둘 다 표정이 엄숙하였으며 매우 침착한 모습이었다.

"난 여기까지… 역 안에는 너 혼자 들어 가거라…."

아빠가 말씀하셨다.

"아빠, 단서를 조금만 더 제공해주면 안 되겠어요?"

내가 물었다.

"해야 할 말은 다 했어. 또 무슨 단서를?"

아빠가 내 눈을 빤히 들여 보셨다. 내 눈에서 나약함을 발견하려는 것이었다. 그러나 내 눈에 추호의 나약함도 없음을 나는 안다. 나는 이틀간 물질적 정신적 준비과정을 거쳐(나는 스스로 라면 20봉지를 사서 넣고 또 『톰 소여의 모험』도 한 권 읽어두었으며, 책가방 안에는 또 『로빈슨 크루소』도 한 권 챙겨 넣었음) 마음이 아주 안정되었고 태연해져 있었던 것이다. 나는 다만 좀 있다가 헤어진 뒤 아빠가 나에게 격려와 위안, 그리고 따스한 말도 한 마디 하지 못한 것 때문에 괴로워할까봐 걱정이 될 뿐이었다. 나는 아빠의 아들이고 또 이제 겨우 14살이었으니까. 가장 중요한 것은 우리 부자 사이는 정이 깊었으니까. 물론 그 정은 얼굴에 나타나는 것도 아니고 말로 표현되는 것도 아니며 마음에 깊이 간직하고 있는 것이다. 아빠를 위하여 나는 또

"만약 특수한 상황이라도 생기면 어떡하죠?" 라고 물었다.

아빠의 표정은 더 침착해졌다. 눈에서는 철학가에게만 있을 법한 빛이 번쩍였다.

"명심해, 아들아! 산이 높고 물이 깊어 길이 없다 의심하였건만, 버드나무 그늘 짙고 꽃이 활짝 핀 마을이 또 하나 있구나(山重水複疑無路, 柳暗花明又一村, 중국 송나라 시인 육유의 시 「산서마을에서 노닐며(遊山西村)」 중 한 구절로서 어둠 속에도 길이 있다는 뜻 —역자 주)! 사내대장부에게는 넘지 못할 산이 없고 건너지 못할 강이 없어!"

나는 머리를 끄덕인 뒤 또

"아직 미완의 사업이 남았나요?"

라고 물었다. 아빠가 잠깐 얼떨떨해하더니 바로 웃었다.

"그게 무슨 말이야? 영결식 하는 것도 아니고…"

아빠의 웃는 얼굴을 본 나는 만족스러워하며 오른 손을 내밀었다.

"안녕, 아빠!"

그 모습이 마치 텔레비전에서 양국 정상이 작별하는 것 같았다. 아빠도 오른 손을 내밀어 내가 내민 오른 손을 잡았다.

"안녕, 아들!"

그 모습도 양국 정상이 작별하는 것 같았다. 나는 아빠가 두 손으로 내 어깨를 잡을 줄 알았다. 내가 역사 안으로 막 걸어 들어가려는데 아빠가 뒤에서 소리쳤다.

"접선 암호 잊지 마!"

나는 아빠를 돌아보며

"염려 마세요! 암호는 잘 기억하고 있어요…."

라고 대답하였다. 그렇게 소리 지르는 바람에 입구에 서 있던 경찰이 나를 주시하면서 물었다.

"저 사람이 너와 무슨 사이니?"

"저의 아빠예요."

경찰이 또 의혹에 찬 눈빛으로 나를 바라보면서 물었다.

"가방 안에 든 것은 뭐지?"

"옷이랑 세면도구예요."

그가 손으로 가방을 꾹꾹 눌러보더니 갑자기 매섭게 물었다.

"이건 뭐니? 혹시 폭죽 아니니?"

나는 가방을 열어 라면을 한 봉지 꺼내 보였다. 그제야 경찰은 안도하는 것 같았다.

그리고 기차표를 가져다 한참을 보더니 나지막한 소리로 물었다.

"너 방금 전에 무슨 암호 어쩌고 했지?"

나는 "홍등기"(紅燈記. 중국 전통극 경극예술영화로 항일전쟁시기 일본침략자들과 불굴의 의지로 투쟁을 벌이는 영웅 이야기를 부각하였음—역자 주)에 나오는 나쁜 놈의 말투를 본떠 "난 목제 빗을 파는 사람이요…."라고 대답하였다.

경찰은 처음엔 어리둥절하더니 바로 말을 받았다.

"복숭아나무로 된 거 있소?"

나는 경찰의 손을 덥석 잡으면서

"아! 이제야 겨우 동지를 찾았소."

라고 말했다. 경찰은 또 한 번 어리둥절하더니 하하하 하고 웃음을 터뜨리는 것이었다.

내가 다시 뒤돌아보았을 때 아빠는 이미 그 자리에 없었다. 순간 나는 마음이 텅 빈 것처럼 허전하였다. 어깨에 멘 가방도 갑자기 무거워진 것 같았다….

"에스컬레이터를 타고 올라가서 왼쪽 두 번째 대기실로 가거라…."

경찰은 아주 친절하게 가르쳐주었다. 나는 또 한 번 마음이 따스해지는 걸 느꼈다. 그러자 자신감이 되살아났다.

"많이 물어봐. 코 밑에 입이 있다는 걸 잊지 말고." 라는 엄마의 좌우명이 생각났다. 그래서 20보쯤 걷고는 한 번 물어보곤 하였다. 마침내 남하하는 기차에 탑승하였다. 기차표에 적힌 대로 좌석을 찾아 일단 먼저 앉았다. 기차 밖에는 배웅하러 나온 사람들로 붐볐다.

그들은 열려 있는 차창을 사이에 두고 차에 탄 사람에게 당부를 하느라고 바빴다. "도착하면 편지해…" "약 먹는 걸 잊지 말고…" "장 선생님에게 대신 안부 전해줘." 등의 말들을 하고 있었다.

단련을 위해 나를 배웅하러 나온 사람이 없었으므로 나 홀로 가방을 안고 앉아서 묵묵히 그 사람들을 바라보고 있었다. 나는 이때 "만약 단련을 받기 위해 보내진 남자아이 — 여자아이라도 좋다 — 그런 아이가 한 사람 더 있었으면 얼마나 좋을까…."라는 생각을 했다. 안타깝게도 그런 아이는 없었다. 내 주변에는 다 어른들 뿐이었다. 그들이 벽처럼 내 시선을 가로막고 있었다. 그 순간 나는 갑자기 아빠와 엄마가 생각났다. 평소에 나를 아껴주고 관심을 가져주시던 생각이 났다…. 나는 방금 전 작별할 때 아빠를 위안하는 말 몇 마디 해주지 못한 것이 후회되었다. (아빠, 건강 조심하세요….) 라고 말했어야 했다. 에이참! "아빠 이제 그만 들어가세요."라는 말조차 한 마디 하지 않았다….

정거장 대기실 내 음악이 울렸다. 그 음악이 울려나오면서 기차도 소리 없이 서서히 움직이기 시작하였다. 그 음악을 듣는 내 마음은 이상했다. 평소에는 꽤 경쾌하게 느껴졌던 선율이 이 시각에는 왠지 슬프게 느껴져 눈물이 날 것 같았다. 이런 걸 두고 고향을 떠난다고 하는가보다!

나는 창밖으로 눈길을 돌렸다. 순간 나는 배웅하는 사람들 속에서 콘크

리트 기둥 뒤에 숨어 있는 눈에 익은 모습을 발견하였다.

그건 아빠였다.

나는 눈가가 젖어들었다. 그러나 나는 아빠에게 손을 흔들지 않았다. 아빠는 내가 보고 싶으면서도 또 내 눈에 띄지 않고 싶어 한다는 것을 알기 때문이다….

기차가 점점 속력을 가하기 시작하였다. 양 옆의 나무며 건물들이 빠르게 창밖을 스쳐지나갔다. 나는 차창으로부터 머리를 움츠렸다.

내가 탄 찻간은 일반 침대칸이었다. 기차가 출발하고 배웅하러 온 사람들이 다 내리고 왔다 갔다 하던 사람들도 다 각자 자리를 찾아 앉고 나니 찻간 안은 조용하고 널찍했다.

낯설고 신기한 느낌이 마음을 꽉 메웠다. 우리 집 주방보다도 더 작은 공간에 6개의 침대가 정연하게 배열되어 있었다. 두 조로 나뉘어 바닥에서부터 천정까지 배열되었는데 전혀 비좁게 느껴지지 않았다…. 참으로 시야가 확 넓어지는 것 같았다. 상점에서 이층 침대를 본 적은 있었다. 그러나 그건 '이층짜리 건물'이었을 뿐 이런 '삼층짜리 건물'은 처음이다! 집안 침실도 이런 거면 얼마나 재미있을까. 비좁지도 않고 밤에는 서로 이야기도 나눌 수 있으니 얼마나 즐거울까! 이 기차표를 가지고 기차 위에서 누워서 잠을 잘 수 있다고 엄마가 미리 알려주었지만 오늘 실제로 보니 여전히 설레였다. 누워서 차를 탈 수 있다니! 누워서 머나먼 곳까지 갈 수 있다니! 기차는 공공버스와는 전혀 다르다. 기차 만세!

내 침대는 제일 위층이었다. 작은 사다리를 타고 기어 올라가면 내 침대에 이를 수 있다. 마치 나무 위로 기어 올라가면 새둥지에 이를 수 있는 것처럼 말이다. 그러나 나무 위에 있는 새둥지보다도 더 좋았다. 이 '새둥지'에서는 편안하게 잠을 잘 수가 있었다. 조금 더 있다가 기어 올라갈 것이다. 여승무원이 다가오더니 나를 힐끗 쳐다보았다. 나는 그가 "얘야, 넌 어디 가니?" 혹은 "얘야, 너 혼자니?" 또 혹은 "얘야, 아줌마가 도와줄 거 없니?"라고 말할 것이라고 생각했다. 그러면 나는 사내대장부답게 대수롭지 않은 말투로 "고맙습니다. 괜찮습니다!"라고 대답할 참이었다.

그런데 뜻밖에 그 승무원은 딱딱한 얼굴로 "표를 바꾸겠습니다!"라고 말하는 것이었다.

"표를 바꾼다고요?" 나는 어리둥절해졌다. 그래서 "난 바꾸지 않겠습니다. 난 위 침대에서 자는 게 좋습니다…."라고 말했다. 속으로는(표를 바꾸려는 사람이 이런 태도로 나오다니!) 라고 생각하였다. (애라고 업신여기는 건가. 그리고 난 보통내기가 아니란 말이야.)

옆에 있던 사람들이 다 웃었다. 나는 그들이 왜 웃는지 알 수 없었다.

"이상한 사람이네."

라고 승무원이 말했다.

"표를 바꿔주지 않으면 이상한 거예요? 참 꼴불견이야!" 나도 녹록찮게 대꾸하였다.

그때 내 맞은편에 앉은, 둥근 얼굴에 웃는 듯한 실눈을 한 아저씨가 일어서서 내 어깨를 툭툭 치더니 말했다.

"학생, 기차를 처음 타보는 거예요?"

"처음 탄다고 업신여기면 안 되죠!"

라고 내가 말했다.

"업신여기는 사람 없어요. 표를 바꾼다는 건 학생의 기차표를 기차 안의 침대팻말로 바꾸는 거예요. 원래 어느 침대든지 계속 그 침대에서만 자는 거예요. 이건 기차 안의 규정이에요!"

"그럼 다들 바꾸는 거예요?"

"다 바꿔야죠!"

그제야 사람들이 다 기차표를 꺼내 손에 쥐고 있는 게 눈에 띄었다. 승무원이 검은색 바인더를 펼치자 그 안에 작은 칸마다에 작은 플라스틱팻말이 끼워져 있는 게 보였다.

나는 얼굴이 확 붉어졌다. 집에서 떠나기 전에 아빠가 기차 안의 상황을 많이 설명해주었다. 화장실과 세면대까지 포함하여… 그런데 기차를 타면 표를 바꿔야 한다는 얘기는 해주지 않았다. 그 바람에 숱한 사람들 앞에서 망신을 당한 것이다.

나는 기차표를 꺼냈다. 손에 힘이 하나도 없었다. 승무원은 사람들에게 표를 바꿔주면서 투덜거렸다. 그의 말씨에는 산동지방 말투가 많이 섞여 있었다. 나는 한 마디밖에 알아듣지 못하였다. 요즘 아이들은 버르장머리가 없다고 한 것 같았다…. 나는 대꾸할 여력이 없었다…. 그저 그가 빨리 가주기만 바랄 뿐이었다. 나는 눈길을 아래로 떨어뜨렸다. 주변의 눈길이 다 나에게 쏠려 있는 것처럼 느껴졌다.

승무원이 가고 내가 고개를 쳐들었을 때 그 실눈 아저씨가 아저씨와 눈길이 마주쳤다. 그는 말없이 나에게 한 번 웃어 보였다. 나는 그제야 제일 아래 두 침대에 모두 6명—한켠에 3명씩—여객이 앉아있는 걸 똑똑히 보았다. 실눈 아저씨의 왼쪽 창가에 얼굴이 검고 몹시 여윈 청년이 앉아 있었다. 그는 두 볼이 홀쭉하게 꺼져 들어갔고 두 눈은 툭 튀어나와 있었는데 마치 젊은 골초 같았다. 실눈 아저씨의 오른 쪽에는 안경을 건 뚱뚱한 아줌마가 앉았는데 그는 학교 선생님 같아 보였다. 그가 옆에 앉아 있어서 그런지 실눈 아저씨는 별로 뚱뚱해 보이지 않았다. 만약 '여교사'의 눈이 조금만 더 작았으면 실눈 아저씨가 아저씨는 완전 정상이라고 할 수 있었을 것이다. 애석하게도 '여교사'는 눈은 실눈보다 컸다. 무엇이 내 허리를 툭 치는 것 같아 고개를 돌려 보니 내 오른쪽에 앉았던 젊은 여자가 반쯤 누운 자세로 두 손으로 담요를 잡아당기고 있었다. 그리고 그의 존귀한 발이 예의 없이 또 나의 허리를 가볍게 차는 것이었다.

"학생이 내 담요 위에 앉았어요."

오관이 단정한 그 여자는 잘생긴 편이었지만 매우 밉살스러운 느낌을 주었다. 그녀가 조금만 밉게 생겼더라도 그런 밉살스러운 느낌이 이처럼 강렬하지는 않았을지도 모른다! 그는 목소리가 높고 날카로웠으며 말도 빨랐다. 그래서 내 귀에는 짹짹거리는 소리로만 들렸다.

나는 엉덩이를 들어 옆으로 옮겨 앉았다. 나는 이 침대의 소유권이 앞으로 24시간 동안 이 '짹짹이'여사에게 속한다는 것을 알고 있다. 그래서 아무 말도 하지 않았지만 속으로는 매우 불쾌하였다. 그는 타월 담요 네 귀를 꼭꼭 눌러 집에서 잠을 자는 것보다도 더 편안하게 손질해놓았다. 그리고 또 앞뒤로 발을 뻗어보며 이곳의 귀속권이 자신의 것임을 확실히 해둔 뒤에야 비로소 발을 가두었다. 그리고선 잠잠해졌다.

"지금은 오전 11시인데 무슨 잠을 잔다고 저리 유난을 떨까" 하고 나는 속으로 생각하였다. 그때 누가 내 어깨를 툭툭 쳤다. 내 왼쪽에 앉은 나이 지긋한 아저씨였다. 그는 너그럽고 자상한 눈빛을 가진 사람이었다. 불쑥 나의 물리선생님 류(劉) 선생님의 모습이 머릿속을 스치고 지나갔다. 선생님들도 기분이 좋지 않을 때가 있고 화가 날 때도 있지만 어찌할 도리가 없이 참고 용서하는 표정을 지을 때가 가장 많았다.

"학생, 혼자 길을 떠난 건가?"

라고 그 아저씨가 물었다.

"네…."

"우리 저쪽으로 가서 앉을까?"

우리는 '짹짹이'를 떠나서 맞은편 창가 옆에 있는 접혔다 폈다 할 수 있는 좌석에 가 앉았다.

"그 가방은 왜 계속 안고 다니는 거니? 안 무거워? 그 안에 굉장히 중요한 물건이라도 들어 있는 모양이구나?"

그제야 나는 그때까지 가방을 품에 안고 있는 자신을 발견하였다. 나는 쑥스러웠다.

"중요한 건 아니에요…."

그러나 여전히 그대로 앉아 있었다.

"기껏해야 라면 몇 봉지가 아니냐?"

"그걸 어떻게 아셨어요?"

"네 책가방 모양을 보고 짐작한 거야…"

"라면만 든 거 아니에요. 다른 것도 있어요!"

라고 내가 말했다.

"토마토랑 오이도 몇 개 들어 있을 거고…"

나는 깜짝 놀랐다.

"아저씨가 어찌 그렇게 잘 아세요?"

그 아저씨가 웃으면서 말했다.

"싱그러운 오이 냄새를 맡았거든…"

"대단하시네요!"

사실 그때 나는 아저씨 코가 개 코처럼 예민하다고 말하고 싶었었다. 그런데 그렇게 말하면 너무 예의가 없을 거라는 생각이 들었다. 그래서

"아저씨는 코카인 냄새를 맡을 수 있어요?"

라고 물었다. 그러자 아저씨가 크게 웃으면서 말했다.

"너 이 녀석 지금 빈정거리는 거냐. 코카인 냄새를 맡을 수 있다면 내가 경찰견이냐?"

나는 얼굴을 붉히며 얼른 변명하였다.

"정말 그런 뜻은 없었어요…. 그냥 생각나는 대로 말했을 뿐이에요."

"그런 뜻이 있었어도 괜찮아.

정말 그렇게 후각이 예민하면 좋지 않겠니?"

우리는 동시에 웃었다.

그가 또

"학생, 이름이 뭔지 물어봐도 될까?"

라고 물었다. 낯선 사람에 대한 경계심을 늦춰서는 안 된다. 어쨌든 그는 이제 막 알게 된 지 몇 분밖에 안 되는 낯선 사람이니까! 그래서 나는 있는 대로 다 털어놓지 않고 "제 성은 샤(夏) 가예요."라고만 대답하였다.

"그렇구나! 우리 둘은 성씨가 서로 이어져 있네…"

"이어져 있다니요?"

"넌 샤 씨고, 나는 치우(邱) 씨니까. 춘하추동은 이어져 있잖니?"

"치우 씨 성도 있어요? 참 희귀한 성 씨네요!"

"내 성은 가을 '추(秋)'씨가 아니라 언덕 '구(丘)'자변에 오른 쪽에 우부방 '邑(阝)'인(중국어에서 언덕 '구(邱)'와 가을 '추(秋)'는 발음이 같음 — 역자 주)… 알겠니?"

"알겠어요! 우리 선생님 중에 그 성 씨를 가진 선생님이 계셔요. 그런데 그 선생님은 여자예요… 치우(邱) 씨 맞죠? …치우 아저씨라고 불러도 되죠?"

"그래 편할 대로 부르렴!"

그는 또

"나는 널 샤 동무라고 부를 테니!"

라고 말했다. 나는 새 친구가 생겨서 속으로 너무 기뻤다.

"이봐. 샤 동무, 이제는 자네 그 오이와 토마토를 탁자 위에 꺼내 놓아도 돼. 그렇잖으면 썩을 수도 있으니. 그리고 물 컵도 꺼내놓고… 또 수건도 꺼내서 저 위 철봉 위에 걸어놓고…"

나는 일일이 아저씨가 시키는 대로 하였다. 그리고 절반가량 줄어들어 홀쭉해진 가방을 위층 내 침대 위에 올려놓았다.

"너의 아빠와 엄마는 왜 함께 오지 않은 거니?"

아저씨가 물었다.

"아빠 엄마가 저를 단련시키려고 그런댔어요. 홀로 사회에 나가 시련을 겪고 세상 물정을 좀 알아야 한다고요!"

"넌 집에서 외동이니?"

"네 저 혼자예요!"

아저씨가 웃으면서

"대단하네! 대단해! 너의 부모님은 참 대단하시구나. 너는 더 대단하고. 자부심을 가지고 자랑스럽게 생각하여라…."

"자부심을 가지고 자랑스럽게 생각하라고요?"

"그럼! 요즘 그렇게 패기가 있는 부모가 많지 않거든. 이렇게 어린 아이를 홀로 먼 길을 떠나보내다니. 그런 부모가 있는 걸 넌 자랑스럽게 생각해야 돼! 그리고 이렇게 대단한 용기와 담력을 갖춘 너도 자부심을 가질 만하잖아?"

아저씨의 말을 들으니 나도 온몸이 자부심으로 가득 차는 것 같았다.

고개를 들어 보니 실눈 아저씨와 '여교사'가 모두 우리 대화에 귀를 기울이고 있었다. 나는 너무 즐거웠다.

실눈 아저씨는 대화에 끼고 싶은 걸 오래 동안이나 참아온 눈치였다.

"이렇게 어린 아이를 홀로 내보냈다가 정말 무슨 일이라도 생기면 어떡하려고?"

"아이고! 남자대장부가 넘지 못할 산이 어디 있고 건너지 못할 강이 어디 있겠어요. 정말 무슨 일에 부딪치더라도 이를 악물고 견디면 다 지나가게 되는 거지요…."

라고 치우 아저씨가 말을 받았다.

그 말이 귀에 익었다! 참, 아빠가 늘 그렇게 말씀하시지 않았던가?

그때 '여교사'가

"맞는 말이긴 하지만 집집마다 자식이 하나뿐인데, 혹시 다치거나 혹은 무슨 일이 생길 수도 있고, 또 혹시 나쁜 사람이라도 만나 나쁜 길에 들어서거나 하면 부모는 한평생 그 속을 얼마나 썩겠어요!"

창문가에 앉은 '젊은 골초'가 담배를 한 대 붙여 물었다. 그는 마치 우리 대화가 아예 들리지 않는 것처럼 여전히 창밖만 내다보고 있었다.

찻간은 금연 구역이다. 치우 아저씨가 이맛살을 찌푸렸다. 어찌 할 도리가 없다는 표정이었다.

한참 지난 뒤 치우 아저씨가 말했다.

"물론 아이를 사회에 내보내고 방치해두어서는 안 되죠. 필요한 조치가 따라가야죠. 우리 속담에 아이는 마음으로 아끼고 사랑해야지 겉으로 드러내서는 안 된다는 말이 있지요. 아이는 철이 없으니 부모가 자기를 아끼는 것을 알면 제멋대로 할 수 있거든요. 아이를 단련시키거나 고된 생활을 체험시키거나 할 때, 부모는 아이의 상황을 수시로 확인해야 하지만 그걸 아이가 알게 해서는 안 되죠. 어른이 자기 옆에 있다는 걸 아이가 알면 여전히 기댈 곳이 있다고 여길 것이니까요…"

그리고 나를 바라보는 아저씨의 눈에 의미심장한 빛이 반짝하고 지나갔다. 그 눈빛에는 무슨 뜻이 담겨 있는 것 같았다. 마치 뭔가 있는데 말하지 않고 감추는 것 같은… 그리고선 또 미소를 짓는 것이었다.

'여교사'가

"후유! 딜레마에 빠지는 거죠! 아이를 단련시키고 싶지만 또 그러기엔 가엽고…"

나는 교육방법에 대한 그들의 무미건조한 토론에는 흥미가 없었다.

그러나 방금 전 스쳐 지나간 치우 아저씨의 의미심장한 눈빛이 자꾸 머릿속에서 맴돌며 떠나지 않았다.

그때 갑자기 뇌리를 스치는 생각이 있었다.

아하! 치우 아저씨가 혹시 아빠가 파견한 보호자!

그 생각은 떠오르기 바쁘게 내 머릿속에서 빠르게 확장되어 나갔다. 아저씨는 내 가방에 라면이 들어있는 걸 어떻게 맞췄을까? 그렇게 쉽게 맞출 수 있는 건가? 경찰은 폭죽이 들어있는가 의심하지 않았던가? 가방 안에 든 오이 냄새를 맡을 수 있다니 얼마나 뛰어난 슈퍼 코란 말인가? 왜 나에게 그리 관심을 둘까? 수건을 꺼내서 철봉에 걸어놓으라는 귀띔까지 하면서? 그래! 아저씨가 때마침 출장을 가게 되어 아빠가 '암암리에' 나를 보호해주고 '암암리에' 나를 보살펴줄 것을 부탁한 걸 거야…. 이건 너무 쉽잖아. 그들은 기차역에서 만났던 거야. 안타깝게도 묻기도 전에 아저씨가 제 입으로 직접 털어놓은 거지. 뭐 "부모는 아이의 상황을 수시로 확인해야 하지만 그걸 아이가 알게 해서는 안 된다고…" 하하! 정말 내 아이큐를 만만히 본 건가? "아이가 알게 해서는 안 된다고" 하하! 이제 아이가 알게 되었으니 어쩔 거예요. 나는 자신이 아빠의 '계략'을 이렇게 훤히 꿰뚫었다는 사실에 기뻐서 어쩔 줄 몰랐다. 그러나 한편으로는 아빠의 졸렬한 '계략'이 너무 쉽게 들통이 나버린 것에 크게 실망하였다.

'비밀요원'까지 이렇게 들통이 났으니 무슨 재미가 있겠는가! 심지어 나는 치우 아저씨가 바로 기차에서 내린 뒤 나와 접촉할 '지하공작자'라고 추측하였다. 나는 미소를 지으며 치우 아저씨를 바라보았다.

실눈 아저씨가 또 끼어들었다. "저, 치우 동지는 무슨 일을 하세요?"

치우 아저씨가 실눈 쪽으로 눈길을 돌리며 되물었다.

"그쪽이 보기에는 무슨 일을 할 사람 같아요?"

그러자 실눈 아저씨가 엉덩이를 옮겨 앞으로 바싹 다가앉으면서

"제가 보기에는 지식인 같아요."

치우 아저씨가 그렇지 않다는 듯이 "지식은 무슨… 그리 말씀하시니 부끄럽네요."라고 말을 받았다.

실눈 아저씨가

"아이고! 그런 말씀 마십시오. 지금 나라에서 당신들을 얼마나 중시하는 데요…. 몸값이 비싸다구요! 구체적으로 무슨 일을 하세요?"

라고 물었다.

"유전자 공학을 연구해요…."

라고 치우 아저씨가 대답하였다. 실눈 아저씨가가 더없이 존경하는 표정을 지었다.

"아! 공학을 연구하시니 돈 많이 버시겠네요! 설계도 한 장이면 몇 천 위안씩 들어오니까 말이죠…. 그래도 쉽지는 않겠죠. 설계도가 없으면 큰 빌딩이 다 비뚤어질 거잖아요!"

나는 속으로 웃었다. 실눈 아저씨가 유전자 공학을 토목공사와 같은 걸로 생각한 모양이기 때문이었다. 내가 미처 입을 열기도 전에 '여교사'가 반박하였다.

"유전자 공학은 집 짓는 게 아니에요. 유전자 공학은 생물학의 한 부문이에요. 유전에 대해 연구하는 거예요…."

실눈 아저씨가 잠깐 어리둥절해있더니 말했다.

"나도 알아요. 유전이 뭔지 모르는 사람이 어디 있겠어요? 뭐 아들이 아빠를 닮고 딸이 엄마를 닮는 뭐 그런 거잖아요! 용이 용을 낳고 봉황이 봉황을 낳고 또 쥐의 아들이 구멍을 뚫을 줄 아는 그런 거 아닌가요? 나도 알거든요! 전 그냥 비유해서 말했을 뿐이에요. 유전이 뭔 줄 누가 몰라요…. 치우 동지, 제 말이 맞죠?"

치우 아저씨가 어이가 없다는 표정을 지으며 고개를 끄덕였다.

"뭐 비슷해요. 그런데 사람의 성장 과정에 대해서는 영향을 주는 요소가 여러 가지가 있죠. 또 복잡하기도 하고. 그러니 용이 용을 낳고 봉황이 봉황을 낳는다는 말은 과학적이지 않아요…."

실눈 아저씨가 얼른 말을 받았다.

"그러게요! 제 말이 바로 그 말이에요. 치우 동지 말씀이 맞아요. 속담에 용이 낳은 자식이라도 자식마다 다 다르다고 하였어요. 열 손가락도 길고 짧은 구별이 있는데! 어찌 똑같을 수 있겠어요?"

나는 실눈 아저씨의 재주에 몰래 놀라는 중이었다. 그는 원래 잘못된 것을 올바른 쪽으로 갖다 붙이는 재주를 가지고 있었던 것이다. 그렇게 한참 가져다붙이는 과정에 잘못된 것은 다른 사람의 것이 되고 그 자신은 진리의 대변인이 되어 있는 것이다. 이런 황당한 억지가 어디 있는가? 그럼에도 그는 정당한 것처럼 뻔뻔스럽게 주장을 펼치고 결국 승리를 장악하고 말았다. 발언권은 여전히 그가 꽉 잡고 있었다.

'여교사'는 화가 나서 몇 번이나 그의 말을 끊으려고 하였으나 끝내 끼어들지 못하였다. 그러다가 어렵게 겨우 끼어들어 반박하였지만 이미 타이밍을 놓쳐 진리가 이미 실눈 아저씨의 것이 되어버린 뒤였다. 진리에 대해 더 이상 반박할 여지가 있겠는가! 그러니 눈을 부릅뜬 채 잠자코 해바라기씨만 까서 입에다 넣을 뿐이었다.

실눈 아저씨는 다른 사람의 마음이나 기분 따위에는 아예 아랑곳도 하지 않은 채 일단 발언할 기회를 잡았으니 영원히 '강단'에서 내려오지 않을 것이라고 작심하고 있는 것 같았다. 그는 또 "치우 동지, 제가 알랑거리려는 건 아닌데요. 차에 오르자마자 계속 치우 동지의 얼굴만 주시해 봤거든요…."

"네?! 내 얼굴이 뭐 특별한 게 있나요!"

"치우 동지는 재능이 있을 뿐 아니라 복도 참 많은 것 같아요. 얼굴에 다 씌어져 있다고요…."

치우 아저씨가 웃으면서

"혹시 관상 볼 줄 아세요?"라고 물었다.

실눈 아저씨가는 눈을 더 가늘게 뜨면서 "안다고는 할 수 없지만 연구는 좀 해봤지요. 취미생활인 셈이죠!"

라고 아주 겸손하게 말했다. 주변을 둘러보니 거의 모든 사람이 눈도 깜빡하지 않고 실눈 아저씨를 바라보고 있었다. '여교사'는 해바라기 까기를 멈췄다. 앞서 미웠던 감정이 다 사라져버린 것 같았다. 그 '짹짹이' 마저도 어느새 일어나 앉아 있었는데 앞서 사람을 질리게 하던 이기적인 기색은 온데간데없어 보였다. 옆 '칸' 사람 몇몇도 우리 주변에 몰려왔다. 그 '젊은 골초'만 여전히 담배를 피우면서 창밖을 바라보고 있었다. 그는 마치 이 세상 밖의 사람 같았다. 그런데 나는 그의 모습에 호기심이 동했다. 미국 스릴러 영화에 나오는 엄숙하면서도 제멋대로 행동하는 사내대장부 이미지였는데 그보다 좀 야위었을 뿐이었다. 그러나 사람은 겉모습만으로는 알 수 없으니…

실눈 아저씨가 주변을 둘러보았다. 그는 자기가 이야기 중심이 된 것에 의기양양해서 말투도 느릿느릿해졌다. 그는 이제는 더 이상 누가 끼어들까봐 걱정하지 않았다. 목소리가 낮으나 자신에 차 있었다.

그는 윗옷 주머니에서 미황색 명함장을 꺼내 치우 아저씨에게 건넸다. 치우 아저씨가 보고선 나에게 넘겨주었다. 모두들 그 명함을 채 보기도 전에 치우 아저씨가 나에게 제일 먼저 건네준 것이다. 그 아주 미세한 동작을 통해 그가 나를 '자기 사람'으로 생각하고 있음을 설명해주었다. 나는 자신이 그런 '지위'에 있다는 것이 속으로 몰래 기뻤다.

명함에는 이렇게 씌어져 있었다.

인생심리자문연구소

여우치파(尤啓發) 대사(大師)

등 뒤에서 누군가 내 어깨를 툭툭 쳤다. 나는 명함을 뒤로 넘겼다. 명함이 한 바퀴 돌아서 마지막에 치우 아저씨 손에 다시 돌아왔을 때 실눈 아저씨가가 말했다. 그는 치우 아저씨 코와 입 사이의 고랑을 가리키면서 말했다.

"치우 동지는 인중이 매우 길군요. 이건 복과 부귀를 관장하는 부위거든요…"

그는 또 치우 아저씨의 이마와 코를 잇달아 가리키면서 말했다.

"치우 동지는 양미간과 토성(土星)이 번쩍번쩍 빛이 나요. 이는 근간에 누군가와 함께 어떤 일을 도모하고 있음을 의미해요. 월급이 오르고 승진하는 건 말할 것도 없고 사장(司長)이나 국장으로 승진하는 것도 반 년 안에 성사될 거예요…."

치우 아저씨가 웃으면서

"자네 그런 설은 마의상서[麻衣相書. 중국 고대 인체 모습에 대해 체계적으로 서술한 상술(相術) 저작 — 역자 주]와 같은 게 아닌가?"

나는 마의상서가 무슨 책인지 알지는 못하지만 치우 아저씨가 그 책을 알고 있는 걸 보고 치우 아저씨의 해박한 지식에 속으로 갈채를 보냈다.

치우 아저씨의 말을 들은 실눈 아저씨가가 얼른 변명하였다.

"치우 동지, 문외한이시군요. 마의상서는 비과학적인 요소가 있지만 또 과학적인 요소도 있어요. 우리 인생심리자문은 여러 가지 우수한 점을 널리 받아들이곤 하죠. 비과학적인 부분은 버리고 과학적인 부분을 취하여 케케묵은 것을 신기한 것으로 바꾸지요. 설령 마의상서라도 배워서 융통성 있게 활용하여 즉시 효과를 볼 수 있어야 한다고 생각해요. 여기에 골상학(骨相學)·『역경(易經)』·생리학·물리학·수학을 결합시키고 기공(氣功) 등 많고 많은 학문을 포함시켜야 해요…."

실눈 아저씨가가 뜬구름 잡는 소리를 마구 늘어놓는데 정말 진위를 분별할 수가 없었다. 여우치파라는 그의 이름도 신비로운 색채를 띤 것 같았다. 그의 말을 듣고 있으면 어쩌면 정말 무슨 계발이라도 받을 수 있을 것 같았다. 치우 아저씨가 눈살을 찌푸렸다. 그의 눈에 알 듯 말 듯한 의심에 찬 빛이 스쳐 지나갔다. 그러나 나는 그 눈빛을 분명히 보았다. 나는 대뜸(치우 아저씨는 학문이 깊고 유전자공학을 연구하는 분이다. 그는 식견이 넓은 분이다. 그가 의심하고 있다면 이 실눈 아저씨가는 어쩌면 사기꾼일지도 모른다. 적어도 배운 것도 없고 재주도 없는 허풍쟁이일 것이다.) 라고 생각했다.

그러나 점잖은 치우 아저씨는 아무 말도 하지 않았다.

그가 말이 없으니 실눈 아저씨는 더 신이 나서 떠들었다.

"치우 동지, 치우 동지는 재능이 뛰어난 분이지만 젊었을 때는 순탄하지 않았죠. 오늘과 같은 성과를 이룰 수 있었던 건 힘겨운 노력을 거쳐 자력갱생하여 얻은 것이에요. 치우 동지는 젊었을 때 우여곡절을 많이 겪었고 중년에 순탄할 것이고 만년에는 반드시 큰 부귀영화를 누리게 될 것이에요…."

치우 아저씨가 또 한 번 빙긋이 웃더니

"내 아들은 어떤지 좀 봐주세요."

라고 말했다. 실눈 아저씨가가 치우 아저씨의 오른 손을 쳐들고 손을 폈다가 오그렸다 하면서 제법 그럴 듯하게 한참 살펴보고선 또 뚫어지게 바라보며 한참 생각하더니 말했다. "아드님은 치우 동지보다도 팔자가 더 좋군요. 학자가문에서 태어나 아버지의 사업을 물려받아 단번에 높은 지위에 오를 것이에요, 바다를 건너 세계를 일주할 운세에요. 좋군요. 좋아요. 아드님은 더할 나위 없는 부귀영화를 누릴 것이에요…."

그가 떠드는 소리를 들으면서 나는 치우 아저씨가 왜 그를 의심하였는지 알 것 같았다. 터무니없는 헛소리뿐이었으니까. 나는 눈을 돌려 치우 아저씨를 쳐다보았다. 문득 그 얼굴에 아무 표정도 없음을 발견하였다. 찬성하는 것도 아니고 반대하는 것도 아니며 슬픈 것도 아니고 기쁜 것도 아닌, 뭔가를 생각하는 것 같은 표정이었다. 자세히 보니 그 얼굴에는 고통이라고 분명히 씌어져 있었다.

이쯤 되자 실눈 아저씨는 청산유수와 같이 말을 쏟아냈으며 그 기세가 걷잡을 수 없을 정도로 보였다. 그의 말에 나와 치우 아저씨를 제외하고 다른 사람들은 모두 흥미진진해서 듣고 있었다. 이 사람들은 아이큐가 대체 몇이나 될까…! 치우 아저씨도 참! 반박을 하지 않고 있으니 다른 사람들은 아저씨가 묵인하는 줄로 알고 있을 게 아닌가. 실눈 아저씨의 기염을 꺾어놓아야겠다는 생각이 문득 내 머릿속에서 튀어나왔다. 저 실눈 아저씨의 기를 꺾어 치우 아저씨를 고통 속에서 구해내고 사람들을 무지몽매한 상태에서 구해내야겠다는 생각이 들었다. 기차를 타고 가는 내내 한 사람의 아무 의미도 없는, 지겨운 수다만 들으면서 가는 것은 너무나 큰 손해였다. 치솟는 의분을 참을 수 없었던 나는 한 가지 방법을 생각해냈다.

"나도 점을 칠 줄 알아요. 나는 먼 앞날을 점치는 게 아니라 눈앞의 일만 맞추거든요. 막연한 것이 아니라 구체적인 걸 맞춘다 이 말입니다."

실눈 아저씨는 자기 지위가 위협을 받게 되자 얼른

"어린 아이가 뭘 안다고 끼어들어? 내가 하는 말을 잘 들어둬. 식견을 넓힐 수 있을 테니까."

라고 말했다.

"아저씨도 잘 들어보세요. 아저씨가 점을 잘 친다면 한 번 맞춰보세요. 치우 아저씨가 이 기차를 탄 목적이 무엇인지요?"

내가 정색을 하며 말했다. 내가 그렇게 말하자 둘러섰던 사람들이 모두 어리둥절해했다. 그들은 눈앞에 있는 이 '어린애'가 만만치 않다는 걸 알아본 것 같았다. 실눈 아저씨가가 당황하며 말했다.

"기차를 탄 것을 두고 뭐 맞춰볼 게 있겠니. 출장을 가거나 친척방문을 가거나 여행을 하는 거겠지…"

"아니요! 치우 아저씨가 이번 기차를 탄 것은 중요한 임무가 있어서거든요!"라고 내가 말했다.

그 말이 무게가 있었던지 모든 사람의 눈길이 일제히 나에게 쏠렸다. 치우 아저씨도 나를 주의 깊게 살펴보았다. 창가에 앉은 '젊은 골초'도 고개를 돌리는 것이었다.

기차는 칙칙폭폭 소리를 내면서 내달리고 있다. 이따금씩 마주 오는 기차와 어깨를 스치고 지나갈 때면 트롬본처럼 소리가 높던 데서 점차 낮아지는 거대한 기적소리를 내곤 하였다. 마치 미끄럼틀을 타고 높은 곳에서 바닥으로 쏜살같이 미끄러져 내리는 것 같은 느낌이 들었다….

치우 아저씨가 나를 보면서 조금은 긴장된 기색으로 나에게 물었다.

"나에게 무슨 특별한 임무가 있는지 얘기해보게."

나는 마음속으로 다 알고 있으면서 일부러 느릿느릿 입을 열었다.

"상세하게 밝힐 필요까지는 없으니 일부만 얘기할 게요. 맞으면 고개를 끄덕여주세요. 슬쩍 짚고 넘어가는 걸로 하죠. 어때요?"

"슬쩍 짚고 넘어간다"는 말은 내가 무협소설을 읽으면서 본 표현인데 무림고수들이 자주 쓰는 말이다. 그 표현을 지금 상황에 적용하니 매우 잘 어울렸다. 나는 나와 치우 아저씨의 관계에 대해 죄다 밝히지 않는 것이 좋겠다는 생각이 들었다. 그건 나에게 이로울 뿐 아니라 더 재미있을 것 같았기 때문이다….

생각밖에 나의 말은 전혀 예상외의 효과를 일으켰다. 방금 전에 나에게 쏠린 눈길이 호기심에 찬 눈빛이었다면 지금 그 눈빛에는 놀라움과 존중의 빛이 역력하였다.

"어서 말해봐!"

모두가 일제히 나를 재촉하였다. 나는 또 한 번 주위를 둘러본 뒤 치우 아저씨에게 말했다.

"아저씨 이번 여행은 홀가분하지 않은 여행이네요. 아저씨보다 훨씬 더 젊은 사람을 보살펴야 하니까요…."

치우 아저씨는 대뜸 눈이 휘둥그레졌다.

나는 말을 계속하였다.

"아저씨는 그 사람에 대해 책임져야 하거든요. 그의 생활과 안전을 책임져야 하고, 그러나…"

갑자기 치우 아저씨가 내 손을 누르면서

"하 동무, 그만 하게!"

라고 말했다. 나는 말없이 미소를 지었다.

한참이 지나 치우 아저씨가 또 물었다.

"어떻게 알았나?"

나는 짐짓 신비로운 척하면서 말했다.

"직감으로…"

"이 애 말이 맞아요?"

라고 실눈 아저씨가 조급해하며 치우 아저씨에게 물었다. 치우 아저씨가 머리를 끄덕였다.

주위에 둘러섰던 사람들이 삽시에 떠들기 시작하였다. 많은 사람들이 얼굴을 나에게 바싹 들이대고 — 마치 거울을 비춰보는 것처럼 — 자기 코를 가리키면서 말했다.

"얘, 나도 좀 봐줘."

실눈 아저씨는 대뜸 풀이 꺾였다. 나는 은근히 기뻤다. 첫 전투에서 승리한 것이다! 지금껏 이렇게 많은 어른들 앞에서 이처럼 존중 받아본 적이 한 번도 없었다.

그 '짹짹이'가 담요를 와락 젖히더니 신발을 꿰신고 내 앞에 와서 앉으며 말했다.

"학생, 날 좀 봐줘. 부탁할게!"

그 천진하고 경건한 모습을 보고는 방금 전에 우리가 그의 침대에 걸터앉아 있을 때의 장면을 상상도 할 수 없을 것이다.

나는 스스로 아무 방법도 없음을 잘 안다. 이제 내 앞에는 두 가지 선택이 주어져있다. 한 가지는 스스로 아무 것도 볼 줄 모른다고 솔직하게 인정하고 치우 아저씨의 일은 전적으로 내가 지어낸 말이라고 밝히는 것이다. 다른 한 가지는 허튼소리를 마구 지껄이다가 어떤 결과가 나오건 되는 대로 내맡기는 것이다. 애초부터 장난이었으니까!

그처럼 믿음이 어린 경건한 눈길들 앞에서 나의 천성은 그들을 속이는 것을 용납하지 않았다. 게다가 나에게는 허튼소리를 마구 지껄일 수 있는 재주도 없었다.

"사실 전 아무 것도 볼 줄 몰라요. 그냥 장난친 거예요…."

라는 한 마디가 저도 모르게 입에서 튀어나왔다. 그런데 나의 그 한 마디가 정반대의 효과를 부를 줄은 꿈에도 생각지 못하였다. 사람들은 모두 내가 대단한 재주를 감추고 드러내지 않는 대단히 겸허한 사람이라고 여기는 것이었다.

'짹짹이'가 제일 먼저 사람들의 그런 정서를 표현하였다. 그는 불쌍하다는 생각이 들 정도로 말했다.

"학생, 혹시 나에게 화가 난 건가?… 방금 전에는 내가 너무 지쳐서… 좀 자고 싶어서… 미안했어!"

그 말에 나는 가슴이 찡했다. 몇 마디라도 해주지 않으면 그를 용서하지 않는다고 말하는 것과 같은 분위기였다. 허튼소리로 마구 지껄이면 당연히 그에게 미안할 일일 것이고 그렇다고 말하지 않으려니 더 미안할 것 같았다. 말을 하건 하지 않건 다 안 좋은 상황이었다! 순간 나는 사람들의 믿음을 얻은 사람이라 하여 다 실제로 능력이 있는 사람인 것은 아니라는 사실을 발견하였다….

나는 치우 아저씨에게 눈길을 돌렸다. 아저씨가 궁지에 몰린 나를 도와주기를 바랐다. 그게 바로 그의 책임이었으니까. 치우 아저씨는 마땅히 나를 돌봐줘야 했으니까.

뜻밖에 치우 아저씨가

"하 동무, 몇 마디라도 해주게!"

라고 말하는 것이었다. 어이구! 이 아저씨가. 유전자 공학을 연구한다는 분이 어찌 이런 걸 믿을 수 있단 말인가. 나는 이제 막다른 골목에 이르렀다. 그 순간 나는 정말 허튼소리라도 몇 마디 하고 싶었다. 그러나 또 무슨 말을 해야 할지 도무지 생각이 나지 않았다. 그 '짹짹이'에 대해서 나는 전혀 아는 바가 없으니까 말이다.

생각밖에 실눈 아저씨가 기회를 틈타 얼른 '짹짹이'의 오른 손을 쳐들더니 말했다. "자! 자! 내가 봐드릴게요!"

'짹짹이'가 내키지 않은 기색으로 말했다.

"그래도 이 학생이 먼저 봐줬으면 좋겠는데요!"

나는 실눈 아저씨를 가리키면서 말했다.

"먼저 저 아저씨에게 봐달라고 하세요…. 틀린다면 제가 얘기할 게요…."

실눈 아저씨가 나를 한 번 흘겨보았다.

"어쭈! 허풍이 세군!"

"별 말씀을! 별 말씀이요!"

나는 일부러 그를 골려주었다. 조롱을 받은 실눈 아저씨가가 참을 수 없었던지…

"난 안 볼 거야. 안 봐. 저 녀석에게 봐달라고 하세요!"

라고 말했다. '짹짹이'는 다시 나에게 손을 내밀었다. 그 모양이 마치 구걸하는 것 같았다.

나는 참 이해할 수 없었다. 모두 어린애를 속이기 쉽다고들 하는데 어른들이 어쩌면 아이들보다도 더 쉽게 속는지 말이다.

나는 이렇게 된 바에 이제 이판사판이라고 생각하였다. 얘기를 두어 마디라도 해주지 않으면 정말 '짹짹이'의 그 기대에 찬 눈빛에 미안하다는 생각이 들었다.

다른 말은 제쳐두고 축복하는 말인들 한 두 마디 못해주겠는가?

"아줌마는 겉으로는 매우 사나워 보이지만 마음은 아주 착해요…."

'짹짹이'가 연신 고개를 끄덕거렸다. 나는 평소에 아빠가 나에게 당부하던 말을 그대로 인용해 말을 이어나갔다.

"비록 요즘은 뜻대로 되지 않는 일이 있지만 넘지 못할 산이 없고 건너지 못할 강이 없다잖아요. 산이 높고 물이 깊어 길이 없다 의심하였건만 버드나무 그늘 짙고 꽃이 활짝 핀 마을이 또 하나 있다고 했듯이 어둠속에도 길이 있다고 했어요. 아줌마가 진심으로 다른 사람을 대하면 사람들의 우정을 얻을 수 있을 거예요…."

'짹짹이'가 연신 고개를 끄덕였다.

나는 할 말이 없었다. 그러나 '짹짹이'는 또 캐물었다.

"그리고 또?"

"이게 다예요! 없어요!"

"얘기 조금만 더 해줘…."

그가 사정하였다. 주위 사람들도

"좀 더 구체적으로 얘기해주렴!"

하고 부탁하였다. 그들의 진심 어린 눈빛 앞에서 나는 더 당황하여 어쩔 줄 몰랐다. 무슨 얘기를 더 할까? "안녕하세요", "감사합니다", "미안합니다"! 이런 말을 하는 것은 적절하지 않았다. 문득 노트에 적어두었던 격언들이 머릿속에 떠올랐다. 나는 얼른 그 중 한 마디를 골라서 말했다. 어느 작가가 한 말인 것으로 기억하고 있었다.

"세상에서 청춘보다 더 귀중한 것은 없다. 그러나 청춘은 또 가장 쉽게 사라져버린다."

'짹짹이' 눈은 반짝반짝 빛이 났다.

"얘기 조금 더 해줘."

나는 또 누가 한 말인지 기억이 나지 않는 말을 하나 골랐다.

"인생에서 가장 아름다운 것은 그대 생명이 멈춘 뒤에도 그대가 창조한 모든 것으로 사람들에게 복을 가져다줄 수 있는 것이라고 하였어요…."

'짹짹이'가 물었다. "그러니까 내가 앞으로 사업에서 반드시 매우 크게 성공할 수 있다는 말인가? 그래서 내가 죽은 뒤에도 사람들에게 복을 가져다줄 수 있다는 그 말인가? 그런 건가?"

나는 머리를 끄덕이면서 대답하지 않고 미소만 지었다.

치우 아저씨가 옆에서 미소를 짓고 나를 바라보고 있었다.

실눈 아저씨가가 참다못해 끼어들었다.

"그게 무슨 관상보기니? 그건 연하장 위에 적혀 있는 말이잖니? 순 엉터리야." 주위 사람들도 흥미를 잃고 매우 불만스러운 기색을 보였다. '여교사'는 아예 대놓고 하품까지 하였다. 나는 또 이해할 수 없었다. 어른들은 왜 그런 허황하기 짝이 없는 터무니없는 것에 흥미를 느끼면서 내가 말한 아름다운 축복과 진리임이 틀림없는 말에는 그렇게 냉담한 것일까?

## 제4장

나는 한 가지 묘한 생각이 떠올랐다. 이 사람들이 진실한 말에 흥미를 느끼지 않는다면 그럼 거짓말을 한 번 들려주자고 나는 생각하였다.

그래서

"나는 최면술을 할 줄 알아요." 라고 말했다.

아니나 다를까 사람들의 눈에 다시 정기가 돌기 시작하였다.

"태산은 누가 쌓아올려서 만들어 진 게 아니고 허풍은 그렇게 치는 게 아니야. 정말 할 수 있으면 이 자리에서 모두가 보는 앞에서 한 번 보여줘."라고 실눈 아저씨가가 말했다. 나는 창가에 앉은 '젊은 골초'를 가리키면서 말했다.

"좋아요! 그럼 저기 앉은 저 분에게 실험해 보일게요!"

솔직하게 말하면 그때 내가 왜 그를 선택하였는지 알 수 없었다. 나는 다만 그 사람만 나를 시험해보려는 생각이 없는 것 같았고 그 사람만이 지금 이야기 세계 밖의 사람 같았다. 모두가 일제히 찬성한 뒤 나는 '젊은 골초' 앞으로 다가갔다. 다른 사람들이 자리를 비켜주느라고 서두르는 틈을 타서 슬며시 그의 귓가에 입을 대고 말했다.

"사실 난 아무것도 몰라요. 저랑 같이 저 사람들 좀 속여 봐요…."

'젊은 골초'의 눈이 반짝 빛났다. 그는 잠자코 있었다. 나는 반은 성공하였음을 알았다. 가슴이 설레였다. 나는 큰 소리로 말했다.

"일어서서 나오시오!"

'젊은 골초'가 가운데로 나와 섰다. 나는 제법 그럴듯하게 그의 정수리 위 10센티미터 거리에 손을 올리고 두 손을 천천히 움직이면서 입으로 주문을 외듯 중얼거리기 시작하였다.

"너무 피곤한 여행길에 당신은 지쳐 있어요… 칙칙폭폭 달리는 기차 안에서 당신은 졸려요… 자고 싶어요…."

내 손이 그의 머리 위에서 벌써 두 바퀴나 돌았다. 그런데도 그는 여전히 눈을 뜨고 있었다. 나는 조바심이 났다. 그래도 나는 멈추지 않고 계속하였다.

"지금 당신은 조용한 방안에 있어요. 바로 엄마 옆에…당신은 졸려요… 자고 싶어요…."

'젊은 골초'는 정말 훌륭한 배우였다. 그의 눈빛이 흐리멍텅 해더니 몸이 미세하게 흔들리기 시작하였다. 내 손이 그의 머리 위에서 다섯 바퀴 돌렸을 때쯤 그는 눈을 스르르 감더니 몸도 더 세게 흔들거렸다. 그의 연기에 나는 감동하였다. 나도 자기가 맡은 배역에 몰입이 되는 것 같았다. 마치 내가 정말 최면술을 아는 도사가 되기라도 한 것 같았다. 그래서 점점 더 진짜 같아졌다. 정말 나 스스로도 믿어지지가 않았다.

내 손이 이번에는 그의 눈앞에서 동그라미를 그리기 시작하였다.

"잠이 들어요! 잠이 들어요! 당신은 여행길이 너무 고생스러웠어요. 당신은 너무 지쳤어요. 이제 휴식이 필요해요… 잠이 들어요!"

주위가 물 뿌린 듯 조용해졌다. 모든 사람이 놀라운 눈으로 나를 주시하고 있었다. 내가 사람들에게 선포하였다.

"이 분은 이미 최면상태에 들어갔어요. 그러나 보통 수면과는 다르거든요. 이 분 뇌 안의 많은 세포들이 여전히 활동하고 있어서 묻는 질문에 대답할 수 있어요… 그러나 자기가 하는 말을 전혀 자각하지 못하죠."

나는 평소에 『비밀』이라는 잡지를 자주 보기 때문에 최면술에 대해 서술한 내용에 대해 어느 정도 알고 있었다. 실눈 아저씨가가 말했다.

"그 사람에게 무슨 일을 하는 사람인지 물어봐줘."

"당신은 무슨 일을 하는 사람인가요?"

라고 내가 물었다. '골초'는 감정색채가 섞이지 않은 말투로 중얼거렸다.

"직업이 없습니다…."

'짹짹이'가 물었다.

"어디 사세요?"

'골초'는 대답하지 않았다.

"어디 사세요?"

라고 내가 물었다.

"온 천하를 집으로 삼고 있습니다…."

'여교사'가 말했다.

"학력이 어떻게 되냐고 물어봐줘."

내가 다시 그 질문을 중복하였다.

그러자 '골초'가

"중졸입니다. 그러나 난 초등학교부터 다시 다닐 겁니다…."

라고 대답하였다. '골초'가 서있기 힘들까봐 나는 그를 침대로 안내해 눕

게 하였다. 그는 눕자마자 가볍게 코고는 소리를 내기 시작하였다. 그의 연기는 너무 훌륭하였다. 그는 그 자리에 있던 그 누구보다도 유머감이 뛰어난 사람이었다. 나는 그 때를 놓치지 않고

"이 분이 이제 깊이 잠들어서 더 이상 질문에 대답할 수 없어요."

라고 말했다. 주위 사람들은 깊은 한숨을 쉬더니 눈길을 일제히 나에게로 돌렸다.

치우 아저씨가

"진짜이니?"

라고 나에게 물었다.

"아저씨 스스로 알아보세요. 저는 이 분을 전혀 알지 못하거든요…."

라고 대답하였다. 실눈 아저씨가는

"너무 신기해! 정말 뜻밖인데. 이렇게 어린 아이에게 이런 재주가 있다니!"

라며 놀라워했다. 주위 사람들도 모두 혀를 끌끌 차며 신기해하는 눈치였다. 나는 자신이 큰 성공을 거두었다는 것을 알았다. 그 순간 나는 속으로 아빠에게 감사하였다. 유머 만세!

나는 "죽음도 두려워하지 않은" 나의 파트너가 생각났다. 그에게 그렇게 누워서 계속 자는 척 하게 내버려둘 수는 없었다. 나는 얼른 그의 옆에 다가가 나지막한 목소리로 말했다.

"아침이 되었어요. 해가 뜨고 새들이 나무 위에서 재잘거리며 노래하고 있어요. 봄은 너무 아름다워요… 이제는 잠에서 깰 시간이에요. 눈을 뜨세요…."

'젊은 골초'가 천천히 눈을 뜨더니 어리둥절한 표정으로 말했다.

"어이구! 내가 왜 여기서 자고 있지…"

'짹짹이'가 물었다. "방금 전에 그쪽과 이야기를 주고받았는데 알고 있어요?"

'젊은 골초'는 머리를 가로저으며

"제가 잠꼬대를 했나요?"

라고 되물었다. 완전 진짜 같았다. 나의 재주는 우리 칸 여객들을 놀랬을 뿐 아니라 전 찻간에 다 퍼졌다.

저녁을 먹을 때 그런 분위기는 한층 더 고조되었다. '여교사'는 손수 만든 냉면을 내 밥그릇 위에 놓아주었다. '짹짹이'는 사과를 직접 깎아서 나에게 주었다. 실눈 아저씨는 열차 식사칸에 가서 밥을 사주겠다고 한사코 요청하였다. 그러면서 남들 몰래 최면술 '주문'을 가르쳐달라고 간청하기도 하였다. 나는 그를 따라 가지 않았다. 그리고 나는 이런 재주는 품성증서를 딴 사람만이 배울 수 있으며 그렇잖고 심보가 바르지 않은 사람이 배우면 큰일난다고 그에게 알려주었다. 그는 자기에게 그런 증서는 없지만 신분증명서가 있다면서 나쁜 사람이 아님을 보증할 수 있다고 말했다. 도시락 서비스를 제공하는 직원이 오자 치우 아저씨가 나에게 도시락 1인분을 사주셨다. 나는 '젊은 골초'가 먹지도 마시지도 않고 있는 걸 보고 도시락을 그에게 건네주었다. 그는 사양하지 않았다. 치우 아저씨는 아무 말도 하지 않고 도시락 1인분을 더 샀다. 나는 내가 가지고 온 라면을 먹겠다고 우겼다. 그러나 치우 아저씨가 라면에는 방부제가 들어 있어 많이 먹으면 좋지 않다고 말했다. 이번에는 도시락 값을 내가 치르겠다고 우겼다. 치우 아저씨는 작은 성의이니 받아달라고 하였다. 나는 하는 수 없이 받고 말았다.

사람들의 친절에 감복하여 나도 가지고 간 토마토와 오이를 그들에게 나눠주었다. 그들도 매우 기뻐하면서 받았다. 우적우적 오이 씹는 소리가 찻간을 가득 메웠다. 그건 내 생애에서 가장 뜻깊은 저녁식사였다.

밥을 먹는 사이에도 다른 칸 여객들이 계속 나를 찾아와 점을 쳐달라고 하였다. 실눈 아저씨를 위수로 하여 모두가 함께 나 대신 막아주었다. 내가 너무 지쳐있고 또 밥을 먹고 있는 중이니 불편하게 하지 말아달라는 등의 이유를 대면서 물리쳐주었다. 그들은 나를 이 '칸'의 집단 재산으로 여기고 있는 것이었다. 이 '칸'에 나 같은 '인물'이 있는 것을 자랑으로 여기고 있었다.

밥을 다 먹은 뒤 나는 사람들에게 물도 떠다 주고 바닥도 쓸었다. 그랬더니 그들은 더욱이 나를 보고 어린애인데 재능도 있고 성품도 훌륭하고 남도 잘 도와준다며 칭찬을 아끼지 않았다. 그들이 나를 칭찬할수록 나는 그들에게 더 미안한 감이 들어서 일도 더 힘써 하였다. 물론 나에게는 작은 사심도 있었다. 바닥을 쓸 때마다 치우 아저씨 발밑을 더 깨끗이 쓸어주고 물을 떠와서도 치우 아저씨 컵에 가득 따라주곤 하였다. 그래야 나중에 치우 아저씨가 우리 아빠에게 보고할 때 나의 모범적인 이미지를 반영해줄 테니까… 재미있는 건 내가 착한 일들을 할 때 아예 알지도 못하는 여객들이 몇 번이나 내 손에서 빗자루를 빼앗고 보온병을 빼앗으며 대신 일을 해줄 테니 시간을 내서 그들에게 '얘기를 해줄 것'을 요구한 일이다. 그래서 나는 그건 안 되겠다고 말했다. 나는 사부께서 착한 일을 많이 하여 덕을 쌓고 선행을 베풀어야 한다고 가르쳤다면서 그건 다른 사람이 대신해서는 안 되며 그렇잖으면 그 작은 재주도 없어지고 말 것이라고 말했다. 그제야 그들은 어찌할 방법이 없다는 표정을 지으면서 나를 놔주었다.

그렇게 시끌벅적하고도 즐겁게 절반의 여정을 보냈다. 나는 몸은 힘들었지만 속으로는 너무 즐거웠다. 나는 '나무' 위로 기어 올라가 '보금자리'에 누웠다. 기차의 절주 있는 진동이 마치 요람처럼 느껴졌다. 나는 낮에 있었던 신나는 장면들을 미처 돌이켜보기도 전에 벌써 꿈나라에 들어가 버렸다….

## 제5장

어렴풋이 잠결에 누군가 나를 깨우는 것 같았다. 고개를 들어 보니 치우 아저씨가 '나무' 중턱에 기어 올라와 있었다.

"하 동무, 안녕히 가게. 난 차에서 내리네…."

라고 아저씨가 말했다. 나는 벌떡 일어나다가 천정에 머리를 박았다. 나는 아픈 것도 느낄 새 없이 다급히 물었다.

"안녕히 가라니요… 칭다오에 도착한 거예요?"

"칭다오에 도착한 것이 아니라 여긴 지난(濟南)일세. 우리는 지난 역에서 내리네."

라고 치우 아저씨가 말했다. 나는 멍해져서 어리벙벙한 채로 기어 내려와 신을 신었다. 치우 아저씨가 차에서 내릴 준비를 다 마치고 트렁크를 들고 있었다. 깊은 밤중인 것 같았다. 찻간 내 등불이 죄다 꺼져 있었고 다른 사람들은 모두 깊은 잠에 빠져 있었다. '젊은 골초'만 내가 낮에 앉았던 자리에 앉아 있었다.

내가 다급히 물었다.

"아저씨 칭다오까지 가시는 거 아니었어요?"

"내가 언제 칭다오까지 간다고 하였지?"

치우 아저씨가 되물었다. 문득 생각이 떠올라 다급히 물었다.

"저기, 마우스표 연필 있어요?"

치우 아저씨가 어리둥절해지더니 내 머리를 어루만지면서 말했다.

"무슨 소리를 하는 거니? 아직 잠이 덜 깼는가?"

"깼어요. 지금 제가 암호를 말했거든요!"

내가 다급히 말했다. 치우 아저씨가 웃으면서 대답하였다.

"암호라니, 난 모르겠는데…"

나는 또

"아저씨는 아빠의 파견을 받고 저를 보살펴주려고 오시지 않았나요?"

라고 물었다. 치우 아저씨는 또 어리둥절한 표정으로 물었다.

"얘, 너 잠에서 깬 거 맞니?"

"깼어요!"

라고 내가 대답하였다.

치우 아저씨는 말없이 내 손을 잡고 두 찻간이 연결된 구간으로 갔다. 거기는 등불이 켜져 있었다. 아저씨가 담배를 한 대 붙여 물더니 나에게 말했다.

"하 동무, 원래 동무를 깨우지 않으려고 했어. 그런데 동무가 참 마음에 들어서. 총명하고 착하기도 하고. 동무 같은 자식이 있었으면 얼마나 좋을까 하는 생각까지 들었지… 그래서 차에서 내리기 전에 깨워서 나 같은 사람이 동무를 얼마나 좋아하는지 알려주고 싶었어…. 자기 자신을 아끼게…. 내 말 알아듣겠나?"

나는 고개를 끄덕였다.

"방금 전에 뭐라고 하였나?"

아저씨가 물었다.

"우리 아빠의 파견을 받고 저를 보살펴주려고 오시지 않았나요?"

아저씨가 고개를 가로저었다.

"아니야! 난 너의 아빠를 알지도 못하는걸!"

"오후에 아저씨는 이번 여행에서 아저씨보다 많이 젊은 사람을 보살펴야 한다고 제가 말하였을 때 아저씨는 왜 인정하셨어요?"

아저씨가 내 손을 잡으면서 말했다.

"맞아. 난 내 아들을 보살펴야 하니까…"

"아저씨의 아들이요?"

"그래! 내 아들 말이야…"

아저씨가 찻간 안을 가리키면서

"네가 최면술까지 걸어줬었잖아… 저 애는 이제 막 교도소에서 풀려났어. 난 저 애를 데리고 집으로 돌아가는 길이고…"

나는 놀라서 멍해졌다. 그 '젊은 골초'가 치우 아저씨의 아들일 줄은 꿈에도 생각지 못하였던 것이다.

그리고 교도소에서 풀려났다는 사실도 상상조차 못하였다.

"아저씨, 미안해요. 미리 알았더라면 전 그런 말을 하지 않았을 거예요."

내가 중얼거렸다. 그러자 아저씨가 말했다.

"너에게 감사하구나. 내 아들은 자신이 세상에서 잊혀져버린 줄로 알고 있었다. 찻간에서도 저 아이는 모두에게 잊혀 진 존재인 줄로 알고 있었지. 그런데 네가 최면술을 걸 때 마침 저 아이를 불러냈어.

그때 난 너에게 얼마나 고마웠는지 넌 몰라… 이제 네가 커서 아빠가 되면 알게 될 거다."

"아저씨, 저의 최면술은 가짜예요…"

라고 내가 말했다. 그러자 아저씨가 말했다.

"알아. 그러나 나는 그걸 진짜로 생각하였단다. 내 아들이 너에게 협조하는 그 순간 나는 너무 감동했거든. 그건 삶에 대한 희망이 저 아이의 가슴에서 다시 불타기 시작하였음을 설명하는 것이었으니까.

저 아이가 '꿈' 속에서 학교를 다시 다니겠다고 말하였을 때 난 눈가가 젖어들더구나…"

열차가 지난 역에 당도하였다. '젊은 골초'가 찻간에서 걸어 나왔다. 그는 아무 말도 없이 내 어깨를 툭 하고 가볍게 치고는 차에서 내렸다. 치우 아저씨가 어른을 대하는 것처럼 나를 믿어주는 바람에 나 스스로도 정중해지는 것 같았다. 나는 아저씨를 위안하고 싶었지만 무슨 말을 했으면 좋을지 몰랐다.

치우 아저씨가 내 손을 꼭 잡더니

"너의 아빠에게 인사 전해다오! 그 분에게 훌륭한 아들이 있다고!"

나는 뒤따라 차에서 내려 아저씨와 그의 아들이 어두운 등불 속으로 사라져가는 것을 바라보았다. 나는 예전에는 느껴보지 못하였던 새로운 느낌을 체험하고 있었다. 문득 한 가지 소원이 생겼다. — 기차에서 내렸을 때 아무도 마중 나오지 말았으면 — 그래서 나 홀로 이 세상을 돌아다녀봤으면 얼마나 좋을까!

Part
9

# 소년 류따공(劉大公)의 번뇌

# 소년 류따공(劉大公)의 번뇌

## 제1장

## 성명

기상예보에 따르면 오늘 기온과 기압이 실외활동에 적합하다고 한다. 대기질도 1급이란다.

날씨가 너무 좋다. 류따공도 기분이 좋았다. 교문을 들어서면서 그는 특별히 경비실 송(宋) 씨 할아버지에게 인사를 하였다.

그런데 게시판 앞에까지 왔을 때 상황이 이상하다는 걸 발견하였다. 원래 게시판을 들여다보고 있던 사람들이 무슨 영문인지 다 고개를 돌려 그를 바라보고 있지 않은가. 어떤 사람은 얼굴에 감출 수 없는 음흉한 웃음까지 띠고 있었다. 더 미치겠는 것은 그 사람들 속에 여학생도 몇이 끼어 있는 것이었다…. 류따공은 눈을 내리깔고 재빨리 자기 몸을 아래위로 훑어보았다. 혹시 얼굴에 뭐라도 묻은 것은 아닐까? 아니면 옷 단추를 잘못 끼웠나? 물론 신발을 짝짝이로 신었을 가능성도 제외할 수 없었다. 다행이도 사람들의 조롱을 받을 만한 구석은 발견하지 못하였다.

문제는 게시판에 있을지도 모른다. 그 자신과 연관이 있는 중요한 소식이 있는 게 분명했다.

칭찬 아니면 장려? 그럴 리가 없었다! 비록 그가 칭찬과 장려를 갈망하고 있지만 말이다. 비판 아니면 처분? 더더욱 그럴 리가 없다! 류따공은 출중한 학생은 아니지만 절대적으로 법을 잘 지키는 모범 국민이니까 말이다.

게시판에 대체 무슨 내용이 나붙었는지 그는 정말 상상할 수 없었다. 그는 교실로 피해 가버리려 하였다. 그런데 게시판에 대한 호기심이 그의 발목을 잡아당겼다. 그래서 그는 체면도 불구하고 게시판 앞으로 다가갔다. 심장이 두근거렸다. 얼굴이 벌개졌을 것이라고 그는 생각하였다.

사람들이 그에게 길을 터주었다.

A4용지 한 장이 게시판 유리벽창 안에 붙어 있었다. 그 위에는 손톱만 한 크기의 방송체(仿宋體. 송[宋]대 판본의 글자체를 본떠 만든 현대 인쇄체의 하나 — 역자 주)로 쓴 글자 몇 줄이 찍혀 있었다.

**중요 성명**

선생님, 학생 여러분께 주의를 기울여주실 것을 공경히 부탁드립니다. 류 따꽁즈는 봉건사회 부잣집 도련님이 아닙니다. 그는 현대 베이징 '따화제(大華街)중학교' 고등학교 2학년의 학생일 뿐입니다. 류 따꽁즈의 본명은 류따공입니다. 류 따꽁즈 혹은 류공자는 사람들이 달아준 별명일 뿐입니다. 이에 정중히 성명을 발표해 바로잡는 바입니다!

**류따공 *년 *월 *일**

류따공은 놀라 멍해졌다. 그는 무슨 성명 같은 걸 쓴 적이 없었다. 누가 자기 명의를 도용해 이따위 얼토당토않은 것을 여기에 갖다 붙였을까? 누구 짓일까? 칭찬도 아니고 비판도 아니었다. 베이징 말로 표현한다면 "무안을 당한 것"이라고 할 수 있다.

누군가 장난을 치고 있어! 이것이 류따공의 첫 반응이었다. 그는 당장 성명을 찢어버리고 싶었다. 그런데 게시판의 유리벽 창에 잠금 쇠가 걸려 있었다. 그는 교무처 선생님을 찾아가서 해결할 수는 있었다. 그런데 그를 주목하는 주변의 눈길들이 도발을 해오는 것 같았다. (이제 어떻게 할 거야? 이렇게 억울함을 당한 채 꺼질 거야? 선생님에게 달려가 울며 하소연할 거야? 이렇게 울분을 삼키며 참을 거야?··· 이런 장난을 친 자가 어쩌면 여기 모인 사람들 중에 끼어서 구경하고 있을지도 모른다. 류따공은 피가 거꾸로 흐르는 것 같았다. 한 가지 생각이 뇌리를 쳤다 — 유리를 깨뜨리자··· 사람을 너무 업신여기는 것도 그렇지만 남에게 보여주기 위해서라도 그렇게 해야 한다! 멀지 않은 곳에 인도 바닥을 까는 데 쓰이는 붉은 색 시멘트벽돌 반장짜리가 있었다. 만약 온전한 벽돌이라면 그 위에 난 칸이 아홉 칸이었을 것이다. 그런데 그 벽돌은 네 칸밖에 남아 있지 않았다. 류따공이 들어보니 묵직하였다. 그는 유리 가운데를 한 번 '찔러' 보았다. 그런데 유리가 너무 두터워서인지 아니면 힘이 약해서인지 유리가 끄떡도 하지 않았다. 류따공은 손을 가두었다가 다시 한 번 쳤다.

이번에는 요란한 소리가 났다. 쟁그랑 소리와 함께 유리 조각이 와그르르 땅에 무너져 내려 흩어졌다. 류따공은 유리벽 창 오른쪽 귀퉁이에 교학용 목제 삼각자 모양과 크기의 유리가 여전히 거기 남아 있었던 것만

기억에 남았다. 류따공은 유리벽 창에 손을 넣어 그 성명을 와락 찢어내서는 뒤도 돌아보지 않고 교실로 걸어갔다. 수많은 눈총이 탐조등의 빛줄기처럼 그의 등줄기에 날아와 박히는 것 같았다.

방금 전의 용기가 순식간에 사라지고 가슴속에 공포가 엄습해오기 시작하였다.

만약 학교에서 죄를 묻는다면 기껏해야 유리 값만 물어주면 될 일이다. 어쨌든 '범죄의 증거'를 쥐고 있는 한 학교에서 나 홀로 책임을 감당하라고 할까봐 걱정하지 않아도 되었다. 중요한 건 방금 전 행동이 그럴만한 가치가 있는 행동이었을까 하는 문제라고 류따공이 생각하였다.

그런데 그 성명이 또 전부 터무니없이 날조된 것도 아니었다. 우선 류따공은 확실히 류 따꽁즈라는 별명으로 불리고 있으며 게다가 이미 2년 남짓 그 별명으로 불리고 있다. 류따공이 고등학교 1학년에 막 들어갔을 때 그 이름은 모두가 공인하는 좋은 이름이었다. 그 이름은 획수도 많지 않고 단정하고 간결하여 기억하기도 좋고 또 매우 우렁찼으니까 말이다. 만약 글자의 의미로 보면 더 훌륭했다 — 대공무사하다는 뜻이니까 말이다! 그러나 선현들이 말했다시피 진리가 앞으로 한 걸음 더 나아가면 오류로 바뀌는 것이다. '대공'의 뒤에 '자'자를 하나 붙이니 뜻도 맛도 다 바뀌어버린 것이다. 몇 년 전 역사드라마가 유행을 타기 시작하면서 그 열기가 전국을 휩쓸었다. 중학생들도 항상 보고 들어서 익숙해질 정도였다. 저녁에 드라마를 본 뒤 이튿날 아침이면 드라마에 나왔던 대사며 호칭을 학교로 가져와 떠들곤 하였다. 구체적인 상황은 상세하게 말할 필요도 없이 류따공은 바로 그때 류따꽁즈로 바뀌게 된 것이다.

2년이 지나갔다. 류따공은 고등학교 1학년 학생에서 2학년 학생이 되었다. 다른 사람들의 별명은 다 임시적인 것이어서 시간이 흐름에 따라 흔적도 없이 사라져버린 지 오래다. 오로지 류따꽁즈라는 별명만은 그림자처럼 류따공을 따라다녔다. 시간이 오래 흐르다 보니 귀에 못이 박힐 지경이었다. 그러나 지금껏 불쾌한 일은 일어나지 않았다….

불행하게도 어제 수학시간에 류따공은 '외계인'을 만나게 되었다.

학생에게만 별명이 있는 것이 아니다. 선생님에게도 별명이 있었다. '외계인'이 바로 수학을 가르치는 한 선생님의 별명이다. 한(韓) 선생님의 고향은 베이징이 아니라 외지였다. 비록 베이징에 온 지 몇 년이 되었지만 말투에는 여전히 짙은 고향 말씨가 섞여 있었다. 그가 입만 열면 학생들은 모 희극배우의 모습이 떠오르곤 했다. 그래서 이따금씩 악의 없이 낄낄거리는 소리가 터져 나오곤 하였다.

한 선생님은 소박하고도 또 매우 착실한 사람이었다. 어떤 때는 심지어 너무 진지하다고도 할 수 있었다.

웃는 사람은 무심히 웃었지만 듣는 사람은 괴로울 수가 있다. 드디어 어느 날 한 선생님이 전 학년 사생대회에서 웃기는 연설을 하였다. "베이징에서 자란 학생 여러분은 식견이 넓고 가장 예의 바르고 문명하며 표준어도 가장 잘합니다. 우리 외계인들은 학생 여러분을 본받아야 합니다. 그러나 여러분이 앞으로 우리 외계인을 비웃지 말기를 바랍니다…"

한 선생님의 본의는 "우리 외지인을 비웃지 말라"고 말하려던 것이었다. 그런데 그의 말투 때문에 '외지인'이 '외계인'으로 발음된 것이다.

그 바람에 학생들이 와 하고 웃음을 터뜨렸다.

그런데 모두가 웃음을 터뜨린 진짜 이유를 알 수 없었던 선생님은 더 진지하게 보충하였다.

"그렇습니다. 외계(지)인도 사람입니다!"

그 말에 또 와 하고 웃음이 터졌다.

'외계인'이라는 한 선생님의 별명은 그렇게 붙여진 것이다. '외지인'이 '외계인'으로 승격한 것이다. "외계인도 사람"이라는 말도 학생들이 자주 인용하는 전형적인 용어가 되었다.

한 선생님은 원래 류따공의 반을 가르치지 않았다. 한 번은 류따공의 반을 가르치는 수학선생님이 병가를 내게 되어 한 선생님이 대신 들어가게 되었다. 한 선생님이 칠판에 수학문제를 낸 뒤 분필을 내려놓으며 큰 소리로 말했다.

"류꽁즈 나와서 해보세요."

여기저기서 킥킥거리는 웃음소리가 들렸다.

류따공은 깜짝 놀랐다. 학생들이 그를 두고 늘 류 따꽁즈 혹은 유공자라고 부르긴 하지만 선생님이 유공자라고 부른 것은 처음이었다. 게다가 수업시간에 말이다. 어떤 의미에서 선생님은 '지도자'이고 '공식 대변인'이라고 할 수 있다. 말 한 마디 행동 하나도 규범에 부합되어야 한다. 선생님의 말과 행동은 바로 학생들의 무언의 본보기가 되기 때문이다. 선생님이 어찌 공식 장소에서 학생의 별명을 마음대로 부를 수 있단 말인가! 류따공은 반발심이 생겼다. 교실 안의 웃음소리는 이건 류따공의 탓이 아님을 더욱 잘 설명해주고 있었다. 학생들이 뭘 몰라서 제멋대로 부르는 건 그렇다 쳐도 선생님이 어찌 학생의 별명을 마구 부를 수 있단 말인가!

류따공은 이유도 없이 갑자기 자존심이 강해진 것 같았다. 류따공은 자신이 한 선생님을 오해한 것을 전혀 알지 못하였다. 한 선생님은 이 반에 대해 잘 알지 못하였다. 복도에서 혹은 운동장에서 학생들이 그렇게 부르는 것을 들었을 뿐이었다. 그는 유공자가 본명인 줄로만 알았다. 그것이 학생의 별명일 줄은 꿈에도 생각지 못하였던 것이다.

"선생님 제 이름은 류꽁즈가 아닙니다!"

류따공이 자리에서 벌떡 일어서며 말했다.

교실 안은 삽시에 물 뿌린 듯 조용해졌다. 류따공의 그러한 반응은 그에게 있어서 비정상적인 범위에 속하는 행동이었기 때문이다. 사람들의 인상 속에서 류따공은 참고 견디는 것이 잘 어울리는 성격이었다.

류따공은 작게나마 항의를 하여 자기 존엄을 지키려고 하였던 것이다. 그는 그러면 한 선생님이 "유공자가 아니면 이름이 무엇이니?"라고 물을 줄 알았다. 그러면 그가 차분하게 "제 이름은 류따공입니다!"라고 대답할 참이었다.

그런데 한 선생님은 정말 외계인의 사고방식을 갖고 있는 것 같았다.

뜻밖에도 그는

"네 이름이 류꽁즈가 아닌데 왜 일어섰니?" 라고 묻는 것이었다.

류따공은 갑자기 대꾸할 말이 생각나지 않았다. 그는 계속 서 있을 수도 앉을 수도 없는 난감한 상황에 처하게 되었다.

반에서 '사악한 세력'의 즐거운 시간이 시작되었다. 누군가 소란을 피우기 시작하였다.

"선생님, 맞습니다! 저 애가 바로 류 따꽁즈예요. 선생님이 류꽁즈라고 불러서 싫은 거예요…"

이 말을 한 아이는 인똥시(尹東西) 즉 '사악한 세력'의 우두머리였다.

한 선생님은 안색이 어두워졌다. 그는 류따공이 일부러 말썽을 피우는 줄로 오해한 것이다. 그래서 그는

"그만 앉아. 다른 학생 대답해봐."

라고 말했다. 수업은 그렇게 억울한 기분 속에서 계속되었다. 류따공에게는 끝까지 항소의 기회가 차례지지 않았다. 수업이 끝날 무렵 류따공이 한 선생님에게 다가갔다. 그런데 학생들이 한 선생님을 에워싸고 이것저것 질문하는 바람에 류따공은 제 자리로 돌아오는 수밖에 없었다.

그는 짝꿍이 이샤오창 옆으로 다가가 나지막한 소리로 물었다.

"네가 말해봐. 나 방금 전에 잘못한 거 아니지?"

이샤오칭(易小康)이 고개를 쳐들더니 되물었다.

"뭐가 잘못하고 잘했다는 거니? 무슨 말을 하는 거니?"

"한 선생님에게 나 유공자가 아니라고 한 거 말이야…"

라고 말한 류따공은 이샤오창의 눈을 빤히 들여다보았다.

그는 긍정적인 대답을 들을 수 있기를 기대하였다.

그런데 이샤오창은

"너 머리가 어떻게 된 거 아냐?"

라고 말하는 것이었다.

"내가 뭘?"

"류꽁즈라고 한 번 부르는 데 뭐 어쨌다고? 그렇게 정색할 것까진 없잖아!"

류따공은 아무 말도 하지 않고 돌아서서 가버렸다. 마음이 너무 슬펐다. 슬픈 건 스스로 전혀 자신감이 없다는 느낌이 들었기 때문이다. 그도 자신감이 넘치고 싶었다. 그런데 매번 자신에 차있을 때면 그런 확신의 결과가 잘못된 것이었음을 사실이 증명해주곤 하였다. 그래서 그는 자신감을 가질 자격이 없었다. 방금 전에도 자신감을 가지고 자기 선택에 따라 한 가지 일을 하였는데 결과는 어떻게 되었는가? 선생님의 미움을 샀을 뿐 아니라 친구에게 머리가 어떻게 됐냐는 핀잔까지 들은 것이 아닌가! 약 반년 동안 크고 작은 일을 막론하고 선택해야 할 시점에만 서면 류따공은 마치 교차로에 서 있는 것 같았다. 어느 길을 선택하건 다 맞는 것 같다가도 곰곰이 생각해보면 또 다 틀린 것 같았다. 그래서 그는 많이 갈등하고 많이 망설이곤 하였다. 그런 때마다 그는 누군가에게 물어보고 싶었다. 물어볼 상대를 찾지 못하였을 때면 머릿속에서 작은 사람 둘이 다투곤 하였다. 한 사람이 동쪽으로 가야 한다고 말하면 다른 한 사람은 무조건 서쪽으로 가야 한다고 말하곤 하였다….

류따공은 어떤 길을 선택해야 할지 고민하는 시간이 실제로 길을 걷는 시간보다도 더 길게 느껴질 때가 많았다. 그는 안내자가 필요하였고 심판관이 필요하였다. 지금은 이샤오창이 류따공의 안내자이자 심판관이었다. 안내자 겸 심판관이 그에게 잘못 "걷고 있다"라고 말하였으니 이는 그의 자신감에 심각한 타격이 아닐 수 없었다.

사람이 없는 조용한 곳까지 온 류따공은 구겨서 움켜쥐었던 성명을 조심스럽게 펴보았다. 다시 한 번 자세히 보면서 그 문자들 속에서 '용의자'를 찾아내고자 하였다. 성명은 인동시의 짓이라고 그의 직감이 알려주고 있었다. 인동시는 '사악'하지만 반에는 그를 따르는 '조무래기'들이 몇 이 있었다. 대다수 남학생들이 그를 "공경하나 멀리하고 있다." 이샤오창만은 대놓고 팽팽하게 맞서거나 정면충돌은 하지 않지만 매번 부드러우나 단단하게 인동시에게 반격을 가하곤 하여 그의 의지를 탄압하는 역할을 하였다. 그래서 인동시가 이샤오창 앞에서는 감히 오만방자하게 행동하지 못하였다. 그러니 인동시는 이샤오창과 사이가 좋은 류따공에게 눈길을 돌린 것이다. 류따공이 교실에 들어섰다. 이샤오창은 누군가와 얘기중이었다. 류따공이 이샤오창에게 다가가서 그 성명서를 그의 책상 위에 올려놓으며 말했다.

"이것 좀 봐."

이샤오창은 그 성명서를 보고서는 비밀에 부칠 생각은 추호도 없이 오히려 머리를 흔들면서 큰 소리를 말했다.

"잘 썼네. 내용도 괜찮고. 필력도 괜찮고. 별 거 아닌 일을 과장하긴 했지만 애썼어. 잘 썼어."

"뭐가 잘 썼다는 거야! 이걸 누가 썼는지 한 번 봐."

류따공이 급해서 물었다.

이샤오창은 고개를 갸우뚱하였다. 그는 멍청한 체 하거나 어리벙벙한 체 할 때마다 고개를 갸우뚱하곤 하였다.

"누가 썼느냐고? 무슨 뜻이지? 이 위에 분명 네 이름이 있잖아."

"내가 쓴 게 아니야! 누군가 나를 사칭한 거야!"

"사칭했다고?"

"이건 내가 교문 앞 게시판 유리벽 창에서 찢어낸 거야."

류따공은 급한 나머지 말까지 더듬거렸다.

"그런 일이 있었어?"

"정말이야. 내가 유리벽 창을 깨버렸어."

"유리를 깼다고? 감히… 유리를 깨… 유리는 왜 깨?"

류따공은 방금 전 상황에 대해 상세하게 말하는 수밖에 없었다.

"알았어. 그렇지만… 여기 쓰여 있는 것이 틀린 내용도 아니잖아! 그렇게 안달하며 유리까지 깰 건 없잖아!"

류따공은 무엇이 가슴을 억누르는 것처럼 답답하였다. 늘 그랬다. 그가 흥분할 때마다 이샤오창은 늘 침착하라고 말하곤 하였다. 그가 냉정해 있을 때면 이샤오창은 또 남자다운 패기가 없다고 말하곤 하였다. 그래서 류따공은 어찌 해야 할지 몰라 쩔쩔매곤 했다. 이 순간 그의 마음속에서 기둥이 무너져 내리는 것 같았다. 유리를 깨뜨린 행동은 아무런 가치도 없을 뿐 아니라 매우 우스워지기까지 하였다.

이샤오창은 총명하고도 궁리가 많은 사람이다. 이샤오창 앞에서 류따공은 정말이지 마치 지력이 딸리는 미숙아 같았다. 물론 이샤오창의 지혜와 자신감이 다른 사람의 도전을 받을 때도 있었다. 그럴 때마다 류따공은 아주 당연히 이샤오창을 믿어주곤 하였다.

어느 한 번은 류따공과 이샤오창이 지하철역에서 거지 한 명과 마주쳤다. 덥수룩하고 꾀죄죄한 그 할머니 모습이 너무 불쌍해보였다! 류따공은 그대로 지나칠 수 없어 멈춰 서서 그 할머니 앞에 놓여 있는 양철통 안에 50전을 넣어주었다. 그런데 류따공의 착한 행동이 이샤오창의 비난을 받을 줄이야.

"넌 참 바보 같아. 저 사람들은 일을 하지 않고 이득을 보려는 사람들이야. 사실 저 사람들은 전혀 가난하지 않으면서 저렇게 불쌍한 척 하는 거야…"

그 후부터 류따공은 그런 거지들을 만나면 불쌍한 마음이 들어도 더 이상 돈을 주지 않았다. 다른 사람에게 바보소리를 듣는 것이 싫어서였다. 그런데 한 번은 류따공과 같은 반 송샤오핑(宋曉萍)이 합창단 행사에 참가하였다가 돌아오는 길에 지하철역에서 또 연로한 거지와 마주쳤다. 뜻밖에 송샤오핑이 그 거지에게 1위안을 주는 것이었다. 그래서 류따공은 이샤오창이 그에게 타이르던 말을 그대로 인용해 송샤오핑에게 해주었다. 송샤오핑은 매우 정당하고 엄숙하게 반박하였다.

"너처럼 의심하게 되면 진짜 가난한 사람은 영원히 도움을 받을 수 없을 거야. 동정심은 사람마다 갖춰야 할 품성이야. 저 사람들이 진짜 거지든 가짜 거지든 그건 저 사람들의 일이고…"

류따공은 그 말에도 일리가 있다는 생각이 들었다. 그리고 자신이 그 여자아이에 비해서도 사상적으로 생각하는 바가 낮다는 생각이 들었다.

돌아온 후 류따공은 또 송샤오핑이 한 말을 이샤오창에게 전하였다.

그러자 이샤오창이 입을 비죽거리면서

"그 애가 뭘 알아. 옛날 사람이 이르기를 작은 선행을 베푸는 것으로 큰 악행을 저지르지 말라고 하였어." 류따공은 이샤오창이 하는 말의 뜻을 알아들을 수 없어 눈만 껌벅거렸다.

"무슨 말이냐 하면 네가 사기꾼과 나쁜 사람을 동정하였다고 하자. 얼핏 보기에는 네가 착한 일을 한 것 같지만 실제로는 아주 크게 나쁜 일을 한 거라는 말이다!"

이샤오창의 할아버지는 학자이다. 그래서인지 그는 입만 열면 청산유수이고 경전에 나오는 어구나 고사를 잘 인용하곤 했다. 이샤오창과 송샤오핑의 이론 중 어느 것이 바른 것인지 분별할 수 없는 상황에서 류따공은 이샤오창의 말에 따르기로 하였다.

"이건 누가 쓴 걸까?"

류따공이 물었다.

"생각 좀 해보자."

이샤오창은 류따공과는 달리 전혀 급하지 않은 눈치였다.

갑자기 인동시가 헐레벌떡거리면서 뛰어 들어왔다. 그리고 류따공을 발견하더니 걸음을 늦추고 어깨를 흔들면서 다가오면서 물었다.

"여기 류 따꽁즈가 어느 분입니까?"

그 모습이 드라마에 등장하는 앞잡이와 다를 바 없었다.

류따공은 못들은 체 하였다. 비열한 그 녀석이 자신이 직접 조성한 '즐거움'을 구경하려고 온 것이다. 그리고 그의 즐거움은 대부분 다른 사람의 고통을 바탕으로 이루어지곤 하였다.

인동시가 류따공의 어깨를 툭 치면서 말했다.

"들었어? 널 부르잖아!"

"왜 그러는데?"

류따공이 언짢은 기색으로 물었다.

"교장선생님이 지금 당장 교장실로 오라더라!"

교실 안에 있던 사람들은 다 깜짝 놀랐다. 교장선생님이 일개 평범한 학생을 부르는 것은 극히 드문 일이었기 때문이었다.

순간 류따공은 바짝 긴장 되었다. "교장선생님이 날 찾는다! 무슨 일일까?" 인동시가 거짓말을 하는 것 같지는 않았다.

인동시가 류따공의 코를 가리키면서 말했다.

"너 이제 유명인사가 되었구나. 교장선생님의 접견까지 받게 되었으니 말이야."

류따공이 교실 밖으로 나가자 인동시의 음흉한 웃음소리가 등 뒤에서 묻어 나왔다. 사무청사 2층으로 걸어 올라가는 류따공은 발걸음이 점점 무거워졌다. 이 학교를 몇 년이나 다니면서 교장선생님과는 말도 한 마디 해본 적이 없었다. 그런데 지금 교장선생님이 갑자기 그를 찾는 것이다… 이샤오창의 말이 맞다. 성명서는 큰 잘못이라고 할 수 없지만 유리를 깨뜨린 일은 큰문제였다. 그렇지만 오늘 일이 그렇게 심각한 일인가? 그런데 심각한 게 아니라면 교장선생님이 왜 그를 찾는 것일까? 그는 정말 운이 나빴다. 그런데 그가 왜 이렇게 흥분하지? 왜 이렇게 흥분이 가라앉지 않는 거지? 교장실 문 앞까지 와서 그는 심호흡을 크게 하고 호주머니 안에 있는 성명서를 만져본 뒤 용기를 내서

"보고합니다!"라고 외쳤다.

문이 열리고 교장선생님이 문 앞에 서 있었다. 류따공은 너무 이상한 느낌이 들었다. 예전에 매 번 선생님의 교무실 문 앞에 와서 "보고합니다!" 하고 외치면 안에서 항상 들어오라고 응답하는 소리가 들리곤 하였었다….

오늘은 교장선생님이 친히 와서 문을 열어준 것이다.

류따공은 너무 황송하였다.

"네가 류따공이니?"

류따공이 고개를 끄덕였다. 그는 호주머니에서 성명서를 꺼내 손에 쥐고 준비하고 있었다. 교장선생님이 류따공에게 소파를 가리키며 앉으라고 자리를 권하였다. 그리고 또 정수기에서 종이컵에 물을 받아 그에게 건넸다. 류따공은 소파에서 튀어 일어나다시피 일어서서 종이컵을 받았다. 그는 어찌할 바를 몰라 당황하였다. 과분한 총애와 우대에 기쁘고 놀라서 불안하였다. 그 종이컵이 너무 물렁하여 손으로 살짝 잡았는데도 물이 흘러나올 것 같았다. 교장선생님은 50세도 안 된 남자인데 류따공의 인상 속에서 그는 건장하고도 위엄이 있었다. 류따공은 지금 의자에 앉아서 자기와 이야기를 나누고 있는 교장선생님이 강단 위에 서서 연설을 하는 그 교장과 같은 사람이 아니라는 느낌이 들었다.

류따공은 마치 몸이 허공에 붕 뜨는 것 같았다. 방금 전에 종이컵을 받았을 때 감사한다고 말했어야 했다! 그걸 왜 잊었을까? 이미 물을 한 모금 마셨으니 타이밍을 놓쳐버린 것이다. 그는 너무 긴장하고 있었다! 그래서 자기 통제가 되지 않았다.

"노래하는 걸 좋아하니?"

교장선생님이 물으셨다. 류따공은 어리둥절해졌다. 그는 자신이 잘못 들은 줄 알았다. 왜 갑자기 노래를 부르기 좋아하냐고 묻는 것일까?

"긴장할 것 없다."

교장선생님이 빙긋이 웃으면서 말씀하셨다. 그리고 교장선생님은 또 류따공의 부모가 어디서 근무하는지, 집이 학교에서 먼지 등을 물어보셨다.

류따공은 어리둥절했다. 속으로 적이 당황하기 시작하였다. 유리를 깨뜨린 일은 왜 아직도 꺼내지 않는 거지? 이왕의 경험에 따르면 학생이 잘못을 저지르고 선생님에게 발각되었을 경우 많은 선생님들이 경계를 늦추게 하기 위해 일부러 풀어주는 이런 방법 — 직접 본론을 말하지 않고 먼저 웃어주는 것, 사실은 냉소하면서 알아들을 수도 없는 말을 하는 방법을 취하곤 한다. 그런 다음 갑자기 본론으로 접어들어 너무 갑작스러워 미처 대처할 수 없이 깜짝 놀라게 한다. 선생님이 가장 무서워 보일 때면 흔히 학생이 가장 괴로울 때이다.

마침내 교장선생님이 천천히 본론을 꺼내기 시작하셨다.

"류따공 학생, 이런 일이 있어. 우리 학교에서 다음 달 문화예술축제를 개최할 예정인데 너의 사촌형을 학교로 초청해 학생들과 만나는 시간을 가질 수 있으면 좋겠구나."

"저의 사촌형이요?"

류따공은 일시에 무슨 말인지 알아듣지 못하였다.

"그래. 네 사촌형 팡샤오(方笑) 말이야!"

그제야 류따공은 모든 걸 알 수 있었다. 교장선생님이 오늘 그를 부른 것은 애초에 성명이나 유리를 깨뜨린 일 때문이 아니라 스타가수 팡샤오를 학교로 초청하는 일 때문이었던 것이다. (그래서 교장선생님이 이렇게 정중하게 대해준 것이었구나.) 류따공은 속으로 남몰래 한숨을 내쉬었다.

팡샤오는 요즘 잘나가는 유명한 청년 스타가수이다. 그는 머리를 노랗게 염색하지도 않고 통 넓은 바지도 입지 않았으며 약간 수척해 보이는 얼굴에 안경까지 걸었다. 반에서 거의 모든 여학생들이 노트에 팡샤오의 사진을 몇 장씩 끼워 가지고 다녔다.

"너무 기품이 있지 않아?" 여학생들이 팡샤오를 칭찬할 때는 늘 이런 말로 서두를 떼곤 한다. 남학생들은 비록 여학생들처럼 그렇게 열광하지는 않았지만 그들 역시 팡샤오에 대해 얘기할 때면 거의 이구동성으로 "와아~ 너무 멋지다…"라고 감탄하곤 하였다.

류따공은 두 눈이 퀭해졌다.

교장선생님이 말씀을 이었다.

"원래 네 사촌형을 초청하는 일은 학생회 회장이 너를 찾아와 얘기하거나 너의 담임 선생님이 너에게 얘기케 하려고 했으나 팡샤오를 초청하는 일은 큰일인 만큼 내가 직접 류따공 학생을 불러 얘기하게 된 거야."

류따공은 눈길이 더 퀭해졌다.

"네 사촌형이 너무 바쁘다는 걸 알아. 그리고 그의 1분 1초가 황금 같은 시간이라는 것도 알고 있어. 그를 초청하는 일이 너무너무 어려울 거라고 생각해. 그러니 류따공 학생, 학교를 위해 공헌을 좀 해줄 수 없겠니."

교장선생님이 말투에는 간곡함이 묻어 있었다.

"네가 먼저 얘기해보렴. 동의한다면 내가 직접 찾아뵙고 공식 초청을 할 거니까…"

류따공의 엄마에게는 언니가 한 명 있었고 그 언니에게도 아들이 하나 있었다. 다시 말하면 류따공에게는 확실히 사촌형이 하나 있다.

그런데 애석하게도 그 사촌형은 팡샤오가 아니다. 류따공에게는 스타가수 사촌형은커녕 가수 친척도 한 명 없었다. 그러니 그는 팡샤오와 아무 관계도 없는 사람이었다.

"무슨 어려움이 있니?"

교장선생님의 목소리가 아득히 먼 곳에서 희미하게 들려왔다. 류따공은 머리 안이 새하얘지는 것 같았다. 2개월 전에 심은 거짓말씨앗이 "아름다운" 꽃을 피웠던 적이 있었다. 그때에도 류따공은 '스타가수 가족'의 대우를 '누렸던' 적이 없었다. 행복한 느낌은 더더욱 느낄 새도 없이 사람들이 그의 '사촌형'에 대해 언급할까봐 하루하루 불안하게 지냈을 뿐이었다. 그런데 이제 와서 그 아름다운 꽃이 결실을 맺다니. 그 결실이 원래는 언제 터질지 모르는 시한폭탄이었다!

"너 얼굴이 왜 이렇게 창백하니? 혹시 어디 아픈 거 아니니?"

라고 교장선생님이 류따공의 머리를 쓰다듬으면서 관심 있게 물었다.

류따공은 머리를 끄덕였다가 또 가로저었다.

"아뇨…"

"이만 돌아가 보거라. 될수록 빨리 소식을 전해 줄 수 있겠지?"

류따공은 특별사면을 받아 풀려난 것처럼 교장선생님의 사무실에서 나왔다. 손에도 온 몸에도 땀이 흥건히 내배었다.

갑자기 다리에 힘이 쭉 빠지는 것 같았다.

## 제2장
## 거짓말

사람들의 주관적 인식에 따르면 한 학교 혹은 한 반에서 괴롭힘을 당하는 학생들은 흔히 체구가 왜소하거나 지력이 약하거나 신체적으로 결함이 있는 학생들이다. 그러나 실제로는 그렇지 않다. 류따공은 매우 정상적인 사람이다. 그는 키가 175센티미터이고 균형 잡힌 몸매를 가졌으며 피부도 희고 오관도 단정하다…. 굳이 결함을 말하라면 다소 문약해보이고 말할 때 얼굴이 붉어지는 것이라고 할 수 있다.

류따공은 홀로 있을 때면 인동시 같은 아이들은 왜 자꾸 나를 괴롭히는지에 대해 생각해보곤 한다. (그들과 어울리기 싫어하는 건 정상적인 일이다. 서로 취미가 같지 않고 성격이 맞지 않으니 접촉을 적게 할 뿐이다. 유유상종이라고 하지 않는가? 문약하고 얼굴이 붉어지는 게 저들과 무슨 상관이람? 혹시 내가 이샤오창과 가까운 사이여서 그들의 심기를 건드린 건 아닌가? 그래서 그들이 이샤오창은 감히 건드릴 수 없으니 만만한 나한테 분풀이를 하는 걸까?) 이 세상에서 어떤 사람은 천성적으로 만만한 사람을 괴롭히기를 좋아하는 것 같다. 괴롭힐 대상이 없으면 그들은 찾아낼 것이다. 류따공이 아니어도 그들은 또 다른 류따공을 찾아내 괴롭힐 것이다. (내가 그렇게 만만한가?) 매번 여기에 생각이 미칠 때마다 류따공은 가슴 가득 차오르는 울분을 참을 수 없었다. 끓어오르는 사내아이의 혈기 때문에 그는 스스로 감정을 억제할 수 없었다.

그들과 싸울까 생각도 해보았지만 그에게는 필사적으로 달려들어 싸울 용기가 없었다. 그들은 불량해서 멋대로 행패를 부리며 음흉한 마음을 품고 매일 남을 어떻게 괴롭혀야 즐거움을 느낄 수 있을지 하는 생각만 하고 있다. 류따공이 어찌 그럴 수 있겠는가? 다른 사람과 손찌검을 하는 따위의 일은 제쳐두더라도 어찌 성명서를 써서 게시판에 내다 붙일 수 있었겠는가? 류따공의 사촌형이 스타가수라는 소문이 나게 된 것도 전적으로 그들에게 떠밀려서 그렇게 된 상황이 아닌가!
두 달 전 어느 날 이샤오창이 류따공에게 말했다.
"그 소식 들었어? 팡샤오가 우리 동네 근처로 이사 왔대."
"어디 사는데?"
류따공에게도 그건 가슴 설레는 굿뉴스였다.
"신신화원(新新花園)이래."
"우리 동네에서 두 건물 건너구나!"
"그렇지! 이제 인동시 그 자식들 코를 납작하게 만들어줄 수 있게 됐어."
"무슨 뜻이야?"
류따공은 이샤오창의 말뜻을 알아듣지 못하였다.
"생각해 봐! 인동시는 아빠가 공연회사에 다닌다고 툭하면 시시껄렁한 공연입장권을 반으로 가져와 자랑을 하잖아. 뭐 이 배우는 자기 아빠의 친구이고, 또 저 가수는 자기 아빠와 호형호제 하는 사이라면서 말이야. 이젠 잘됐어!"
"그런데 팡샤오가 우리와 무슨 관계가 있다고 그래?"
류따공은 여전히 알아들을 수 없었다. 이샤오창은 류따공의 머리를 어루만지면서…
"너 머리가 잘못 된 거 아니지?"
라고 말했다. 류따공이 본능적으로 이샤오창의 손을 밀어내면서
"할 말이 있으면 해. 남의 머리 만지지 말고."
라고 말했다. 그는 자신이 이샤오창의 생각을 따라가지 못한다는 걸 속으로 잘 알고 있었다. 이튿날부터 류따공과 이샤오창에게는 한 가지 좋

은 습관이 더 생겼다. 그것은 저녁식사 후 신신화원 아파트단지 앞 가로수 길에서 산책하는 것이었다. 저녁식사 후 산책하러 나오는 사람은 대다수가 어른들이었다. 그중에서도 할아버지와 할머니가 많았다. 류따공과 이샤오창처럼 젊은 사람은 극히 적었다. 산책을 시작하여 나흘째 되는 날 마침내 산책을 나온 팡샤오와 마주쳤다. 사실 산책이라기보다는 손님을 배웅하러 좀 멀리 나온 것이었다.

비록 같은 동네에 살고 있지만 신신화원은 유명인사와 부자들이 사는 동네로서 등나무줄기로 꽉 찬 철책에 둘러싸여 있었다. 철책 안은 푸른 잔디에 덮여 있다. 류따공과 이샤오창이 사는 일반 아파트는 아예 비교조차 되지 않았다. 그들은 오로지 팡샤오와 같은 가로수 길을 걸을 자격만 있을 뿐이다.

"빨리 봐봐, 저기에 있는 사람이 팡샤오야!"

이샤오창이 류따공의 어깨를 툭 쳤다. 류따공이 눈여겨보면서

"너무 평범한데…"

라고 말했다. 그날은 매우 더웠다. 길옆 아카시아나무 위에서는 매미가 울고 있었다. 팡샤오는 검은 색 티셔츠에 바둑판무늬의 헐렁한 반바지 차림이었는데 발에는 슬리퍼를 끌고 있었다. 그의 옆에는 친구인 듯한 사람이 두 명 있었는데 모두 남자였다. 한 사람은 양복차림에 구두를 신고 있었으며 머리가 번지르르한 뚱뚱한 중년 남자였다. 아마도 그의 매니저인 것 같았다. 다른 한 사람은 장발머리를 어깨까지 길게 늘어뜨렸으며 작은 쪽까지 진 것이 예술가 같았다.

이샤오창은 류따공을 끌고 잰걸음으로 다가갔다. 팡샤오에게까지 10미

터 정도 떨어진 곳에 이르러서 이샤오창은 걸음을 늦추었다. 팡샤오의 두 친구가 길가에 세워둔 자동차에 탄 뒤 팡샤오가 뒤돌아서서 걸어오고 있었다. 두어 걸음 걷던 그가 갑자기 몸을 위로 솟구치며 손을 뻗어 머리 위 아카시아나무 잎을 만졌다. 그리고 땅 위에 떨어졌을 때는 손에 나뭇잎들이 쥐어져 있었다.

류따공과 이샤오창이 팡샤오와 마주쳤다. 이샤오창이 열성적이면서도 적절하게 팡샤오에게 고개를 끄덕여 보이고 말했다.

"팡샤오 씨, 안녕하세요. 우리는 모두 팡샤오 씨의 노래에 탄복해서 너무 좋아하고 있어요."

가수로 얼굴이 많이 알려진 팡샤오를 길에서 알아보는 사람이 있는 것은 아주 정상적인 일이다. 그래서 식견이 넓고 경험이 많은 팡샤오도 머리를 끄덕이고 미소를 지으면서

"안녕하세요, 감사합니다!"라고 인사를 받았다.

"우리는 요 옆 따화제중학교 학생들이에요. 저는 이샤오창이고 얘는 류따공이에요."

팡샤오가 고개를 끄덕였다.

잠깐 멈춰 섰다가 이샤오창이 류따공을 끌고 팡샤오 옆으로 지나갔다. 류따공은 저도 모르게 고개를 돌려 팡샤오의 뒷모습을 바라보았다. 방금 전 이샤오창이 팡샤오와 말을 주고받을 때 류따공은 마치 꿈을 꾸고 있는 것 같은 표정으로 멍청하게 서 있었다. 말도 나가지 않았고 다리도 움직여지지 않았다. 스타가수에게서 후광이 뿜어져 나오는 것 같았다. 그리고 그 후광 속에 있는 모든 사람이 자발적인 능력이 사라지는 느낌이었

다. 팡샤오가 멀어진 뒤에야 류따공은 정상상태로 돌아왔다. 그는 이샤오창에게 탄복하지 않을 수 없었다. 그러면서도 그는 만족스럽지 못하였다. 어렵게 스타가수와 마주쳤는데 그저 인사만 건네고 말다니 나흘간의 기다림이 헛된 일이 된게 아닌가…

"왜 얘기를 좀 더 하지 않았어?"

류따공이 중얼거리면서 물었다.

"혹시 너도 긴장한 거니?"

류따공은 이샤오창도 자기와 같은 느낌이길 바랐다. 그렇잖으면 이샤오창은 정말 세상물정에 너무 밝은 사람이라고 할 수 있었다.

"나는 너 같은 샌님이 아니야. 그렇다고 다른 사람의 미움을 살 건 없잖아. 알겠니?"

"가수도 사람이야. 그들도 정상인의 삶을 살고 싶을 거잖아. 무대 위에서 관중들의 박수갈채와 꽃다발을 받고 많은 사람들에게 에워싸여 사인을 해주고 같이 사진을 찍어줘야 해. 그러나 집에 돌아와서도 온통 박수소리와 환호소리가 귓가에 쟁쟁하고 팬들이 뒤쫓아 오고 하면 그들은 견딜 수 없을 거야. 가수들은 시끌벅적한 걸 좋아하지만 또 조용한 것도 좋아해. 그가 박수갈채를 받기를 원할 때 냉대를 받게 되면 기분이 좋지 않을 거야. 그가 조용히 있고 싶을 때 방해를 받거나 하면 귀찮아할 거잖아…." 이샤오창이 설명하였다.

그때부터 팡샤오가 문밖에 나서면 이따금씩 귀엽고도 예의 바른 두 남학생이 그 꽁무니를 쫓아다니면서 그와 두어 마디씩 이야기를 주고받곤 하였다. 그 학생들은 사리분별도 잘해 가수가 친구들과 같이 있는 걸 보면 알아서 다가가지 않았다. 가끔 팡샤오에게 사인을 부탁하거나 하면 팡샤오도 흔연히 들어주곤 하였다. 전 반의 3분의 1이 되는 학생이 그 덕을 보았다.

그렇게 되자 반에 소문이 나기 시작하였다. "이샤오창과 류따공이 팡샤오와 친하다"는 소문이었다.

그 며칠은 인동시의 기고만장하던 기세가 적잖게 수그러들었었다.

어느 날 인동시가 반에서 류따공을 대놓고 따돌리면서 이샤오창까지 함께 묶어서 따돌렸다. 류따공을 대할 때 인동시는 전혀 거리낌이 없었다.

"우리 반에서 제일 불쌍한 건 류따공이다. 학부모도 무능하고 본인도 별다른 재능이 없다. 그러니 남의 뒤꽁무니나 따라다닐 수밖에…"

그 말을 할 때 류따공과 이샤오창이 모두 그 자리에 있었다. 인동시가 어느 정도로 오만방자한 지를 알 수가 있다. 뒤꽁무니나 쫓아다닌다는 것은 류따공이 팡샤오의 뒤꽁무니를 쫓아다닌다는 건지 이샤오창의 뒤꽁무니를 쫓아다닌다는 건지는 알 수 없었다. 그게 누구건 관계없이 이런 말은 분노를 자아낸다.

류따공이 미처 분노하기도 전에 이샤오창이 먼저 분노를 터뜨렸다. 이샤오창의 분노는 일반 사람들의 것과는 달랐다. 그는 미소를 머금고 분노를 말할 수 있다. 지금 그는 미소를 머금은 채 고개를 갸우뚱하고 창문에 대고 마치 혼잣말을 하는 것처럼 말하기 시작하였다. "만약 사람이 겸허하여 무능하다는 평가를 듣는다면 허풍을 떨기 좋아하는 사람들은 죄다 영웅이요, 모범이 될 게 아닌가. 세상에 이런 도리는 없는 것 같다…."

인동시는 깜짝 놀랐다. 그는 바로 그런 사람이다. 그들은 약한 사람을 보면 가슴에 화가 치민다. 그래서 자주 조롱하고 괴롭히지 않으면 다른 사람에게 미안하고 자기 마음도 균형을 잡을 수 없는 것 같았다. 베이징 토박이말로 표현하면 "나약한 사람을 만나면 화를 억누르지 못한다"라는 것이다. 그들은 류따공과 같은 사람을 괴롭히기를 밥 먹 듯 했다. 그가 류따공을 함부로 괴롭힐 수 있는 것은 류따공이 그를 어떻게 하지 못할 것임을 알기 때문이다. 그런데 생각밖에 "차질이 생긴 것"이다.

인동시가 이샤오창을 무서워하는 것은 아니지만 이샤오창을 만만히 볼 수는 없었다. 그는 "류따공이 허풍을 치고 싶어도 그 애에게 그럴만한 밑천이나 있는지 물어봐."

라고 비웃었다.

"그 애에게 그럴 밑천이 있는지는 알 수 없지만 팡샤오가 그 애 사촌형이라는 건 내가 알고 있지. 팡샤오만한 밑천이 어디 있을까…"

라고 말하면서 이샤오창이 냉소를 머금었다.

"어느 팡샤오 말이니?"

"그거야 물론 가수 팡샤오지!"

인동시는 어리둥절해졌다. 교실 안에 있던 아이들도 모두 어리둥절해 했다. 류따공도 어리둥절해졌다. 류따공은 그 자리에서 이샤오창을 반박할 만큼 어리석지 않았다. 그러나 속으로는 몰래 놀라고 있는 중이었다. 이샤오창이 왜 그런 말을 한 것일까!

인동시가 반신반의하면서 물었다.

"허풍이지?"

"믿거나 말거나."

이샤오창이 대수롭지 않다는 표정을 지었다.

"팡샤오가 뭐 대단하냐!"

말은 이렇게 하였지만 인동시는 벌써 한 풀 꺾여 있었다.

"류따공이 팡샤오네 집에 가는 건 친척 방문이거든. 넌 팡샤오 네 집 문이 어디 붙었는지도 모르잖아…"

이샤오창이 숨 쉴 틈을 주지 않고 맹공격하였다. 반 아이들이 와~하면서 그들을 에워쌌다. 그들은 마치 류따공을 처음 보는 것 같았다.

"정말이야? 왜 얼른 말하지 않았어?"

류따공이 어색하게 웃었다. 이때는 아무렇게 웃어도 잘못이 없었다.

이샤오창은 자기 '전투성과'를 계속 확대해나갔다.

"잘 들어!"

이 대목에서 이샤오창은 일부러 말을 끊더니 류따공에게 물었다.

"말해버릴까?"

류따공은 이샤오창이 이제부터 무슨 말을 하려는지 전혀 알 수 없었다. 그러나 그는 이샤오창을 신뢰할 수 있었기 때문에 태도표시를 하지 않았다. 이샤오창이 류따공의 의견을 구한 것도 그냥 형식이었을 뿐 말을 계속하였다.

"팡샤오의 진짜 이름은 손팡샤오야. 그 아빠가 손 씨이고 엄마는 팡 씨야. 류따공의 엄마도 팡 씨 거든. 그 언니가 팡샤오의 엄마야. 다시 말하자면 류따공의 엄마가 팡샤오의 친 이모라는 거야…"

그가 팡샤오의 가족사에 대해 이렇게 설명하자 사람들 마음속에 얼마

남아있지 않던 의혹까지 깡그리 사라져버렸다.

방과 후 류따공이 이샤오창을 운동장으로 끌고 가서 물었다.

"너 왜 그랬어?"

"나도 처음엔 그럴 생각은 아니었어. 인동시가 기고만장하는 꼴 못 봤어? 걔가 널 그렇게 괴롭히는데 넌 참을 수 있어?"

"그렇다고 거짓말 하면 어떡해?"

"그게 뭐 어때서? 난 걔들이 믿지 않을까봐 걱정이야. 믿으면 이긴 거니까! 넌 날 원망할 게 아니라 감사해야 해."

"뭐라고? 감사하라고?"

이샤오창이 한숨을 쉬면서 이해한다는 표정을 지으며 말했다.

"류따공, 잘 들어. 네가 왜 자꾸 억울하게 당하기만 하는지 알아? 머리를 쓰지 않기 때문이야!"

류따공은 할 말이 없었다.

"별 일 없겠지?"

이샤오창이 웃었다.

"무슨 일? 무슨 일이 있겠니? 우리가 뭐 나쁜 일 한 것도 아니고. 넌 너무 소심해!"

그날부터 류따공은 학교에서 사람들이 먼발치에서 손가락질하면서 수군거리고 있는 걸 발견하였다. 그들이 그와 팡샤오의 관계를 두고 수군거리고 있다는 걸 그는 알고 있었다. 류따공의 귀에 이따금 몇 마디씩 날아드는 말 중에 가장 많은 한 마디가 바로 "그러고 보니 정말 닮은 것 같기도 하네."라는 말이었다.

팡샤오가 류따공의 사촌형이라고 한 상황은 류따공에게 아무런 실질적인 이득을 가져다주지 못하였다. 대신 실질적인 손해는 확실하게 나타났다. 교실로 돌아온 류따공을 반 아이들이 둘러쌌다. 인동시도 느물거리며 목을 길게 빼들고 물었다.

"무슨 일인야? 교장선생님이 너에게 뭐라시던?"

류따공은 머리만 가로저으며 대답하지 않았다. 인동시가 입을 비죽거리며 말했다.

"그만 물어. 류꽁즈에게 불행이 닥쳤어. 류꽁즈의 시세가 올랐어! 감히 학교 유리를 깨뜨리다니. 간덩이가 부었지! 쌤통이다."

"유리 깨뜨린 일은 언급도 하지 않으셨어!"

류따공은 더 이상 참을 수 없어 말했다.

"누굴 속여?"

라고 말하며 인동시가 목을 길게 빼들고 소리쳤다.

"류꽁즈 끌어왔!"

모두가 재미가 없는지 호응하는 웃음소리도 들리지 않았다.

"교장선생님이 왜 찾았는데? 귀띔이라도 좀 해줘. 너 낯빛을 보니 무슨 좋은 일은 같지 않은데?"

몇몇 친절한 녀석들이 계속 캐물었다. 류따공은 할 말이 없었다. 모두가 흩어진 뒤 이샤오창이 류따공에게 다가가 나지막한 소리로 물었다.

"대체 무슨 일이니?"

수업종소리가 울렸다.

"수업 끝난 다음 얘기하자."

"유리를 깨뜨린 일 때문에 그래?"

"아니…"

"그럼 무슨 일이니?"

"한 마디로 설명할 수 없어…"

수업시간 내내 류따공은 안절부절못하였다. 그는 속으로 이샤오창보다 훨씬 더 초조하였다. 어서 빨리 이샤오창을 만나 얘기를 해야 겠다는 마음 뿐이었다.

겨우 수업이 끝나기를 기다려 류따공이 이샤오창에게 눈짓을 하였다. 말하지 않아도 눈빛만으로도 서로 잘 통하는 사이인 두 사람은 보일러실 뒤쪽 구석진 곳으로 갔다. 류따공은 교장선생님이 자기를 찾은 보든 경과에 대해 재빠르게 말했다.

"그래서 넌 어떻게 하려고?"

이샤오창이 류따공의 눈을 빤히 들여다보았다.

"어떻게 할지 모르니 너랑 의논하는 거잖아."

이샤오창이 손바닥으로 머리를 치며 한참을 생각하더니 말했다.

"나 방법 있어. 너는 팡샤오를 찾아가서 학교로 와서 예술축제에 좀 참가해달라고 부탁하는 거야."

"그 사람이 올 리 있겠어! 틀림없이 동의하지 않을 거야!"

"그 사람이 동의하지 않을지 네가 어찌 알아! 일은 사람 하기에 달린 거야! 많은 일은 얼핏 보기엔 어려워 보이지만 정작 대담하게 해보면 성공할지도 모르는 거야! 너에게만 얘기하는데 그때 우리 아빠가 우리 엄마와 연애할 때 그들은 대학에 다닐 때였대. 우리 엄마는 아주 우월한 조건을 가지고 있었대. 우리 외할아버지는 대학 교수였고 우리 엄마는 또 대단한 미인이셨대. 많은 남학생들이 다 우리 엄마를 좋아하면서도 감히 입을 떼지 못했대. 그때 우리 아빠는 가난하고 아주 평범하게 생긴 학생이었대. 스포츠 스타도 아니고 연예계 스타도 아니었대. 조건만 따져보면 아빠는 엄마에게 많이 기우는 사람이었다. 그런데 어찌 됐는지 알아. 아빠는 대담한 사람이었어. 그래서 엄마를 찾아가 고백한 거야. 어떻게 됐을까?… 성공한 거지…" 이샤오창이 보는 듯이 생동하게 이야기하였다.

"너의 아빠와 엄마가 연애할 때 네가 옆에 있었어? 서 있었어, 앉아 있었어?"

"농담 하는 거 아니고. 그렇다는 도리를 말하고 있는 거야."

"아니면 네가 가서…"

류따공은 여전히 자신이 없었다.

"네가 가. 그 사람은 너의 사촌형이야. 내 사촌형이 아니거든! 네가 가. 이 또한 너의 일처리능력을 단련시킬 수 있는 기회이기도 해!"

류따공이 눈을 들어 이샤오창을 힐끗 쳐다보곤 속으로 생각하였다. (너 때문에 이런 불행한 일이 생겼는데 이제 위험이 닥치게 되니 왜 나만 앞으로 내모는 거야!) 그런데 입가까지 나온 말을 끝내 하지 못하였다.

"아무 사이도 아닌데 그 슈퍼 스타가수를 중학교 문화예술축제에 초청한다는 것은 아라비안나이트에 나오는 요술램프가 있는 것도 아닌데 가능한가?"

류따공이 말했다.

"슈퍼 스타가수가 중학교에 오는 게 뭐 어때서? 우리 아빠가 그러셨는데

그들이 중학교에 다닐 때는 국가 지도자가 늘 학교를 방문해 학부모회의를 열기도 하였대. 가수가 뭐가 대단하다고 중학교를 방문하는 게 억울할 일일까?"

말하다 보니 이샤오창은 저도 모르게 의분이 치밀었다. 류따공은 이샤오창의 말이 엉뚱한 곳으로 흐른다는 생각이 들었다. 그래서 그의 말허리를 잘랐다.

"만약 오지 않으면?"

"오지 않으면 교장선생님에게 그가 일이 바빠서 도무지 올 수 없다고 말하면 되지."

"그럴 거면 차라리 지금 말하는 게 나아!"

이샤오창은 표정이 굳어졌다.

"류따공! 당신은 정말 류 따꽁즈이십니다! 당신은 정말 대단한 류 씨 가문의 도련님이십니다! 넌 누가 밥을 떠먹여주기를 기다릴 줄밖에 모르지! 하늘에서 떡이 뚝 떨어지는 일이 어디 있니. 무슨 큰 벼슬을 하는 부모가 있는 것도 아니고 순전히 일반 서민이면서 스스로 노력하지 않고 누구에게 의지하려는 거야?"

류따공은 아무 말도 하지 않았다. 그는 아무 말도 하고 싶지 않았다.

또 수업종소리가 울렸다. 둘은 모두 딱딱한 얼굴로 교실로 돌아갔다.

이샤오창의 마지막 한 마디가 류따공의 가슴을 아프게 찔렀다. 그 말은 일리가 없는 말은 아니지만 마치 바늘로 아픈 상처를 헤집는 것처럼 아팠다. 그는 큰 바위가 가슴을 짓누르고 있는 것처럼 답답하였다. 심장이 평소처럼 자유롭게 뛰지 않았다.

자기 부모에 대해 다른 사람 앞에서 말하는 것이 류따공은 창피했다. 아빠는 신문을 배달하는 일을 하신다. 그러나 우편국 직원은 아니시다. 그는 한 신문사 배달부일 뿐이다. 한 가지 신문만 배달하신다. 아빠는 계단을 뛰어 오르내리며 집집마다 다니면서 신문을 배달하신다. 그 신문이 사람들에게 인기가 있는 신문이긴 하지만 아빠는 그 신문사 편집자도 아니고 기자도 아니다. 아빠가 어디서 일하느냐고 누가 물으면 류따공은 그냥 신문사에서 일한다고만 대답하곤 한다. 그래서 기자냐고 물으면 류따공은 행정업무를 담당하고 있다고 대답한다…. 엄마는 한 출판사에서 교정보는 일을 하신다. 일이 고되고도 단조롭다. 엄마는 무슨 영문인지 집에 돌아와서도 인상을 펼 줄 모르셨다. 항상 직장에서 크게 억울함을 당한 것 같은 얼굴을 하고 계셨다.

중학교 3학년 때 류따공이 『영혼을 위한 닭고기 수프』라는 책을 가져다 엄마에게 주면서 "엄마, 심심풀이로 보세요. 다른 각도에서 삶을 바라보면 삶이 빛이 난대요."라고 말하였었다. 그런데 엄마가 "됐어! 엄마가 하루 종일 교정지를 들여다보고 와서 머리가 터질 것 같은데 저녁에까지 책을 보라고! 너 공부나 잘해 명문대학에 붙는 게 무엇보다도 낫다."라고 말씀하시는 것이었다. 류따공이 "엄만 매일 그렇게 많은 책을 보고 있으니 정말 많은 지식을 쌓았겠죠?" 라고 물었다. 그러자 엄마가 쓴 웃음을 지으면서 말씀하셨다. "나는 왼손에는 원고를 들고 오른 손에는 교정지를 들고 교정지가 원고 내용과 같은지 같지 않은지를 맞춰봐야 할 뿐 아니라 잘못된 글자가 없는지도 살펴야 하는데 책 내용에 대해 신경 쓸 겨를이 어디 있겠니! 그저 대체적인 내용만 알 수 있을 뿐이야."

류따공 네 가정형편은 가난한 편이었다. 다른 건 둘째치고라도 컴퓨터만 놓고 봐도 다른 집 컴퓨터는 벌써 업그레이드 된 고급제품으로 교체를 진행한 지 오래지만 류따공이 쓰는 건 여전히 외삼촌이 쓰다가 버린, 인터넷 접속도 안 되고 DVD도 볼 수 없으며 노래도 들을 수 없는 컴퓨터로 불리는 '타자기'일 뿐이었다.

## 제3장

## 몽유(夢遊)

체조시간에 류따공은 교무처로 불려갔다. 그 성명서을 들고 와서 선생님에게 유리를 깨뜨린 경과를 설명하였다.

"성명서를 붙인 건 잘못입니다. 물론 제가 유리를 깨뜨린 것도 잘못입니다. 유리 값은 제가 배상하겠습니다. 하지만 학교에서 성명서를 붙인 자를 색출해주시길 바랍니다. 주요 책임은 그 자에게 있으니까요."

류따공은 될수록 평온하게 말했다. 교무처 여자선생님이 냉소적으로 말했다.

"너 참 대단하구나. 유리를 깨뜨리다니. 너의 집 유리에 뭐가 묻었다고 넌 유리를 깨뜨리니?"

류따공은 감히 대꾸를 하지 못하였다. 진리는 보통 선생님이 쥐고 있다고 이샤오창이 말하였던 적이 있다. 선생님의 조소와 풍자가 끝나고 어조도 누그러들었다.

"됐어. 잘못한 걸 알았으면 됐어. 배상이나 해!"

오후 방과 후에 게시판 유리가 맞춰져 있는 것을 본 류따공은 마음이 놓였다. 집으로 돌아온 류따공은 서둘러 저녁을 먹고서 신신화원 대문 앞 가로수 길에서 왔다갔다 거닐면서 팡샤오가 대문어귀에 나타나주기를 기다렸다… 한 시간이 지났다. 그런데 팡샤오는 그림자도 보이지 않았다. 그가 타고 다니는 지프도 보이지 않았다. 혹시 외지에라도 간 건아닐까?

이샤오창이 나타나 류따공과 합류하였다. 그리고 아무 말도 없이 따라서 걷기만 하였다. 류따공은 친구의 따스함을 느꼈다.

또 한 시간이 지나갔다. 여전히 아무 소득도 없었다. 류따공과 이샤오창은 집으로 돌아갔다. 아직 해야 할 공부가 많았으니까.

그날 밤 류따공은 꿈을 꾸었다.

팡샤오가 그의 집에 왔다. 손님으로 온 것이다. 과분한 총애를 받은 류따공은 깜짝 놀랐다. 그는 팡샤오에게 찻물을 따라주려고 서둘렀다. 유리컵을 집어 들고 보니 컵이 깨져 있었다. 왕창 깨진 것이 아니라 컵 밑굽에 무수히 많은 금이 서려 있었다. 류따공은 서둘러 다른 컵으로 바꿨다. 그런데 그 컵도 깨져 있었다. 다만 밑굽이 아니라 컵 주둥이가 깨져 있었다. 류따공이 고개를 돌려서 보니 팡샤오는 이미 보이지 않았다. 엄마에게 물었더니 엄마는 “그 사람이 누군지 낸들 아냐?”라고 말씀하시는 것이었다. 류따공이 강가로 나갔는데 많은 사람들이 모여서 떠들고 있었다.

팡샤오가 물에 빠진 것 같다면서. 류따공은 앞뒤 잴 새도 없이 물에 뛰어들어 팡샤오를 찾아 헤맸다. 모든 사람이 갑자기 강기슭에서 웃음을 터뜨렸다. 류따공이 고개를 돌려 보니 팡샤오가 강기슭에 서 있었다. 옷이 젖어있지도 않았다. 류따공이 급한 나머지 큰 소리로 외쳤다.

"어떻게 그럴 수 있어요?" 그는 속으로 너무 괴로웠다. 그런데 그 소리는 자기 스스로도 똑똑히 알아들을 수 없었다….

류따공은 그러다가 잠에서 깼다. 머리가 빠개지는 것처럼 아팠다.

…

이튿날 류따공은 또 저녁 내내 가로수 길에 나서서 기다렸다. 그러나 여전히 아무 성과도 얻지 못하였다.

"그때 전화번호라도 받아두었으면 좋았을걸."

이샤오창이 말했다.

"전화번호 달라 한다고 줬겠어?"

류따공이 경비아저씨에게 다가가 물었다.

"아저씨, 팡샤오가 돌아오는 걸 보셨어요?"

경비아저씨가 무뚝뚝하게 대답하였다.

"몰라."

"그 사람 몇 동 몇 호에 사는지 아세요?"

"몰라."

"제가 좀 들어갔다 와도 되겠어요?

그 사람에게 급한 볼 일이 있어서 그래요."

"전화해."

"전화번호를 몰라서 그래요."

"전화번호도 모르는 사이면 더 안 돼."

사흘째 되는 날 아침까지도 팡샤오는 모습을 드러내지 않았다. 교장선생님이 담임선생님에게 류따공이 "사촌형을 초청하는 일"의 진척에 대해 물었다. 류따공은 속이 타 죽을 지경이었다. 이샤오창이 류따공에게 방법을 알려주었다. 팡샤오에게 편지를 쓰라는 것이었다. 신신화원 팡샤오 앞이라고 밝히면 십중팔구는 받아볼 수 있을 것이라고 하였다.

류따공은 즉각 편지를 썼다. 그리고 특별히 집 전화번호까지 적어 편지 봉투를 '노란 모자' 우체함 속에 넣었다. 그러면 당일로 편지가 도착할 수 있을 것이다.

또 사흘이 지나갔다. 여전히 회답이 없었다. 류따공은 교장선생님에게 뭐라고 말해야 할지 고민하기 시작하였다. (아프다고 할까, 아니면 외지에서 아직 돌아오지 않았다고 할까. 그런데 만약 교장선생님이 다음에 무슨 축제 때 또 찾으면 어떡하지? 차라리 그런 사촌형이 없다고 솔직하게 말씀드리면 모두 해결될 것인데.)

"너 죽고 싶어? 어떻게 그런 생각을 할 수 있어! 그리 되면 넌 학교에서 영원히 머리를 쳐들고 다니지 못할 거야. 너 때문에 나까지도 곤란하게 될 거야!"

이샤오창은 낯빛이 달라지며 소리를 질렀다.

류따공은 "죽고 싶지도" 않았고 이샤오창까지 곤란하게 만들고 싶지도 않았다. 팡샤오를 초청하는 일 때문에 류따공은 무거운 바위가 가슴을 짓누르고 있는 것처럼 답답하였다.

저녁밥을 먹을 때 집 전화벨소리가 울렸다. 흠칫 놀란 류따공은 바로 달려가 전화를 받았다. 이샤오창의 전화였다. 류따공과 중요하게 의논할 일이 있으니 십분 뒤에 가로수 길에서 만나자고 하였다. 팡샤오의 소식이 있는 게 틀림없었다. 류따공은 서둘러 저녁밥을 먹은 뒤 이샤오창과 만나기로 한 장소로 쏜살같이 뛰어갔다.

이샤오창이 조롱기 어린 말투로 말했다.

"너 요즘 점점 어른이 돼가는 것 같구나."

"무슨 뜻이니?"

류따공이 어리둥절해서 물었다.

"얘기해봐. 그 성명서는 대체 누가 쓴 거니?"

"무슨 성명서?"

"시치미 떼지 말고. 넌 시치미를 떼도 티가 나거든."

"게시판에 붙어 있던 성명서를 말하는 거니?"

"그거 말고 뭐 다른 성명서가 또 있겠니! 물론 그 성명서지."

"얘기했잖아. 난 모른다고. 그날 너에게도 물어봤었잖아…"

"너 정말 모르는 거니?"

"정말 몰라. 빨리 말해봐. 누가 그랬는지?"

"거참! 이상한데. 설마 학교 경비실 송 씨 할아버지가 잘못 본 것일까?"

이샤오창은 류따공의 눈을 뚫어지게 바라보았다. 그 눈에서 자그마한 틈이라도 찾아내려고 하였다.

"대체 어떻게 된 일이니? 송 씨 할아버지와는 무슨 상관인데?"

"너 솔직하게 말해야 해. 그 성명은 네가 써서 직접 갖다 붙인 거지?"

"뭐라고? 내가 썼다고? 내가 직접 갖다 붙였다고? 너 잠꼬대 하는 거지!"

그러나 이샤오창은 아무 말도 하지 않았다.

그는 한참 생각하더니 말했다.

"그렇다면 그게 헛소문이구나. 내가 생각해도 말이 안 되는 것 같아. 됐어! 아무 것도 아냐."

"아무 것도 아니긴 뭐가 아냐. 내가 갖다 붙였다고 누가 그러는데?"

"송 씨 할아버지가 그러시더라. 그날 이른 아침 6시가 좀 넘어서 날이 채 밝지 않아 어둑어둑한데 네가 학교에서 걸어 나오는 걸 봤다고 하셨어. 왜 이렇게 일찍 학교에 나왔냐고 아저씨가 너에게 묻기까지 하였다더라. 그런데 넌 본체만체하더래. 아저씨는 별로 개의치 않고 네가 걸어 나가는 것을 보고 있었대… 말해봐. 그날 학교에 뭐 하러 갔었어?"

류따공은 깜짝 놀라 눈이 휘둥그래졌다.

"내가 뭐 하러 학교에 가? 그날 난 애초에 학교에 간 적이 없어. 틀림없이 사람을 잘못 보신 거야. 그래. 그 자가 성명을 갖다 붙인 자일 수도 있겠다."

"일 리가 있는 말이야."

이샤오창이 머리를 끄덕이면서 말했다. 집으로 돌아온 류따공은 시무룩해 있었다.

아빠가 그에게 어딜 다녀오느냐고 물었다. 그는 짜증스레 대답하였다.

"아이참, 잠깐 나갔다 왔는데 뭘 물어 보세요. 내가 뭐 나쁜 일을 하고 온 것도 아닌데."

"나쁜 일을 하고 온 게 아니면 묻지도 못하니. 넌 아직 미성년자야. 참, 나원!"

엄마가 옆에서 나무라기 시작하였다.

"이샤오창에게 수학문제를 물어보러 갔었어요. 됐어요?"

라고 말하면서 류따공은 자기 방에 쑥 들어가 버렸다.

"넌 밖에선 꼼짝 못하면서 집에 들어와서는 큰소리치는 구들장군이야!"

엄마가 등 뒤에다 대고 소리쳤다. 류따공은 가슴이 답답하여 마음을 가라앉히고 공부를 할 수가 없었다. 그래서 책상 서랍을 열어 그 안의 잡동사니들을 손이 닿는 대로 만지작거리기 시작하였다.

그러다가 그는 작은 열쇠를 발견하였다. 작은 잠금쇠를 여는 열쇠였는데 여행용 트렁크에 달린 잠금쇠 열쇠였다. 그 잠금쇠는 네모난 구리 잠금쇠여서 제법 묵직하였다. 그 열쇠는 항상 잠금쇠에 끼워두고 있었다. 그런데 지금은 열쇠만 있고 잠금쇠는 보이지 않았다. 류따공은 서랍 안을 뒤지기 시작하였다. 그러나 서랍 안을 구석구석 다 뒤져보았지만 잠금쇠는 그림자도 보이지 않았다. 류따공은 한참 멍해 있었다. 허전한 느낌이 가슴을 가득 메웠다. 갑자기 무슨 생각이 들었는지 류따공은 컴퓨터를 켰다. 그 컴퓨터는 타자기능밖에 없는 거나 마찬가지여서 그는 평소에 별로 쓰지 않았다. 며칠 전 팡샤오에게 보낸 편지도 손으로 직접 썼었다.

파일을 열자 모니터 아래쪽에 나타난 목록을 보고 류따공은 놀라서 그만 굳어져버렸다! 거기에 중요 성명서라는 몇 글자가 적혀 있는 것이 아닌가! 류따공이 그걸 클릭해서 열어보니 류따공에게 분노를 참지 못해 유리까지 깨뜨리게 했던 그 성명서 전문이 그의 앞에 펼쳐지는 것이었다.

류따공은 깜짝 놀랐다. 그는 그것이 아빠나 엄마가 썼을 것이라는 의심은 절대 하지 않았다. 그럴 리가 없기 때문이다! 그들이 그의 컴퓨터를 건드릴 리가 없을 뿐 아니라 학교에서 일어난 일을 알 리가 없으며, 또 학교로 가서 그런 성명서를 붙일 리는 더더욱 없기 때문이었다.

방금 전에 이샤오창이 한 말은 근거가 있는 말일 수도 있었다. 순간 류따공은 당황하여 어찌 할 바를 모를 지경이었다. 그는 지체할세라 그 길로 학교로 달려갔다.

학교 대문은 닫혀 있었고 작은 문만 열려 있었다. 류따공이 문으로 걸어 들어갈 때 문지기 송 씨 할아버지는 텔레비전을 보고 계셨다.

"할아버지, 텔레비전 보세요."

라고 류따공이 인사를 건넸다. 할아버지가 머리를 쳐들며 물었다.

"또 무슨 일로 학교에 왔니?"

류따공은 가슴이 철렁 내려앉았다. 그는

"별 일은 없어요. 그냥 산책 나왔다가 들렀어요."

라고 대답하였다.

"방과 후에는 학교에 들어오면 안 돼. 몰랐어?"

송 씨 할아버지는 계속 텔레비전에서 눈을 떼지 않고 있었다. 류따공이 또 물었다. "지난 월요일 아침에 할아버지는 제가 학교에서 나오는 걸 보셨어요?"

"학교에서 나오는 학생이 그리 많은데 대체 무슨 말을 하는 거니?"

할아버지의 얼굴에는 귀찮아하는 티가 역력하였다.

"그날 아침 아주 이른 시간에요. 6시가 좀 넘었을 거예요. 제가 학교에서 나가는 걸 보셨어요?"

할아버지가 몸을 돌려 류따공을 눈여겨보더니 말했다.

"얘, 류따공, 네가 학교에서 걸어 나갔으면 네가 알 일이지. 왜 나한테 와서 묻는 거야?"

"제가 나가는 걸 보셨는지 알고 싶어서요. 증명해줄 사람이 필요해요."
"뭘 증명해?"
송 씨 할아버지가 경계하는 기색을 보였다.
"저의 엄마가요, 제가 학교에 오지 않았다고 우기잖아요."
류따공은 거짓으로 둘러댔다. 송 씨 할아버지는 그제야 경계를 늦추며 숨을 내쉬었다.
"보았어. 학교엔 뭐 하러 왔냐고 묻기까지 했었지. 그런데 넌 들은 체도 않았어."
"혹시 사람을 잘못 보신 건 아니겠죠?"
"학교에서 무슨 잃어버린 거라도 있다더니?"
송 씨 할아버지가 다시 의심하기 시작하였다.
"아뇨, 아닙니다…."
류따공이 서둘러 대답하였다. 더 이상 묻지 않기로 하였다. 더 묻다가는 일이 복잡해질 것 같았다.
"할아버지, 게시판만 한 번 보고 나올게요. 신청 시간이 언제부터인지 보려구요."
게시판 앞에 이른 류따공은 잠금 쇠가 걸려 있던 곳에 눈길을 돌려 보았다. 거기에 잠금쇠는 없었다.
집으로 돌아온 류따공은 컴퓨터만 멍하니 바라보았다. 성명서를 붙인 게 그가 한 일이라면 그 본인은 왜 전혀 모르는 걸까? 어떻게 썼고, 어떻게 인쇄하였으며, 또 어떻게 집 문을 나서서 어떻게 학교 문을 들어갔으며, 어떻게 돌아왔는지 전혀 기억이 나지 않았다. 그 모든 것이 꿈속에서 완성한 것이 아니고서야 어찌 그럴 수 있단 말인가.

황당하고 우스꽝스러울 만큼 무서운 단어 — 몽유라는 단어가 머릿속에 떠올랐다. (류따공, 너 참 불쌍하구나!) 그러잖아도 팡샤오를 초청하는 일로 골치 아파 죽겠는데 그보다도 몇 백 배는 더 심각한 일이 기다리고 있을 줄이야. 어떡하지? 부모에게 알릴 수는 없었다. 이샤오창에게도 알릴 수 없었다. 다른 사람에게 알려서는 안 될 일이었다. 그건 감기몸살과는 다른 병이었으니까…

새벽 두시가 다 될 때쯤 그는 어렴풋이 잠이 들었다.

늦게 잠이 들었는데도 아침에 일찍 깼다. 한 번 잠에서 깨고 보니 다시 잠을 이룰 수 없었다. 류따공은 침대에 누운 채로 벽에 걸린 시계를 쳐다보았다. 6시 전이었다. 아빠가 침대에서 일어나는 소리가 들렸다. 아빠는 매일 아침 일찍 일하러 나가는데 오늘은 좀 늦은 것 같았다. 아빠가 정말 고생이 많다. 나도 공부를 잘 못하게 되면 아빠처럼 신문을 배달해야 하는 걸까? 류따공은 이런 생각들을 되는대로 하면서 겨우 6시 반이 되기까지 기다려 일어나 옷을 입고 세수하고 가방을 메고 집 문을 나섰다.

"이렇게 일찍 가는 거니?"

엄마가 물었다.

"학교에 일이 좀 있어서요."

"뭘 좀 먹었니?"

"배가 고프지 않아요."

엄마가 급히 주방으로 뛰어가 찐빵 하나와 두유 한 컵을 들고 문 앞까지 쫓아 나와 류따공의 손에 쥐어주었다. 평소에는 집에서 아침을 먹고 나오는 게 습관이 되어 있었다. 오늘은 엄마가 먹을 걸 그에게 싸준 것이다. 류따공은 갑자기 찐빵이 말랑말랑하고 두유가 따스하다는 느낌이 들었다. 류따공은 되돌아가서 먹고 나올까 잠깐 생각했으나 이미 나왔으니 도로 들어가기가 무엇하였다. 갑자기 그는 왜 이렇게 일찍 나왔을까 하는 생각이 들었다. 선생님과 학생들이 다 아직 오지 않았을 테니 아무도 찾을 수 없을 것이다. 교장선생님에게 찾아갈까? 가서 무슨 말을 하지?

류따공은 갑자기 현기증이 났다. 잠을 설쳐서일까 아니면 저혈당이어서일까? 그는 얼른 두유를 한 모금 마셨다.

류따공은 이건 일시적인 현상이어서 조금 지나면 괜찮아질 것이라고 스스로 위로하였다.

하루 종일 류따공은 흐리터분한 정신으로 보냈다.

학교가 끝나고 교문을 나서던 류따공은 갑자기 그 자리에 굳어져버렸다. 눈앞에서 총총걸음을 놓으며 지나가는 행인들을 보면서 그는 갑자기 스스로에게 물었다. 지금 나는 뭘 하려고 하는 거지? 어디로 가려고 하는 거지? 한참만에야 그는 생각이 났다. 집으로 가야 한다는 것을. 맞다! 집으로 가야지. 그런데 집에 가려면 어떻게 가야 하지?

류따공은 그 자리에 멍하니 서 있었다. 머릿속이 새하얀 게 아무 생각도 나지 않았다. 집에서 학교까지의 길을 그는 거의 5년을 걸었다. 학교에서 집까지의 길도 그는 거의 5년을 걸었다. 그런데 지금은 왜 한 번도 걸은 적이 없는 것처럼 전혀 기억이 없을까? 집으로 가려면 어떻게 가야 하는지 알 수가 없었다. 집 주소는? 집 전화번호는? 그는 주변의 기억부터 더듬기 시작하였다. 그는 한 주소가 어렴풋이 생각났다. 그건 그저 단순

한 주소였을 뿐 그 주소를 뒷받침해줄 수 있는 형상은 아무 것도 없었다. 아파트인지, 무슨 색깔인지, 주변에 어떤 상징물과 참조물이 있는지 전혀 생각이 나지 않았다. 주소는 맞는 것 같은데 어떻게 가야 하는지 왜 전혀 생각이 나지 않을까?

무슨 일이 일어난 걸까? 왜 이러는 걸까? 류따공은 너무 두려웠다!

침착하자! 침착해! 류따공은 속으로 두렵고 불안하여 눈물까지 났지만 나지막한 소리로 자신을 격려하였다.

류따공은 지나가는 중년 남자에게 다가가 말을 건넸다.

“아저씨, 화원로 북로 15번지로 가려면 어떻게 가야 해요?”

“나는 이곳 사람이 아니어서 잘 모르겠구나.”

그 중년남자가 고개를 가로저었다. 류따공이 실망한 눈빛으로 그 사람을 바라보았다. 그 자신이 외지인만도 못하다는 생각이 들었다. 외지인은 이곳에 집이 없지만 자기 집에 어떻게 가는지는 알고 있을 것이니까.

그는 또 어떤 중년 여자에게 물었다. 그 여자가 그에게 동쪽으로 가다가 두 번째 교차로에서 북쪽으로 굽어들어 가다나면 대형 마트가 보인다면서 거기서 멀지 않으니 거기까지 가서 다시 물어보라고 알려주었다.

두 번째 교차로까지 왔을 때 그는 어릴 적 일이 한 가지 생각났다. 아마도 예닐곱 살쯤 되었을까. 엄마가 그에게 반창고를 한 통 사오라고 시켰다. 그는 잊어버릴까봐 가는 내내 입속으로 되뇌면서 걸었다. 그러다가 동네의 한 할아버지와 마주쳤다. 그 할아버지가 물었다.

“따공아, 어디 가니?”

“반창고, 반창고…”

라고 외웠으니 대답이기도 한 셈이다. 그런데 얼마 안 가 류따공은 미끄러져 넘어졌다. 기어 일어났을 때 그는 갑자기 뭐 하러 가는지 잊어버리고 말았다. 그래서 되돌아서서 할아버지에게 쫓아와 물었다.

"할아버지, 나 뭐 사러 간다고 했죠?"

할아버지가 웃으면서 알려주었다.

"반창고 사러 간다고 하지 않았니? 애두 참!"

잊어버릴까봐 두려워하면 더 쉽게 잊어버리는가보다고 생각했다. 아마도 너무 긴장해서 그럴 것이다.

그 순간 류따공은 문득 정신이 들었다. 집으로 돌아가는 길이 머릿속에 떠오른 것이다. 집에 돌아가는 길을 찾아가야 할 필요가 있겠는가.

류따공은 온 몸이 땀에 흠뻑 젖었다. 그는 이건 일시적인 현상이니 괜찮아질 것이라고 스스로 위안하였다.

## 제4장
## 게임

류따공은 이튿날 학교가 끝났을 때도 전날과 똑같은 상황이 반복될 줄은 미처 생각지 못하였다. 집으로 돌아가고 싶은데 어디로 가야 할지 몰랐다. 류따공은 도저히 어찌할 방법이 없어서 몰래 심리상담 의사선생님을 찾아갔다. 류따공은 최근 학교가 끝나 집으로 돌아갈 때 집으로 가는 길을 모르는 자신의 "병세"에 대해 말했다.

의사선생님은 고개를 갸우뚱하고 눈을 휘둥그렇게 떴다.

류따공의 증세가 매우 이상하다는 표정이었다.

"가정폭력이 있었니?"

류따공이 어리벙벙해서 물었다.

"가정폭력이라니요?"

"아빠, 엄마가 널 때린 적 있니?"

"아뇨."

"두 분이 서로 싸우니?"

류따공은 고개를 가로저었다.

"네가 보기에 가정 분위기가 화기애애한 것 같니?"

"괜찮은 것 같아요."

"예전에 집에 돌아가고 싶지 않다거나 가출하고 싶다는 생각을 한 적이 있니?"

"그런 생각은 한 번도 한 적이 없어요."

"최근 스트레스 받는 일이 있니? 공부라든지, 친구들 사이라든지, 선생님과의 관계라든지 말이야?"

류따공은 잠깐 생각하고서 교장선생님이 그에게 가수 팡샤오를 학교 문화예술축제에 초청하도록 한 것, 자신의 난감한 처지 등을 사실대로 털어놨다. 그리고 또 팡샤오가 사촌형이 아니라는 사실도 솔직하게 털어놨다. 의사선생님이 고개를 끄덕이더니 말했다.

"왜 교장선생님에게 팡샤오가 아프다거나 혹은 팡샤오가 시간이 없다고 얘기하지 않았니?"

류따공은 잠자코 있었다.

"그건 거짓말을 하는 것이 아니라 어려운 일을 처리하는 방법이거든."

의사선생님이 말씀하셨다. 류따공의 눈에 의혹에 찬 빛이 어렸다.

"그걸 거짓말이라고 하면, 팡샤오가 너의 사촌형이라고 묵인한 때부터 넌 거짓말을 한 거야. 교장선생님이 너에게 사촌형을 학교로 청해 오도록 부탁하였을 때 네가 부정하지 않았을 때도 넌 이미 거짓말을 한 거야…"

류따공은 의사선생님의 말에 일리가 있다고 생각하였다.

의사선생님이 말을 이어갔다.

"그 일이 너의 마음을 무겁게 누르고 있는 거야. 네가 선택할 수 있는 길은 두 갈래 뿐이야. 너에게 달리 선택할 수 있는 길은 없어. 팡샤오가 아프다거나 시간이 없다고 말하는 게 내키지 않는다면 너에게 애초에 팡샤오를 청해올 수 있는 능력이 없다고 교장선생님에게 솔직하게 얘기하면 돼. 네 병의 근원은 결단을 내리지 못하고 망설이는 데 있어. 사탕수수 양쪽 끝이 다 달콤한 건 아니거든…"

진료실을 나서면서 류따공은 다른 의사선생님을 찾아가 봐야겠다는 생각을 하였다. 방금 전 의사선생님은 수준이 이샤오창과 비슷한 것 같았다. 다행이 방금 전에 의사선생님이 그의 병세가 심각하지 않다면서 사춘기에 나타나는 일시적인 현상일 수 있다고 알려주었다. 그러지 않았다면 그 의사선생님이 흰 의사가운을 걸친 이샤오창일 뿐이라고 생각하였을 것이다. 집에 막 돌아왔는데 전화벨소리가 울렸다.

이샤오창이 전화 저쪽에서 "소식 들었어?"라고 묻는데 목소리가 완전 들떠 있었다.

"무슨 소식?"

"신문 봤어?"

"무슨 일인데?"

"너 정말 소식 못 들었어? 팡샤오가 차 사고로 입원했대!"

"정말이니?"

류따공은 깜짝 놀랐다.

"확실한 소식이야. 신문에 났다니까."

이상하게도 갑자기 홀가분해지는 느낌이 들었다. 류따공은 그런 기분을 느끼는 건 부도덕한 것이라는 걸 알고 있었다.

"왜 말이 없어?"

이샤오창이 소리 지르다시피 말했다.

"네가 말하는 걸 듣느라고. 많이 다쳤대?"

"많이 다친 건 아니래. 이젠 됐어. 너 안심해도 되겠어."

"뭘 안심해?"

류따공은 뻔히 알면서 되물었다.

"이번엔 팡샤오에게 다른 일이 있다고 네가 꾸며댈 필요가 없이 정말 일이 생긴 거잖아. 교장선생님도 알 것이니 더 이상 애쓰지 않아도 돼…"

의사선생님이 제시한 두 갈래의 길 이외에 뜻밖에 아무도 본 적이 없는 또 다른 길이 생긴 것이다. 본 사람이 없을 뿐 아니라 생각지도 못한 길이었다…. 그런데 또 한 가지 자그마한 난제가 류따공 앞에 놓였다. 교장선생님에게 가서 모두가 알게 된 상황에 대해 얘기해야 할지 말아야 할지 하는 고민이었다. 말하는 게 좋을 것 같았다. 시작이 있으면 끝도 있어야 하니까. 그는 자기 생각을 이샤오창에게 말했다.

"당연히 말해야지!"

이샤오창이 매우 긍정적으로 찬성하였다. 전화를 내려놓고 류따공은 일이 해결되었는데도 의사선생님의 진찰을 받아야 할지 고민하였다. 만약 내일 학교가 끝나고 여전히 집으로 돌아오는 길을 찾을 수 없다면 의사선생님에게 가고 아무렇지도 않으면 관두기로 하자!

이날 밤 류따공은 단잠을 잤다. 며칠간 잠을 제대로 자지 못하였었다. 그런데 아침에 일어났을 때 한 가지 생각이 머리에 떠올랐다. 오늘 학교가 끝나면 어찌 될까? 류따공은 스스로 마음을 편안하게 가지려고 애썼다. 그러나 그 생각이 떠오르기만 하면 저도 모르게 긴장이 되곤 하였다.

체조시간에 그는 교장선생님을 찾아가서 팡샤오가 사고를 당해 학교에 올 수 없게 되었다고 말했다. 팡샤오의 차사고 소식을 모르고 있던 교장선생님은 깜짝 놀라는 것이었다. 그리고 "좀 어떤가? 많이 다쳤는가?"라고 관심 있게 물으셨다.

류따공은 아직 상세한 건 알 수 없다고 얼버무리는 수밖에 없었다. 그러자 교장선생님은 도로 류따공을 위안하는 것이었다. 그래서인지 류따공은 마음이 편치 않았다.

오후에 학교가 끝나고 류따공은 일부러 다른 사람을 도와 청소당번을 한 다음 운동장을 한 바퀴 돌았다.

시계를 보며 평소보다 한 시간이나 늦춰서 긴장된 마음으로 교문을 나섰다. 그런데 막 집으로 돌아가려 할 때 그 영문 모를 고통스러운 느낌이 또 나타났다. 집으로 돌아가는 길을 또 잊어버린 것이다….

류따공은 또 한 번 의사선생님과 마주 앉았다.

"문제가 해결되었잖니?"

의사선생님이 물었다. 류따공이 고개를 끄덕였다.

"조금 홀가분해진 느낌 없어?"

"모르겠어요…."

"아직도 무슨 스트레스를 받고 있는 거니?"

"모르겠어요…."

"너를 불편하고 불쾌하게 하는 일들을 다 나에게 얘기해. 털어내면 좋아질 거야."

"별로 불쾌한 일이 없어요… 생각나지 않아요…"

"자, 소파에 기대앉으렴."

의사선생님이 말했다. 류따공이 창가로 다가가 의사선생님이 시키는 대로 널찍한 일인용 소파에 비스듬히 기대앉았다. 따스한 햇살이 그의 몸 위에 쏟아져 내렸다.

"나에게 협조를 해주겠니?"

의사선생님이 말했다.

"뭘 협조할까요?"

"눈을 감고 내가 무슨 말을 하면 내 말에 따라 생각하면 돼. 할 수 있지?"

류따공이 고개를 끄덕이며 눈을 감았다. 그러나 또 갑자기 눈을 번쩍 뜨며 물었다.

"최면술인가요?"

"뭐라고 부르건 상관할 것 없이 내가 시키는 대로만 하고 내가 말하는 대로만 생각하면 돼.”

류따공이 조용해졌다.

“안개 낀 아침 넌 집 문을 나선다. 안개가 자욱하여 손을 내밀어도 손가락이 보이지 않을 지경이다… 그러나 그 안개는 매우 가볍고 매우 부드럽게 너의 주위를 감돌며 너에게 접근하려고 하고 너와 가까워지려고 한다. 너도 따스하다고 느낀다. 그래서 너의 몸이 가벼워진다. 마치 무게가 없는 것처럼…”

방안은 매우 조용하였다. 의사선생님이 나지막하게 물었다.

“류따공, 너 잠들었어?”

대답이 없다. 의사선생님이 목소리를 높여 물었다.

“류따공, 너 괴로우냐?”

“괴로워요…”

류따공의 얼굴에 괴로워하는 표정이 나타났다.

“얘기해주렴. 왜 괴로운지?”

“이건 게임이 아니에요.”

류따공이 고통스레 말했다.

“얘기해주렴. 무슨 일이 생겼니? 무슨 게임? 어디서? 누구누구 있어?”

“바닷가이구요. 난다이허(南戴河)예요. 이샤오창도 있고… 송샤오핑도 있어요. 다 같은 반의 친한 친구예요. 점심밥을 먹기 전에는 다들 좋았어요.”

“왜 변했느냐?”

“우리는 바닷가를 걷고 있어요. 내가 이샤오창에게 말을 하고 있어요.

그는 못 들었는지 리선(李森)에게 다가가 말을 하고 있어요. 내가 이샤오창에게 '내가 너에게 말을 하고 있는데. 왜 거들떠보지도 않지?' 라고 큰 소리로 말해요. 이샤오창은 나를 거들떠보지 않을 뿐 아니라 오히려 저 앞으로 걸어갔어요. 나는 그에게 뭐 잘못한 거 있는가 하고 생각하고 있어요."

"후에 나는 이샤오창이 왜 저러느냐고 송샤오핑에게 물었어요. 그런데 생각밖에 송샤오핑도 내 말을 듣지 못하는 것 같아요. 그는 다른 여학생에게 말을 해요. '저것 봐. 저 쪽배 위에 소라가 있어…' 참으로 이상하다는 생각이 들었어요. 어찌 된 것일까? 내가 무슨 잘못을 한 걸까? 나는 또 리선에게 다가가 물었어요. 리선은 우리 반에서 가장 온순한 아이예요. '리선, 넌 바닷가에 처음 오니?' 그런데 뜻밖에 리선도 나를 거들떠보지 않아요. 모두들 웃고 떠드는데 나를 상대해주는 사람이 없어요."

류따공의 눈에서 눈물이 반짝였다.

"그들은 너와 장난을 치는 거야."

"아뇨. 장난 아니에요! 선생님도 그런 느낌을 겪어 보면 알게 될 거예요."

"좀 있으면 괜찮아질 거야."

"아뇨. 그들은 한 시간 내내 그러고 있어요. 그들이 못된 장난을 치고 있다는 걸 알아요. 하지만 난 견딜 수 없어요. 나 홀로 숙소로 돌아갔어요. 조금 지나면 누가 나를 찾으러 올 줄 알았어요. 그런데 오지 않았어요. 나는 한 시간 내내 기다렸어요. 침대에 누워서.

문 두드리는 소리가 났어요."

"누가 왔어?"

"이샤오창과 리선이 웃으면서 걸어 들어왔어요. 이샤오창이 즐거워하면서 말했어요. '리선, 너 수영복 틀어졌어. 살이 보여.' 그러자 리선이 멍청하게 말했어요. '물 안에 있으면 뭐 보이니?'"

"그들이 너에게 무슨 말을 하니?"

"아무 말도 하지 않아요. 그들이 샤워를 마친 다음에야 이샤오창이 나에게로 걸어와 말해요. '류따공, 넌 참 대단해. 이렇게 좋은 날씨에 수영하러 가지 않고 여기서 잠을 자고 있다니.'"

류따공의 눈가에서 눈물이 흘러내렸다.

"후에는?"

의사선생님이 물었다. 류따공은 더 이상 말을 하지 않았다.

류따공이 잠에서 깨어났다.

"여전히 널 괴롭히는 일이 있구나."

"방금 전에 제가 잠이 들었어요?"

"반은 잠들었다고 할 수 있지."

"제가 잠꼬대를 했어요?"

"잠꼬대가 아니라 솔직한 말이야… 넌 이샤오창 등과 난다이허에 간 적이 있는 것 같구나."

"의사선생님이 어떻게 아세요?"

"방금 전에 네가 말했어."

류따공은 불안하고 두려웠다. "꿈속에서" 또 무슨 말들을 하였는지 알 수 없었다.

의사선생님이 류따공에게 난다이허 관련 이야기를 해보라고 하였다.
"그냥 놀았죠, 뭐."
류따공이 말했다.
"그들이 단체로 못된 장난을 쳐 너를 따돌린 일에 대해 상세하게 얘기해봐."
류따공이 웃으면서 말했다.
"그냥 장난을 친 거예요! 별로 할 얘기가 없어요."
"후에 그 장난을 주도한 사람이 누군지 알아냈어?"
"이샤오창이에요."
"걔가 밉니?"
"슬퍼요…"
"그렇게 그냥 지나갔니?"
"온 밤 내내 그들을 상대하지 않고 그들과 말을 하지 않았어요. 그런데 마음은 더 괴로웠어요."
"걔들은 네가 괴로워하는 걸 알고 있었니?"
"아는 애도 있고 모르는 애도 있었어요."
의사선생님의 요구에 따라 류따공은 또 그 일을 상세하게 회고하였다. 마지막에 의사선생님이 말했다. "돌아가서 이샤오창에게 다시 한 번 얘기하렴. 그에게 그런 장난을 친 것에 대해 너에게 사과하라고 하렴."
"그럴 것까지 있어요? 그냥 장난을 친 것 가지고요? 그가 사과하지 않으면요?"
"사과하지 않아도 괜찮아. 네가 말하면 되는 거야."

"그 애들이 날 속이 좁다고 하지 않을까요? 장난 한 번, 게임 한 번 한 걸 이렇게 똑똑히 기억하고 있다고."

의사선생님이 고개를 가로저었다.

"그렇지 않다. 넌 민감한 사람이야. 그리고 그 게임은 잔인한 게임이었어. 특히 너에게는. 그 게임이 너의 잠재의식 속에 존재하는 거야. 넌 그걸 게임이라고 생각하지 않거든!"

류따공의 얼굴은 의혹으로 가득 찼다. 류따공이 병원 대문을 나서는데 누군가 그의 이름을 부르는 소리가 들렸다. 고개를 돌려보니 '외계인' 한 선생님이 아닌가.

"한 선생님, 선생님도 진찰 받으러 오셨어요?"

류따공이 인사를 하였다. 한 선생님이 고개를 가로저으시더니 말씀하셨다. "난 널 만나려고 왔어."

"저를요?"

류따공은 놀라웠다. 한 선생님이 고개를 끄덕이시더니 말씀하셨다.

"그날 널 오해해서 미안해. 수업시간에 너의 별명을 부른 것 말이야…."

류따공은 속으로 감동하였다. 한 선생님이 말을 이었다.

"그래서 후에 게시판에 성명서를 붙였던 거야. 네가 유리까지 부쉈다는 소식과 교장선생님이 널 찾았다는 소식을 듣고 많이 괴로웠어…"

"제가 여기 있는 걸 어떻게 아셨어요?"

"너를 진찰해준 의사가 나의 중학교 동창이거든."

류따공은 놀라서 눈이 휘둥그레 졌다. 한 선생님이 고개를 끄덕였다.

"이게 다 나 때문이다."

그는 류따공의 머리를 쓰다듬어주면서 말했다.

"너는 정직하고 착실한 학생이야."

"저는 정직한 학생이 되기 싫어요. 착실한 학생도 되기 싫어요."

갑자기 류따공이 말했다.

"왜? 왜 그러느냐?"

한 선생님이 의아해하면서 물었다.

"너무 힘들어서요…."

류따공이 혼잣말처럼 중얼거렸다.

한 선생님이 머리를 가로젓더니 말했다.

"아냐. 틀렸어. 정직한 사람, 착실한 사람은 삶이 힘들 수는 있지만 그런 사람은 우리나라와 인류의 희망이란다. 그런 사람은 한 사회를 떠받치는 기둥이란다."

류따공은 마음이 찡하였다.

"제가 정직하고 착실해서 재수 없는 일을 당한 거예요."

류따공이 말했다.

"아니야. 네가 고통스럽고 네가 재수 없는 일을 당한 게 네가 착실해서도 아니고 네가 정직한 사람이 되려고 해서도 아니란다.

그건 네가 자꾸 착실한 것과 착실하지 않은 것 사이에서 망설이고 주저하기 때문이고 자꾸 정직한 것과 정직하지 않은 것 사이에서 망설이고 주저하기 때문이란다…."

류따공은 또 한 번 마음이 찡했다. 류따공은 홀로 집으로 돌아가는 길이었다. 그는 머리에 갑자기 이상이 생겨 집으로 가는 길을 찾지 못할까봐 조마조마하였다. 다행이도 그런 일은 나타나지 않았으며 모든 게 정상이었다. 저녁 무렵 지는 햇볕에 온 세상이 금빛으로 물들었다. 그건 평소 학교가 끝났을 때와 거의 비슷한 느낌이었다. 동네 아파트며, 주변 경치며, 집으로 돌아가는 길 이 모든 것이 류따공의 머릿속에 또렷하였다.

이렇게 간단한 치료가 효과가 있을까? 오늘은 나은 것 같지만 내일은 어떨까? 내일 학교가 끝난 뒤에는 집으로 돌아가는 길을 찾을 수 있을까?… 그러나 지금 그는 마음이 홀가분하였다.

어서 집으로 돌아가고 싶었다. 배가 고팠다.